LES SABOTS D'ANGÈLE

DU MÊME AUTEUR

Romans

Le Général et son train, Calmann-Lévy, Grand Prix de l'Humour, 1964.
La Lune Papa, Calmann-Lévy, Prix Alphonse-Allais 1966 ; Le Temps des cerises, 1995.
Clude, Calmann-Lévy, 1971.
Anthelme Collet, Fayard, 1981.
La Liberté, Stéphanie, Grasset, 1985.
Un comédien dans un jeu de quilles, Grasset, 1987.
Les Terres gelées, Presses de la Cité, 1993 ; Livre de Poche, 1995.
La Fête des Ecoles, Presses de la Cité, 1995 ; Pocket, 1996.
La Madelon de l'an 40, Presses de la Cité, 1995 ; Pocket, 1997.
L'Enfant sous les étoiles, Presses de la Cité, 1996 ; Pocket, 1998.
Les Flammes de la Liberté, Presses de la Cité, 1997 ; Pocket, 1999.
Les blés deviennent paille, Presses de la Cité, 1999 ; Pocket, 2001.
L'Eté du grand bonheur, Presses de la Cité, 2000, Prix des Maisons de la Presse 2000.
Des amants de porcelaine, Presses de la Cité, 2001.
Le Pays des tomates plates, Presses de la Cité, 2002.
La Terre et le Moulin, Presses de la Cité, 2002.
Les Sabots de Paris, Presses de la Cité, 2003.

« Pause-Café »

Pause-Café, Fayard, 1981 ; Livre de Poche, 1982.
Joëlle Mazart, Fayard, 1982 ; Livre de Poche, 1983.
Pause-Café, Pause-tendresse, TF1 Editions, 1989 ; Livre de Poche, 1990.

« Les Chemins de nos pères » :

La Liberté sur la montagne, Fixot, 1992 ; Pocket, 1993.
Les Boulets rouges de la Commune, Fixot, 1993.

Romans pour la jeunesse

Aux éditions Kid Pocket :

On demande grand-père gentil et connaissant des trucs (1996). Prix « L'enfant et la ville » de la ville de Vénissieux.
La Grand-Mère aux oiseaux (1996).
Grand-Père est un fameux berger (1997).
Une grand-mère en chocolat (1997). Sélection « Les cent livres » de l'Education nationale.
Ma grand-mère est formidable (2001).

Théâtre

Le Week-End des patriotes, créé le 9 juillet 1977 à l'Atelier 13 d'Avignon, mise en scène de Jean-Louis Manceau. Librairie théâtrale éditions.

Zadig, d'après Voltaire, créé le 17 octobre 1978 au théâtre d'Orsay à Paris par la compagnie Renaud-Barrault, mise en scène de Jean-Louis Barrault. Prix « Plaisir du théâtre » 1979, Le Cherche-Midi éditeur.

La Folie Turlupin, créé le 27 septembre 1981 au micro de France-Culture par la Comédie-Française.

Les Strauss, créé le 15 octobre 1982 au théâtre du Rond-Point à Paris par la compagnie Renaud-Barrault, mise en scène de Jean-Louis Barrault. Librairie théâtrale éditions.

La Rôtisserie de la reine Pédauque, d'après Anatole France, créé le 16 octobre 1983 au micro de France-Culture par la Comédie-Française.

Essais

La Chanson en son temps, Temps actuels, Prix exceptionnel de la SACEM.

La Commune en chantant, Temps actuels, 1971, 2e éd. 1985.

Ma communale avait raison, Presses de la Cité, 1998 ; Pocket, 2001.

Recueil

Les Chemins de nos pères, Omnibus, 1999.

Georges Coulonges

LES SABOTS D'ANGÈLE

Roman

Production Jeannine Balland

Romans Terres de France

PRESSES DE LA CITÉ

ISBN 2-258-06021-4

Merci
à Jean-Louis

1

La France vivait à la campagne. Peuplée de métayers, brassiers[1], propriétaires ou domestiques de ferme, bordiers, journaliers. De femmes en coiffe et en sabots, uniformément unies dans la pensée de seconder leur homme en tenant leur ménage, en élevant les enfants, en maniant la houe en même temps qu'elles assuraient la «buée», vendaient au marché, organisaient les veillées, conduisaient tout leur monde à l'office.

Dans l'océan des blés et des landes, sur les vagues des labours, les villes étaient des îles. Lointaines. Rares. Inquiétantes comme des récifs dont des voix effrayées vous disent les dangers. Aux oreilles paysannes, Paris, Lyon, Bordeaux résonnaient comme des menaces sur lesquelles plus d'un avait perdu sa santé, sa vie, son maigre pécule.

Il en allait autrement de Bourganeuf ou de Guéret, de Boussac ou d'Aubusson où l'on portait son grain, un lapin de braconne, une cordée de bois. On en ramenait

1. Certains mots appartiennent à un parler local, à un vocabulaire national ou populaire, ouvrier ou paysan, très répandu au siècle dernier. Ils sont, aujourd'hui, peu usités ou, même, ont disparu. Nous en donnons la signification à la fin de l'ouvrage.

quelques pistoles précieusement serrées en prévision de la disette.

La disette est venue.

De 1845 à 1847, la pluie, la grêle, le gel, la neige se sont acharnés sur les champs et les jardins avec la force de la malfaisante nature. La pomme de terre en est malade. L'épi dépérit. Le pain manque. On ne parle pas de la viande hier réservée aux gogailles des fêtes : il n'y a plus de fêtes. On ne parle pas de la volaille engraissée toujours pour, dans son panier d'osier, être conduite à la foire.

Gorgée d'eau, pourrissant avant d'avoir mûri, la châtaigne même refuse sa chair qui, la moitié de l'an, assurait seule le repas du milieu du jour.

Dans cette lutte sans espoir contre le ciel trop noir, ses nuages trop lourds, trop nombreux, les plus démunis sont les plus exposés.

Perdue sur son petit plateau que la haie défeuillée des noisetiers ne protège pas des tempêtes, la masure des Chabrol semble ne pas pouvoir résister aux avalanches de la neige et de la famine. L'une et l'autre entrent par les fenêtres aux montants mal joints, aux vitres remplacées ici et là par deux planches, un mauvais carton sous lequel siffle le vent ; par la porte qui est la même pour la famille et les quatre brebis ; quand elles entrent, les brebis vont à gauche où elles apportent leur propre chaleur ; dans la pièce de droite, la famille se groupe autour du cantou que l'on a fort heureusement de quoi alimenter : deux bûches de chêne ou de châtaignier se consument bout à bout, sans flamme, maintenant mutuellement leur incandescence. Lorsque, petitement, les braises deviennent cendres, Angèle rapproche les deux rondins vers lesquels on tend ses mains engourdies, sa blouse mouillée, une maigre soupe trempée de pain noir.

La grand-mère, dont on dit qu'elle perd ses idées, les retrouve pour donner des nouvelles du malheur :

— Les mendiants forment des bandes. Ils attaquent les voyageurs.

Angèle répond :

— Nous ne voyageons pas.

La grand-mère tient à son apeurement :

— Ces cherche-pain entrent dans les chaumières où, pendant que l'un demande l'aumône, l'autre pille l'armoire.

Elle frissonne.

Sylvestre, à son habitude, ne parle pas. Comme l'épi des dernières récoltes, il tient sa tête baissée, cassée au cou. A l'avance, vaincue. Il regarde ce sol qu'il fabriqua voici quelques années en y plantant les cailloux du Taurion : pour que les enfants ne se salissent pas en se traînant sur la terre battue, rose comme elle est par ici mais tout de même gâtant les robes et les fonds de culotte.

De ses petites jambes, Jérôme, le fils qu'il a eu avec Angèle, marche sur ses six ans. Florentin, quatre ans, a déjà une histoire. Comment Sylvestre pourrait-il l'oublier puisque, dans le pays, chacun commère sur cet enfant dont nul ne sait rien. Dont nul ne saura rien puisque Sylvestre n'a jamais dit d'où il venait[1].

Angèle a respecté son mutisme.

Sylvestre la regarde : belle du corps, belle de l'âme ; une Rabanesse si peu semblable aux Rabanesse.

Pas méchants, les Rabanesse — à l'exception du cousin Marcel ; pensant seulement que les jours sont faits pour amasser les pistoles, les nuits pour les compter. Ils

1. Cf. Georges Coulonges, *Les Sabots de Paris*, Presses de la Cité, 2003.

avaient accepté ce Chabrol pour gendre avec le sentiment non d'une mésalliance mais d'un déséquilibre dangereux entre ceux qui ont des arpents et celui qui travaille, sème, récolte sur la terre des autres. Autant dire : pour eux.

Ayant consenti du bout des lèvres à cette union, grand-père, grand-mère, père, mère d'Angèle s'étaient étouffés lorsque, quatre années plus tard, sans un mot, Sylvestre-Marcelin Chabrol avait ramené de son voyage à Paris un loupiot reçu par tous comme un affront.

La honte des nantis s'efface vite lorsque le coupable fait partie de ceux qui rapportent des pécunes; elle est décuplée, indélébile lorsqu'elle leur est infligée par un sans-le-sou.

Assis sur un trône que Guizot, tous les ministres, la cour lui disent inébranlable, Louis-Philippe ignore cette vérité : le grenier vide a plus de force que l'arsenal rempli de fusils.

L'arme la plus redoutable qui soit au monde, c'est le courage des désespérés.

On ne s'arme pas encore. Mais le désespoir est là : dans ces monts et ces vallées que le temps chaque jour habille de gris, d'eau, de froid; dans ces âmes patientes dont la patience s'en va. Chassée par l'inquiétude.

On l'entend bien au cabaret ouvert jadis par Chopinaud-le-père et dont son fils, le joufflu Chopinaud-buvette, assure aujourd'hui la gestion :

— Du froment, il y en a pourtant!

— Va donc voir chez Basty si ses resserres sont vides!

— Il vendra juste avant la moisson : quand l'hecto vaudra.

— Si le temps continue, il attendra l'hiver.

— A bas l'accapareur!

Assis devant leur table de noyer, les hommes s'échauffent, leur verre, leur blague à tabac devant eux.

Les uns portent encore le gilet à gros boutons, la culotte, les braies de drap qui entrent dans les bas. Les autres ont adopté la blouse de coton tombant sur le pantalon de toile ou de velours.

Devant la pluie martelant les lauzes du toit, tous ont la même mine, la même ride barrant le front. La même obsession : manger.

Devant cette misère espérant un démenti, Chopinaud fait crédit. Il sait bien que ses clients ne s'en iront pas, que, les beaux jours revenus, « il les repincera au demi-cercle », comme disent les émigrants : les maçons, les tuiliers, les terrassiers ; ceux qui reviennent de la capitale du royaume avec du nouveau dans le langage.

C'est la tradition : de l'Auvergne, on émigre pour être, à Paris, ferrailleur, chaudronnier, porteur d'eau ; les Picards deviennent cochers ; les Savoyards sont ramoneurs ; les Bretons se font nourrisseurs. Dans la Creuse, depuis toujours, l'émigrant va maçonner.

Sylvestre-Marcelin Chabrol est de ceux-là. Il n'en parle pas. N'aime pas entendre parler « ceux qui en viennent » : ils ouvrent la mémoire qu'il a voulu fermer.

Deux fois, il a fait campagne. En 40, il n'a pas ramene un sol ; en 42, dans ses bras il portait Florentin qui, maintenant, est devenu Chabrol. Son fils et tout autant celui d'Angèle. Elle l'a accepté comme venant du ciel. Et non pas de la faute.

Quelle faute ? Doit-on laisser à la rue l'enfant dont la mère meurt dans vos bras ?

Jamais Sylvestre ne saura dire l'estime qu'il porte à sa femme. Douce et ferme, le travail aussi généreux que le sentiment.

A elle surtout, il ne saurait l'exprimer. Quand il en ose

l'aveu, c'est ici. Au cabaret. Aux autres. Un « Des comme Angèle, il n'y en a pas deux ! » poussé hors de sa gorge par le vin blanc minable, le rouge broussailleux aussi sûr destructeur d'estomac que générateur de confidences.

« C'est pour ça qu'il a mis ses garçons à la maison d'école ! » affirment les mauvaises langues : pour avoir à les attendre à l'abreuvoir.

Il faut le dire : Chopinaud exerce les fonctions d'instituteur. Entre deux rasades servies à ses clients, il passe dans sa grange : devant trois tables venues de sa taverne, assis sur des bancs plaqués aux murs ou, en cas de presse, sur une botte de paille, les jumeaux de Léonard Masbaret, le dernier des Chataignat, les trois loupiots d'Hippolyte Mazière profitent de ses lumières.

Il convient de n'être pas surpris : cordonniers, barbiers, éleveurs, anciens militaires des armées impériales trouvent dans le métier d'instituteur un moyen d'arrondir leurs prébendes. Bien heureux si le maître n'a pas cherché l'emploi pour cause de maladie, de difformité physique lui interdisant de rudes tâches, si monsieur le maire ne le lui a pas donné sur l'injonction de monsieur le curé de paroisse estimant, pour preuve de sa compétence, qu'aucun autre candidat ne saurait, mieux que lui, chanter la messe. Oui, très heureux d'avoir un Chopinaud. Lors de sa tournée d'inspection, monsieur le sous-préfet a donné, sur lui, une flatteuse appréciation : « Aime un peu la bouteille mais légèrement pour un instituteur. »

Sous sa sobre houlette, combien sont-ils à apprendre leurs lettres l'un dans le *Télémaque*, l'autre dans *L'Imitation de Jésus-Christ*, un troisième dans le *Catéchisme historique* de Fleury ?

Dans l'ancienne odeur d'étable, sous les poutres dont les araignées conservent la jouissance, les saisons font leur nombre variable. Les pères s'en expliquent chez Chopinaud-buvette :

« Il ira quand on aura fini de ramasser les châtaignes. »

« Il arrêtera à prime, pour les labours. »

« Pas si bête d'envoyer mon fils fainéanter quand il peut, à la maison, garder le troupeau. »

Là est l'opinion répandue : a-t-on besoin de lire le prône pour mener la charrue ?... Voilà bien une invention des messieurs de la ville :

« Là-bas, ils ont le temps de lire l'almanach ! »

Pauvre monsieur Guizot à la loi si mal suivie ! Pauvre Chopinaud au zèle si mal récompensé : qui lui paie ce franc cinquante mensuel demandé à chaque élève ? Pas l'indigent auquel on ne peut rien réclamer. Pas le propriétaire s'accordant le droit de régler sa dépense en châtaignes... Et qui aurait l'idée étrange d'ajouter aux trente sous pour l'enseignement de la lecture les vingt sous nécessaires à l'apprentissage de l'écriture ? Passe de lire l'Evangile mais va-t-on l'écrire à nouveau ?

Que désire-t-il, qu'ambitionne-t-il, ce Sylvestre-Marcelin Chabrol ? Lui qui n'a pas un sol, qu'a-t-il besoin de mener ses enfants ? A-t-on jamais vu écolier de moins de huit ans ? A lui aussi, Paris a tourné la tête !

On hausse les épaules :

« A Paris, ils font des écoles MÊME POUR LES FILLES ! »

Les coiffes frissonnent. Les sabots rugissent.

Monsieur le curé de paroisse ajoute à la panique :

« Si, encore, ils les bâtissaient, ces écoles de filles ! Mais non ! Dans ces établissements de perversion, nos saintes enfants sont mêlées aux garçons ; elles se frottent aux jeux des garnements ! »

On se signe. On veille aux mœurs : ces drôles et ces drôlesses, qui ensemble gardent les moutons, ne doivent pas unir leurs voix ânonnant les lignes édifiantes de la *Morale en action.*

Pauvre monsieur Guizot !

Pauvre Sylvestre ! Il tient solidement la main de ses fils lorsque, dans le vent de pluie qui glace les yeux, de sa voix douce le petit Florentin demande :

— Papa ! Qu'est-ce qu'un bâtard ?

Le silence du père rejoint le silence des nuages : cet hiver les oiseaux, même l'alouette fidèle, ont quitté le pays, chassés par la neige succédant au gel, les averses transies, les brumes sans soleil. Cela fait, autour de soi, un ciel muet, une campagne sans voix :

— Un bâtard... c'est quoi ?

La main robuste serre la main infime :

— Qui a dit ce mot ?

Le grand frère intervient :

— Le cousin Marcel est passé à la maison d'école. Il m'a fait la bise et il a dit à Florentin : « Toi, le bâtard, tu n'en as pas besoin. »

Pluie, vent, neige, boue, verglas : rien ne pourrait arrêter Sylvestre. La bise qui siffle à ses oreilles, ses enfants s'embourbant et manquant de tomber à chaque pas : rien ne peut contrarier la décision que, pour la dixième fois, il vient de prendre : il va quitter le pays.

Peut-on appeler pays cette lande, ce roc, ces pentes abruptes, obligatoirement en friche, vous offrant une famille aussi mauvaise que la terre ? Un toit de chaume aussi malveillant que la grêle le battant, la neige l'inondant, le vent l'emportant ? A quoi bon s'acharner sur ce lopin dont nul ne viendrait à bout ? Sur ce cousin Marcel, embroussaillé de la tête et du cœur, que personne n'essartera jamais ? A vouloir décrasser un Maure, on perd son temps et son savon.

Si, à cette seconde, Marcel paraissait devant lui,

Sylvestre le frapperait de toute la violence de sa colère. Un outil dans sa main, il crèverait ses yeux, écraserait son museau de fouine mal rasé. Il lacérerait ses muscles maigres éternellement tendus au service de la mauvaise cause.

Les nuages courent, se mêlent, se déchirent comme les pensées folles qui agitent les cerveaux.

Le ciel, Sylvestre, les enfants restent dans leur mutisme.

Florentin pense : Papa ne veut pas me répondre.

Jérôme se dit : Bâtard, c'est un mot défendu.

Devant la ferme des Rabanesse, un tas de marc de pommes donne le signe des mauvaises années : le cidre fait, mêlés à quelque pauvre farineux, ces trognons remplaceront les glands et les épluchures nourrissant les cochons.

Face à la fenêtre de la maison, Sylvestre se met à hurler :

— Un bâtard, ça n'existe pas !... Ça n'existe pas !

On doit l'entendre à l'intérieur.

Marcel ne se montre pas. Ni le pépé. Ni les autres.

Cela n'empêche pas sans doute leurs commentaires devant le cantou ; en regardant cet énergumène de Sylvestre qui fait de l'exubérance. Comme d'habitude. Comme il l'a fait voici cinq ans en ramenant dans la famille ce fils de rien ni de personne : ce bâtard, il n'y a pas d'autre mot.

Sylvestre s'en va, enlevant ses deux fils, chacun sur un bras.

Seul l'écho l'accompagne :

— Ça n'existe pas !

Florentin se serre contre la blouse trempée de son père : il a envie d'exister.

2

Le colporteur passe depuis vingt ans. Son large chapeau de feutre noir a blanchi avec sa moustache. Chaque année, sa blouse à gros ceinturon de cuir paraît un peu moins vaste. Seuls ses gros souliers ferrés semblent ne pas subir l'usure du temps ; s'assurant même avec l'expérience, ils connaissent les chemins pratiques, tous les contours et détours tracés à la force des ans par les sabots patients des hommes et des troupeaux. Ils savent, au printemps, les grands bouquets de genêts qui disent : « Vous voilà chez Louvalleix » ; à l'automne, la rigole tirée par Sylvestre dont le travail est toujours en avance sur la saison.

Ce soir, avant de voir la chaumière, avant même de découvrir, au-dessus du couderc, la fumée du cantou, le colporteur, humant l'odeur du bois, a murmuré : « Les Chabrol brûlent de l'orme. » Cent pas plus loin, il a ajouté : « Ils viennent de ranimer l'âtre avec un rameau de genévrier. »

Angèle et la grand-mère avaient failli ne pas reconnaître le bonhomme : lui qui toujours arrivait par le chemin de pied portant sur son dos son armoire à marchandises a débouché de la combe aux côtés de sa monture : un solide mulet d'Auvergne harnaché de besaces dans lesquelles l'homme trimbale étoffes et rubans, sautoirs, pendeloques, caleçons, fils, aiguilles, clous, bas, lacets, croix, chaînes, jarretelles, peignes, éventails et chapelets, toute une quincaillerie de verrous et de besicles, de serrures, de tire-boutons qui, tintant au pas de l'animal, mêlent leur chant à celui des grelots.

Le porte-balle connaît ses toits mais aussi son époque ; avant même de saluer, de loin il avait rassuré :

— La bête a mangé !

Restait l'homme.

Il est là, trempant son pain noir dans une eau chaude relevée d'ail ; pour honorer l'étranger, Angèle y a laissé tomber trois gouttes d'huile de chènevis.

On a dit aux enfants :

— Vous mangerez quand le monsieur sera couché.

Ils regardent le pain noir qui disparaît.

Ils écoutent le récit terrible. Jérôme a le visage déjà immobile, appliqué, du terrien qui craindrait, en montrant un sentiment, d'arrêter la confidence : les mots sont des grains difficiles à engranger, il convient de n'en pas perdre. Florentin, plus vif, marque son intérêt : à chaque annonce, son œil bleu interroge l'un ou l'autre, scrute le visiteur comme pour s'assurer de la réalité des faits.

Ils sont épouvantables : sous la pluie, les rivières se sont déchaînées ; près de Briare, la Loire a emporté dans la nuit le petit village de Saint-Firmin.

Montant sur Paris, le colporteur a vu — de ses yeux vu — des toits défoncés, des volets et des lits flottants, des cabanes détruites et, sur les berges, des corps déposés par les eaux, déjà pourrissants, retenus par des arbres noyés, des branches elles-mêmes prisonnières d'un buffet dans lequel un cadavre avait caché sa tête : surprise dans son sommeil, la population entière a péri.

Ayant, devant les yeux, ces images qu'aucun courant n'emportera jamais, l'homme baisse la voix :

— On parle de six cents morts.

Florentin avale sa salive. C'est peut-être ça un bâtard : quelqu'un qui a existé et qui n'existe plus.

Le porte-balle sait d'autres misères :

— Lorsque, à ma dernière venue, je vous ai quittés, passant par Tulle j'ai trouvé le bourg de Saint-Angel tout remué : une voiture chargée de blé ayant été arrêtée par la population, monsieur le procureur du roi venait de faire enfermer dix révoltés en la prison d'Ussel. Les femmes parlaient d'aller les délivrer.

Depuis, des événements semblables se sont produits à Boussac, à Meymac, à Uzerche, en de multiples communes de Vienne, Haute-Vienne, Corrèze, Creuse, Cantal... avec toujours même colère, mêmes gestes, mêmes cris : sachant le départ prochain d'une voiture de blé ou de châtaignes, hommes et femmes se groupent ; ils sont deux cents, trois cents, parfois plus qui, armés de fourches et de bâtons, arrêtent les chevaux, menaçant le conducteur de leurs faux vite mises à l'envers.

— Les pauvres gens ne sont pas malhonnêtes, estime le colporteur : quand ils interceptent la farine, ils n'osent même pas y toucher. Chacun d'eux, pourtant, en aurait bien besoin.

— Ils n'y touchent pas ? demande Angèle, surprise.

— Non. Ils réclament au maire, à monsieur le préfet, une taxation des grains, l'interdiction de les sortir de la commune, du département.

— Et... le maire... monsieur le préfet... que font-ils ?

— Ils font battre le rappel. La Garde nationale intervient... ou parfois refuse d'intervenir. Elle crie : « Nous sommes avec nos frères ! »

Angèle regarde les enfants. Elle imagine ces femmes

traînant leurs fils, suivant leur mari vers la charrette, le tribunal, la grange bien garnie.

— Un meunier et un honnête homme font toujours deux personnes, dit sentencieusement le colporteur.

Sylvestre, sachant qu'ici il ne pourra plus vivre, voit son voyage ruiné : où aller si, partout, les campagnes se meurent ? Si, ici n'ayant plus de pain, il file vers un ailleurs où la révolte demande du pain ou du sang ?

Et puis, il y a sa mère. Elle a trop d'années pour les suivre. Il a trop de sentiment pour la laisser. A Guéret, en ces lieux où les vieillesses encombrantes rejoignent les vieillesses inutiles ; les unes perdent la raison, les autres perdent leur cœur, leurs pas, leurs gestes les plus faciles ; toutes perdent leur droit de vivre, têtes blanches, visages usés auxquels on dit : « Ces hauts murs sont déjà ton tombeau. »

Machinalement, le porte-balle fait aller sur la table quelques fascicules : l'éternel *Calendrier compost des bergers*, l'*Almanach de l'an de grâce 1847*, le *Catéchisme à l'égard des grandes filles pour être mariées à la saison prochaine*, sans oublier la *Consolation du cocu* ou la *Description de six espèces de pets, prêchée par le révérend père Tonnerre, péteur en chef au monastère de Sainte-Vesse.*

— Cela, bien sûr, je ne vous le présente pas, murmure l'homme.

L'assemblée approuve. Florentin est meurtri de voir sa famille arrêtée par la butte de l'ignorance.

Il pense : Lorsque je serai grand, je serai colporteur. J'enseignerai leurs lettres à mes clients. Partout, à tous, je vendrai des contes de fées, des histoires de braconne, de loups-garous.

Le marchand a ramassé ses bibelots. Et même le morceau de pain. Il va, dans la remise, rejoindre son mulet. Ensemble, ils trouveront le sommeil.

Sylvestre a pris sa besace.

La nuit n'a pas calmé la pluie. Il avance contre elle, courbé par la lutte et par ses pensées, les récits désolants du voyageur. Ceux qui n'ont rien n'ont pas droit même aux projets, anéantis toujours avant d'être bâtis.

Ils n'ont droit qu'aux insultes. Subies dès l'enfance.

Sur la couche où elle allait mourir, Nanette lui avait raconté le baptême de Marceline dans la petite église où le bébé avait dû entrer par la porte du côté : réservée aux bâtards. C'était la tradition normande. Le prêtre avait donné sa bénédiction avec un air de reproche.

Marceline : sa fille qu'il ne connaîtra jamais. Conduite par Nanette dans son pays pour y être élevée par sa famille.

Florentin : son garçon qui n'est pas son fils mais celui d'un père qui le refuse. D'une Nanette qui n'est plus. Pouvait-il l'abandonner aux cruautés de Paris ? Aux influences d'un orphelinat qui ferait de lui un coquin ou un soldat ?

Nanette : rose de Normandie, pas encore ouverte, que le hasard avait placée sur son chemin de maçon parisien. Il ne l'avait pas cherchée. Elle ne l'avait pas cherché. Cela avait ajouté à leur bonheur, un soir, de se trouver ensemble. Les mots ne savent pas dire ces choses-là : l'une des rares fois où elle avait été nue devant lui, ses petits seins redressaient leurs taches rousses, leurs pointes douces. Certains diraient « de désir » ; or, c'était « de plaisir ». Heureux, semblait-il, de se présenter et, la pudeur passée, de s'offrir.

C'est pour cela que, revenu en pays creusois, Sylvestre avait eu du mal à poser sa bouche sur la gorge d'Angèle, à serrer dans ses lèvres ces larges auréoles brunes qu'il aimait tant : elles lui disaient sa trahison et longtemps, dans ses rêves, les deux poitrines s'étaient battues. Il y pensait le jour. Evitait de regarder Angèle. Lorsque, sur lui, elle posait ses yeux verts et brillants comme la feuille du houx, il lui semblait qu'elle voyait son secret, qu'elle voulait le déchirer.

Tout cela tourne dans sa tête.

Dans ce chemin devenu rivière où les cailloux entraînés par les eaux roulent sous le sabot, entre les deux murets de pierre qui ne parviennent plus à retenir la maigre terre des champs, la pluie bat son visage, alourdit son pas que stimulent mille fureurs.

Il arrive chez les Rabanesse, traverse le couderc en évitant les trop gros «floc-floc» qui le trahiraient.

Il s'agenouille devant le marc de pommes dégoulinant; avec colère, ses yeux surveillant la ferme où brûle encore le chaleil, il remplit son sac à la hâte : comme un voleur sans habitude, s'efforçant seulement, dans l'incertitude noire et ruisselante de l'heure, de choisir les trognons auxquels se rattache encore quelque lambeau de chair.

Le bruit sec, énergique, l'a fait sursauter.

Il se croit découvert. Restant baissé, il court derrière un arbre.

Le bruit revient. Multiple. Répété.

Sylvestre le situe : cela part du grenier.

Il s'approche, voit, à l'intérieur, une lumière indécise, intermittente, comme se balançant. On parle.

Laissant sa besace sous l'appentis aux outils, doucement, il monte sur le toit pentu, parvient, en équilibre, à la grande porte de bois — celle qu'on ouvre pour, de la charrette, faire entrer la récolte.

Les planches disjointes permettent une étonnante vision : tous les Rabanesse sont là, munis qui d'un râteau qui d'une pelle, d'autres tenant en main une branche d'aulne avec laquelle, dans la lueur hésitante d'une ancienne lanterne de diligence, ils frappent à droite, frappent à gauche.

— Il y en a un ici!

— Là!

— Germaine. A toi!

Avec son hoyau, Germaine n'est pas des mieux armées. Pourtant, avec la décision des filles de la campagne, de toute sa puissance, elle ajuste un rat énorme. Vlan! Il est fendu en deux. Le sang jaillit sur elle.

— Un autre!... Derrière la fourche... près de toi.

Celui-là réussit à se sauver... Pas pour longtemps : Marcel le suit du regard, voit sa marche apeurée, la paille qu'il croit protectrice et qui gonfle comme sous la vigueur d'un quelconque mascaret. Lorsque la vague s'arrête, Marcel frappe avec violence. Un bruit mou lui répond. Il frappe encore et, à la manière des picadors vrillant la chair du taureau, il enfonce son pic dans le ventre de la bête.

Sylvestre va descendre.

Un cri le retient.

Traversant le grenier dans le noir, le pépé s'est trouvé nez à nez avec un animal pansu qui courait sur la solive. En le voyant, il s'est arrêté net.

Les deux regards s'affrontent. A même hauteur. De même attention. On ne sait pas qui a l'œil le plus strident : le rat prêt à bondir; le vieux paysan qui, sûr de son droit et sachant estimer le danger, ne fait pas un geste, attendant le moment d'agir pour, calmement, rester maître de la situation.

— Ici, Germaine, ici!

— Il y en a un par là!

— Encore un autre!

Par temps de disette, les rats comme les hommes vont, en bandes, vers le possédant.

Sylvestre a sauté lourdement.

Il craint d'avoir été entendu.

Il écoute.

Un instant suspendus, là-haut les bruits reprennent.

Il ramasse sa besace. Va partir. Se ravise : on ne peut pas laisser le colporteur s'en aller le ventre vide dans le petit matin.

Il s'agenouille, tâte les détritus, croit trouver un trognon dodu, l'enfouit dans son sac, change de place, cherche, enfourne, tasse. La toile est bien tendue, lorsqu'une douleur énorme le saisit à la nuque. Il est projeté en avant, le nez dans les pommes corrompues. Il veut se relever, glisse ; Marcel frappe avec le manche de son râteau ; non sur lui cette fois mais sur le tas éclaboussant ; en faisant mine de le reconnaître. Tardivement :

— Ah ! C'est toi, mon cousin ! A cette heure, je n'attendais pas ta visite ! Excuse-moi : j'ai cru à un maraudeur ! Il y a, en ces jours, tant de gens qui chapardent !

Sylvestre s'est redressé.

Marcel donne de la voix :

— Hé ! Les parents ! Venez voir qui nous fait la surprise !

Sylvestre s'en va.

Marcel crie plus fort :

— Mon cousin ! Laisse les pommes ! Je veux les offrir aux gendarmes !

Sylvestre caresse les fruits squelettiques. Un instinct lui dit qu'il les a payés. Pour rien au monde il ne lâcherait la besace.

L'autre, là-bas, ironise encore :

— Emporte ta charge, va ! Mais ça n'était pas la peine de la voler : il fallait me dire que tu voulais nourrir ton cochon !

Le bougre sait bien que le cochon a été tué avant

l'heure. Qu'il n'est pas remplacé. Que, lorsque maître Tardieu trouvera la soue vide, il donnera congé à son métayer.

Sylvestre court dans le chemin glissant. Furieux de glisser. Furieux de courir.

Rentrant chez lui, il voudrait ne pas raconter. Ses vêtements mouillés auxquels s'accrochent quelques raclures, son visage marqué de boue, de sueur, de contrariété provoquent les questions :

— Que s'est-il passé ?... Tu t'es battu ?... Avec mon cousin ?... C'est avec ce sauvage, j'en suis sûre !

Angèle ne peut plus supporter Marcel, la honte de son mari devant les Rabanesse. Dont elle est issue. Elle est en colère pour deux.

Elle voudrait dire : « Nous allons partir. »

Elle se tait.

Ces mots, cent fois ils les ont prononcés. Décidés. Courageux. Ou alors abattus, vaincus par cette question sans réponse : la grand-mère.

C'est fou, ce qu'elle a changé en six mois, la mémée... Le manque de nourriture ? Pour elle ? Pour les petits ? La vue de ses enfants s'engloutissant dans un malaise qui ne peut pas finir... ou qui finira comme il a fini pour d'autres. Laboureurs devenus cherche-pain. Chemineaux s'allongeant, pour toujours, au creux d'un fossé.

Que peut l'homme de bien pourtant lorsqu'on le chasse de chez lui ? Qu'il voit sa maie, les bahut, lit, table, ses bancs vendus à la chandelle ?

La mère Chabrol devine-t-elle, pour son fils, sa bru, semblable avenir ?... Beaucoup le croient lorsque, sur les chemins de verglas, elle va on ne sait où, répétant on ne sait quoi : « Seigle... la tourte... la faim... sorciers... les méchants... mourir... »

Certains affirment qu'elle a perdu ses idées par punition

de Dieu : lorsque la petite Gimel s'était éteinte subitement le jour de ses huit ans, tout le monde avait compris qu'on avait jeté un sort à l'enfant. Et tout le monde sait bien que le jeteur de sort est toujours le premier à pénétrer après la mort dans la maison du défunt...

Dès lors, la mère Chabrol avait reçu insultes et menaces, pierres, quolibets en tous genres. Sûr, elle avait le mauvais œil. Dans la mémoire et les conversations des anciens revenait le souvenir d'une aïeule capable de barrer le lait des vaches par ces manigances secrètes contre lesquelles *Le Grand Albert* sait si bien vous mettre en garde.

En cette nuit de vent mauvais, de pluie en rafale battant la maison, avec son garçon, avec sa bru, la mémée, devant l'âtre, coupe les restes de pommes.

Mêlés aux restes de sarrasin, ils feront une mixture qui comblera les estomacs.

Maigrelette, jaunâtre, vêtue de son éternel tablier noir, Simone Rabanesse est venue voir sa fille. Geignarde comme à son habitude ; comme le sont les nantis qui, craignant les jalousies, veulent montrer qu'ils sont comme les autres, qu'ils ont, eux aussi, leurs malheurs :

— Si on ne s'attaque pas bientôt aux taupinières, à la belle saison ces sales bêtes mangeront les racines.

Simone Rabanesse soupire :

— Si on revoit jamais une belle saison !

Il y a les fossés aussi : comment en entamer le curage quand les eaux sans cesse les ravinent ?... Et les grains semés ? Ils pourriront en terre avant d'avoir germé !

Elle ne soupire plus : elle expire.

Angèle attend : une Rabanesse ne quitte pas sa ferme dans la journée pour faire des contes sur les nuages.

Ni même pour montrer son parapluie. Un « cantalou » bleu qui, « quand on garde », abrite le chien et le berger et, pour un peu, pourrait abriter les moutons. Chapeauté de coton, armé d'authentiques fanons de baleine, son manche de frêne se termine par la « pelle » qui permet de faire un trou où l'on doit le planter, de dégager une rigole des feuilles mortes, des branchettes qui l'obstruent.

Angèle attend toujours.

Depuis cinq ans, sa fille l'a tellement rabrouée lorsqu'elle a voulu parler de Sylvestre que, à la pensée même de prononcer son nom, la mère s'étouffe un peu.

Il n'empêche que se battre entre cousins n'est pas une bonne chose. Ni même chaparder, la nuit, sur la terre d'autrui. Il est vrai que, lorsqu'on a quatre bouches à nourrir, on n'en ramène pas une cinquième à la maison.

Angèle ne répond pas.

Pour finir, Simone Rabanesse tire de son jupon de dessous une vieille manche de souquenille qu'elle a nouée aux deux bouts pour y enfermer quelques châtaignes :

— Ça vous aidera toujours un peu.

Angèle ne remercie pas, n'accorde pas un regard aux châtaignes. Elle pense : Ce soir, je les ferai blanchir. Les petits seront contents.

La mère cherche une autre occasion de soupirer :

— Et Sylvestre... il n'est pas là ?

Elle sait très bien où il est : chez Chopinaud.

Elle insiste :

— Il retape la crèche ?

Angèle ne bronche pas : s'il réparait la mangeoire, on l'entendrait.

— Il est allé couper les bruyères ?

A quoi bon répondre ? A quoi bon réparer ? A quoi bon faire des litières ?... Ce matin, il a déchaumé le toit de l'appentis pour donner à manger aux moutons. Demain, il s'attaquera à la maison. Il n'est pas le premier : les Mazoudeix couchent à l'« auberge du ciel ouvert », à l'« hostellerie de la pluie qui trempe ».

Hier, ils parlaient d'aller au moulin de Ribeyres, de mettre la faucille au bout des bâtons.

Angèle craint que Sylvestre suive ces dangereux. Elle préférerait ramasser sa famille, ses hardes, organiser une fuite à laquelle elle saurait communiquer une victorieuse vigueur.

Rien ne donne plus de force à un couple que l'obstacle ensemble surmonté. Ils sont désormais invincibles, l'homme et la femme unis sur ce qui aurait dû les séparer.

Ainsi sont Sylvestre et Angèle : soudés par leur enfance, leurs souvenirs, leurs combats, toutes leurs défaites ; unis autour de Jérôme, leur fils, mais aussi de Florentin, accepté par Angèle avec une simplicité de tous les jours. La vertu au quotidien : la plus grandiose des vertus.

En cinq années, une seule fois elle a murmuré :

« Je veux connaître la vérité. »

Il avait répondu :

« Tu ne la connaîtras jamais.

— Pourquoi ? »

Il avait hésité. Longtemps.

Enfin, venant des profondeurs :

« Parce qu'elle est morte. »

La réponse intriguait plus que le long silence :

« Elle est morte ?

— Oui... La vérité est morte. Personne ne la connaîtra plus. »

Personne, il est vrai, ne la connaît.

Cela ajoute à l'hostilité des juges en sabots qui, depuis son retour Florentin dans les bras, savent faire entendre sa faute à l'indigne père de famille. A Angèle l'acceptant avec son secret bien gardé.

Au premier rang des curieux : Alphonsine. Pour avoir délivré toutes les femmes à trois lieues à la ronde, pour avoir apporté ses sangsues à tous les congestionnés, chassé les érysipèles avec sa prière : « Résipèle que je te fesse ! Résipèle que je te pèle ! », guéri les « chauds-froids », les « sangs-glacés », les foulures, les anémies, les convulsions, toutes les maladies de la maison, du champ et de l'étable, la vieille diablesse connaît, découvre, devine les secrets de chacun.

Sur le chemin des fayards, ce matin, elle voit venir la grand-mère rabâcheuse.

— Seigle... la tourte... la faim... punir... mourir... les méchants... sorcelages... psalmodie la grand-mère sur le chemin des fayards.

De la porte de sa masure, mains sur les hanches, l'œil sceptique, Alphonsine lance à l'obsédée :

— Va chanter ailleurs, Mathilde. Ta chanson, je peux la chanter !

La mère Chabrol ne veut pas entendre.

La matrone insiste. La voix forte :

— Tu peux dire tes oraisons. Je le sais bien : tu n'es pas folle !

— Je te remercie, l'Alphonsine. Le Bon Dieu te recevra en jugement favorable pour tes bonnes paroles... Va ! Mort au loup et longue vie à tes brebis !

Elle s'en irait, la mémée ; suivant l'ornière où collent ses sabots.

L'autre ne l'entend pas de cette oreille. Elle s'est approchée. Retient l'écervelée. La regarde. La pénètre :

— Il t'en faut, au contraire, de la raison pour faire ce que tu fais !

Mathilde Chabrol a tressailli. Saisie :

— Moi ? J'ai raison ?

— Je ne dis pas que tu as raison. Je dis que tu as la tienne.

Une grande tristesse voile les yeux de la grand-mère :

— Ma raison ?... Tu la veux, ma raison ?

— Je n'en ai pas besoin : je la connais.

Alphonsine tient la mémée sous son regard de cherche-profond.

La mémée sent un malaise. Perdue.

Pas longtemps : qu'aurait-elle à gagner à poursuivre l'échange avec une folle qui ne la croit pas folle ?

Elle hausse les épaules :

— Adieu, l'Alphonsine ! Chez nous, la brebis bientôt aura son veau !

Un éclat de rire lui répond. Incrédule.

L'Alphonsine est rentrée chez elle. Secouant la tête. On a beau, toute sa vie, rester dans son hameau, connaître chacun, pénétrer les familles et les avenirs, il arrive toujours quelque imprévu qui rompt les certitudes et démolit les clairvoyances.

Alphonsine regarde, sur le buffet, derrière son cierge béni, l'image de saint Léonard :

— Prions Dieu pour la Mathilde Chabrol qui sait très bien ce qu'elle fait. Ses enfants ne veulent pas la mettre à l'asile des vieux : ils la mettront à l'asile des fous.

Jamais le monde n'est à sa place.

Mazoudeix le boiteux, qu'on appelle *roue-basse*, le sait bien :

— C'est le forçat qui te fait du tort.

Chopinaud hoche la tête ; en homme averti : à toutes les mauvaises raisons que les parents se trouvent pour ne pas lui confier leurs enfants s'ajoute le nombre grandissant de ces maîtres improvisés travaillant au-dessous du tarif.

Le forçat : un grand à la tête carrée, aux épaules en joug de bœuf. Il doit son nom à cinq années de chiourme, tirant au pied, à Rochefort, le boulet de dix kilos.

Maintenant, il va de ferme en ferme, enseignant l'alphabet dans les pages crasseuses, ceintes d'un cuir râpeux, de son *Essai sur les révolutions*.

— On lui donne la soupe. Ça lui fait son content.

Sylvestre écoutait sans entendre.

Les jérémiades de Chopinaud, les soupirs des assoiffés, la pluie tombant sur le chemin, rien n'aurait pu le tirer des pensées dans lesquelles il s'enlise.

Même pas, malgré l'avis du grand Léonce, son verre de vin :

— Un coup de blanc chasse les idées noires.

Depuis la fin de la classe, les deux enfants jouaient sous la grande table du fond ; celle sur laquelle on ne boit jamais, occupée qu'elle est, selon la saison, par le séchage du tilleul, la conservation des pommes, la préparation des pâtés, des confitures.

Maintenant, Sylvestre découvre les grosses larmes de Florentin ; un chagrin muet que Jérôme tente vainement de contenir.

— Qu'est-ce que tu as ?... Qu'est-ce qui se passe ?

Le petit renifle, baisse la tête, pleure plus fort.

— Florentin... dis à papa...

Sylvestre pressent une vérité :

— On t'a fait du mal ?

Cela met Jérôme sur la voie :

— C'est le cousin Marcel.

— Marcel ?

— Florentin a voulu lui faire la bise... Et... Et Marcel a dit : « Je n'embrasse pas le fils d'un voleur ! »

Sylvestre s'est relevé, la table a sauté avec lui, les enfants aussi ; les buveurs n'ont pas eu le temps de comprendre : le trio est dehors.

La pluie glacée frappe moins fort que l'insulte.

Poussé par les condamnations de la terre et du ciel, par son travail toujours contrarié, vaincu dans tous ses sentiments, Sylvestre porte sur la peau les brûlures de toutes les tempêtes : campagnes manquées, maître insatiable, Paris inhumain, récoltes ruinées par la pluie, le soleil, la grêle, les gelées... Il étouffe sous la mort de Nanette, les douleurs qu'il provoque en voulant bien faire. Dans sa colère, reviennent les « C'est ta faute ! » du docteur, du prêtre, de Monteil ouvrier-la-vertu qui lui faisait des sermons, des Rabanesse repoussant Florentin comme un affront. Sans savoir.

Sans rien savoir puisqu'il ne veut rien dire. Ni Nanette à Paris ; ni la chambre du pauvre hôtel mêlant la mère et l'enfant : la mort et la naissance.

Il ne dira rien. Il frappera Marcel comme, dans la nuit, Marcel l'a frappé. Il serrera sa gorge pour arrêter son fiel ; il cassera sa tête pour briser sa cruauté.

Il n'a jamais eu le droit de parler ! Il crie :

— Marcel !

Ses muscles ont la force de l'injustice toujours ressentie, jamais libérée :

— Marcel !

A la porte de l'étable, le cousin paraît. Méfiant. Son regard, plus bas que d'ordinaire, contourne l'objet à voir. Comme s'il voulait le saisir par-derrière : avec, sur les lèvres, le sourire imbécile de celui qui se croit le plus fort. Sylvestre a lâché ses gosses. Il a foncé. Sa tête tape. Ses poings. Ses pieds. Marcel se relève, prend une fourche.

Elle vole au-dessus des têtes, expédiée dans le râtelier. Les vaches s'apeurent, tirent leur chaîne ; le jeune taureau se dresse sur ses jarrets épais, montrant angoisse et colère dans son œil dominateur.

Quelques Rabanesse accourent :

— Arresto ! Arresto !

Sylvestre n'entend pas.

Prenant son cousin aux revers de sa veste, il le pousse, le porte, le jette où il voulait le conduire : sur le tas de pommes corrompues.

— Qu'est-ce que tu as dit à mon fils, hein, salaud ?

— Je n'ai rien dit à ton fils !

Sylvestre montre Florentin sanglotant, tremblant sur l'épaule de Jérôme.

— Pourquoi pleure-t-il alors ?

— Ses enfants, on les fait avec sa femme !

Malgré les Rabanesse qui s'accrochent à lui, il maintient Marcel couché, roulant sur les épluchures.

— C'est peut-être ton fils mais ce n'est pas celui de ma cousine !

— Ah ! Ce n'est pas mon fils ! Ah ! Ce n'est pas son fils !

Le père, le grand-père saisissent le forcené.

Marcel ne se défend plus : épuisé, saignant, cabossé.

Sylvestre pense au rat dont le cousin vrillait les tripes.

Il voudrait avoir un pieu. Il réussit à sauter sur le ventre du médisant. De ses sabots ferrés, il le foule comme on le fait pour la vendange ; il l'enfonce dans les détritus. Il voudrait le faire disparaître de la terre.

Avec lui, peut-être, s'engloutiraient tous les malheurs.

Florentin est malade.

Toute la nuit, il a transpiré, pleuré, crié : « Au voleur ! » Il voyait son père se battant contre des gendarmes armés de fourches.

Angèle trempait un linge dans la cruche d'eau froide ; elle y ajoutait quelques gouttes de vinaigre, le plaçait sur le front de l'enfant.

Dans ses premières nuits, sous le toit de chaume, le contemplant dans son sommeil, elle se demandait qui il était.

Lorsque Sylvestre partait faire des feuillards, quand ayant à fournir sa charge de bois de chauffe à maître Tardieu il la laissait pour la journée, pendant des heures, les yeux dans les yeux du bébé, elle tentait de percer son secret.

Depuis longtemps, elle ne s'interroge plus. Renseignée : Florentin est son fils. Le frère de Jérôme.

Au matin, Sylvestre est parti pour Bourganeuf, son bissac maigrement équipé d'une poule, de deux lapins pris au collet.

Après avoir reposé une heure ou deux, Florentin a été repris par ses cauchemars :

— Papa ! Le voleur !... Père ! Tuez le méchant !... Le voleur ! Le voleur !... Il le tue !

Angèle finit par s'habiller :

— Je vais aller chercher Alphonsine. Elle saura peut-être.

Elle part, laissant le gosse à la garde de la grand-mère radoteuse :

— C'est toi... le chérubin de nulle part... On nous rejette... Je n'ai pas le mauvais œil... C'est toi peut-être qui le portais dans tes langes... Saint Sylvain te guérira... Saint Sylvain, penche-toi sur Florentin...

Elle répète mille litanies, implore les lavandières qui, dans le ciel, lavent l'âme des nouveau-nés morts avant leur baptême.

Elle s'interrompt. Affirme qu'elle est morte, elle aussi. Comme une enfant ridée dont le monde ne veut pas.

Florentin n'entend pas. Obsédé de son père, des gendarmes qui le poursuivent. Du voleur de pommes emportant le bâtard.

Le voyant ainsi, tremblant sur sa paillasse aussi trempée que sa chemise, Alphonsine se signe :

— Saint Sylvain ne peut plus rien pour lui.

— Il coupe la fièvre des enfants, proteste la grand-mère.

— Pas celle-là.

La grand-mère n'insiste pas : contrariée, cette vieille sorcière serait capable de dire ses menteries, de prétendre qu'elle n'est pas folle ; qu'elle joue la comédie, comme le singe Félix applaudit, dans son habit rouge, à la foire de Bourganeuf.

D'autorité, la matrone prend le gosse contre elle, son gros ventre contre le ventre de l'enfant. Elle le serre. Repose le petit malade avec un diagnostic indiscutable :

— C'est la rate.

Angèle se met à trembler : la rate, on ne sait pas bien ce que c'est, on ne sait pas à quoi ça sert mais on sait que, quand un chrétien a les convulsions, quand il est pris par la terrible maladie de langueur, la rate est en cause.

— Il faut aller voir Pastoureau.

— Emile ?

— Non. Son père. Lui seul agira pour le bien.

Les trois femmes s'en vont, formes noires marchant sur le chemin de crête, leur lourde cape flottant dans leur dos, remontée sur la poitrine lorsque l'une d'elles porte l'angelot : pour mieux le protéger.

Emile est au « travail » : une espèce de loge à une place, sans murs, toit de planches vermoulues posé sur quatre pieux, où l'on fait entrer le bœuf ou le cheval qui, sanglé à deux poutres horizontales, sera facile à ferrer.

Il est de l'avis d'Alphonsine :

— Il vaut mieux que ce soit le père.

Laissant l'animal, il entraîne tout son monde à l'atelier.

— Père ! C'est pour les soins.

Aux fers, chaînes, anneaux s'accrochant à tous les murs s'ajoutent des pots à lait, des chaudrons de toutes dimensions, une louche, des grelots, clochettes, un chaleil et même cette interminable bassinoire destinée à réchauffer les lits de l'hiver : ce sont objets fabriqués par Pastoureau l'ancien ou apportés à lui pour être réparés. Le maréchal-ferrant ne se contente pas de son métier : il tourne le fer, travaille le cuivre.

« C'est un artiste ! » dit-on de cet Aurillacois barbu, jadis fixé ici pour raison d'épousailles.

Il connaît Alphonsine : elle ne s'est pas déplacée sans raison grave.

Il sait aussi les devoirs qui s'attachent à sa charge : la rate, c'est le domaine du forgeron.

Il regarde Florentin. Murmure :

— Il était temps.

D'un geste, il fait déshabiller le bonhomme.

Dans le fond de l'atelier, il désigne une enclume large, à deux têtes, sur laquelle il couche lui-même le malade.

Celui-ci tremble toujours. Ses dents claquent. Il ne voit plus qu'un gigantesque tablier de cuir que voudrait recouvrir une barbe immense avec, au-dessus, très haut, une grosse tête de géant.

— N'aie pas peur ! dit le géant.

Aussitôt une masse énorme monte plus haut encore que la tête ; comme une menace noire, luisante, un orage muet qui, renvoyant les flammes de la forge, zèbre le ciel, le toit, le regard de Florentin.

En une seconde, avec un bruit terrifiant, elle s'abat à côté du petit corps, sur la partie d'enclume restée libre.

— N'aie pas peur ! répète Angèle comme le vieux forgeron reprend l'opération.

Au-dessus de la longue barbe, les yeux, qui ne veulent pas manquer leur cible, sortent du front, fixes, enflés, monstrueux.

Le bruit est encore plus fort.

L'enclume est ébranlée.

— C'est ça qui te fait du bien, affirme Alphonsine.

Le père Pastoureau donne une quinzaine de coups.

Au dernier, qui vient de plus haut que les autres, Florentin croit qu'il va mourir : la masse fonce sur son visage et ce n'est qu'à quelques centimètres du nez qu'elle se détourne pour percuter l'enclume en diagonale, avec un cri aigu.

Florentin ne bouge plus. Ne pleure plus. Ne crie plus.

— Vous voyez : il va déjà mieux, dit le forgeron.

Angèle demande combien elle doit.

Le vieux secoue la tête : trop heureux d'avoir rendu la santé à l'enfant.

— Par ces temps de disette, on ne les sauvera pas tous.

Pour sa récompense, il glisse dans sa bouche un rôle de tabac et se met à le mastiquer.

Avec satisfaction, il touche dans sa poche le cadeau que sa femme vient d'acheter pour lui au colporteur : un mouchoir nouvellement conçu pour les amateurs de chique ; jaune.

Au brun de nuit, maniant son bâton noueux qui lui sert moins de canne que d'aiguillon à diriger les vaches, à ordonner un travail, à montrer la direction prise par le blaireau ou le lapin de garenne, le pépé Rabanesse, vêtu de propre, arrive chez les Chabrol, surprenant toute la maisonnée : depuis que Sylvestre a installé ce bâtard chez sa petite-fille, il n'a jamais fait visite.

La grand-mère est réjouie :

— Vrai, Charles, il y a bien du temps qu'on ne t'a pas vu ! Viens-tu me demander en mariage par cette belle soirée ?

Le pépé plisse ses rides, pensant : Ça ne va pas mieux de ce côté-là ! Pauvre Mathilde, c'est son entendement qui détale !

Ses petits yeux, toujours si vifs, en sont un peu éteints.

Cette commisération rentrée n'arrête pas l'aïeule :

— C'est vrai que tu es beau, Charles Rabanesse, quand tu tiens ta chabrette ! Mais attention : si tu veux me passer l'alliance, j'aurai vite fait de replier mon doigt !

Cette verve surprend tout le monde ; le grand-père plus que tout autre, auquel ces mots rappellent ses propres épousailles : en conduisant sa Lucie à l'église, il savait bien, pardi — son père lui avait répété dix fois la leçon —, que s'il voulait être maître en son ménage, il devait, d'un seul coup, passer l'alliance à l'épousée. Jusqu'à la troisième phalange. Las ! Tout aimante qu'elle était, Lucie avait, elle, écouté sa mère : « Tu casses ton doigt en deux. Quand il verra qu'il n'arrive pas à enfoncer l'anneau, tu l'aideras : comme ça, dès le premier jour, il saura qu'il ne peut rien sans toi. »

Assis sur le coffre à sel, les os de ses genoux saillant sous le pantalon, le pépé est dans son passé.

— Tu ne parles pas, Charles Rabanesse ! Serais-tu timide ? Si cela est, tu aurais dû envoyer ton mangounier : il aurait parlé pour toi !

Il est un peu embêté.

Il est venu s'entretenir de choses sérieuses et cette

vieille folle le distrait. Au début, il a souri. Maintenant, Angèle et Sylvestre voient à ses rides solides qu'il est là en tant que père de famille. Chef de tribu auquel la mort seule retirera son autorité sur les gens, les bêtes, les choses; son dévouement à chacun pour le bien de tous. Qu'Angèle se soit faite bru chez les Chabrol au lieu que Sylvestre vienne gendre sous le toit des Rabanesse ne peut rien changer à son devoir : il est le maître, celui auquel, le plus longuement, les hommes et la fouine, la pie et le soleil ont donné des leçons :

— Mes enfants, je suis venu vous voir...

— Pour parler de l'école, j'en étais sûre ! Ça te fait mal, hein, mon Charles, que tes petits-fils deviennent savants ? Qu'ils dépassent l'ancêtre et bientôt lui en remontrent !... Au fait, vieux grigou, il y a une question que je ne t'ai jamais posée : toi qui, comme moi, n'a jamais vu de près un instituteur, comment as-tu fait pour devenir, de toute la paroisse, le seul qui ne se trompe jamais dans ses comptes ?

Le pépé tire son menton mal rasé.

La grand-mère va de babioles inattendues en vérités surprenantes.

Plus surprenante encore : la gaieté qui accompagne ses balourdises. Elle rit, la grand-mère ! Elle rit très fort en chantant qu'elle aurait aimé, elle, savoir écrire : c'est si utile de savoir écrire quand l'existence vous interdit de parler ! Elle rit de voir la tête de Charles Rabanesse qu'on écoute toujours et qui, ce soir, est coincé sur son banc, perdant, à chaque seconde, un peu plus de son assurance. Elle rit de cette vie qu'on croit vaincre et qui est toujours la plus forte. Elle prend votre travail, votre énergie, vos années et, quand on a tout donné, on s'aperçoit qu'on n'est plus rien, ce qui est dans la logique du vieillissement; on s'aperçoit qu'on n'a jamais rien été même quand, les mains tenant sa jupe épanouie, les genoux fléchissant à la cadence des sabots, on se réjouissait du regard du garçon vous approchant dans la bourrée. Avec l'espoir de vous garder toujours près de lui.

Elle danse, la grand-mère ! Autour de la table, elle mène le branle ! Riant plus haut ! Délirant plus fort ! Relevant son cotillon pour découvrir son bas de laine noire, son mollet de *vieillette* ayant su conserver sa prime légèreté.

Sylvestre ne l'a jamais vue ainsi. Dans la folie. Mais surtout l'indécence.

Il est debout. Face à elle. Il la prend aux poignets. Veut la contraindre.

Il y a encore quelques éclats puis, les cheveux collés sur son front en sueur, découvrant ce fils l'obligeant du regard à reconnaître ses extravagances, elle s'arrête, le visage agité de tics burlesques, poignants.

Ses yeux se remplissent d'une sage incompréhension ; elle retrouve ses accents de mère servante qui, toute sa vie, rechercha un trou de souris pour, à l'abri, faire son devoir :

— J'ai fini... Je ne veux pas vous embêter... Quand on a fini pour les autres, il faut savoir finir pour soi... J'ai fini : je vais me coucher.

Gardant sa robe, elle se glisse sous son édredon, nez contre le mur, tournant le dos à ceux qu'elle vient d'effrayer.

Le pépé ne commente pas.

La nuit emplit la pièce des mille bruits des branches, des feuilles, d'une porte battant sur ses charnières rouillées...

Il semble les écouter. Patiemment. Sans rien attendre.

Il se décide. D'une voix discrète, ne prenant pas au plus droit :

— Je t'ai vu à Bourganeuf.

— Moi aussi, je vous ai vu, répond Sylvestre qui, sur le marché, n'avait pas jugé bon de se déplacer pour aller saluer son beau-père : il était avec Marcel.

— J'ai vu aussi le gros Lafaye.

Pas besoin de préciser : Lafaye Roger, de Saint-Léonard, dit « le gros » parce que son ventre est devenu difforme dans le même temps que son portefeuille. Il a débuté comme tout le monde : derrière la charrue. En vendant sa première paire de bœufs, il a compris que labourage et pâturage n'étaient pas les mamelles de l'enrichissement. Nourrissant quelques bêtes sur ses terres, en achetant d'autres sur les foires, on le vit partir pour Poitiers, pour Bordeaux, « poussant » une douzaine de bœufs. L'affaire avait du bon : en vingt ans, il s'est imposé comme le chevillard le plus respecté de la région.

Lafaye-le-gros a quinze bêtes à conduire à Vaugirard, un village près de Paris. Il ne peut y aller et cherche un homme de confiance.

— Je lui ai parlé de toi.

Contre son mur, la grand-mère soupire.

On n'est pas sûr qu'elle dorme. Qu'elle approuve, désapprouve. On sait seulement qu'elle est là.

— Pour joindre la capitale du royaume, avec les bêtes, il faut compter quatorze jours. Il donnera cinq francs par jour. Ça fait soixante-dix francs. Je lui ai dit que, si ce n'était pas toi, il faudrait compter aussi le retour du pousseur. Alors, il a monté à soixante-quinze... c'est un bon chiffre.

Angèle reconnaît son grand-père : dur au travail et à l'économie, l'idée souvent bornée par la tradition, il a toujours son même sens pratique, la volonté d'aplanir les bosses, de défendre l'intérêt de chacun, seul moyen de trouver une solution acceptable par tous.

Depuis la correction infligée à Marcel, entre les deux hommes la vie ne sera plus possible. Donc : entre Rabanesse et Chabrol... Les Chabrol veulent partir ; ils n'en ont pas les moyens. Je vais les aider. Non en leur avançant un argent qui pour moi serait perdu, pour eux ne ferait rien d'autre qu'une dette de plus, mais en leur procurant le moyen de gagner cet argent eux-mêmes. C'est tout bénéfice.

Quelque chose vient du lit. On ne sait pas si c'est un rire ou un sanglot.

Ou alors, ce sont trois notes d'une chanson.

Cela se renouvelle.

Avec le même mystère.

Le pépé se lève. L'homme qui a fait ce qu'il avait à faire, qui a dit ce qu'il avait à dire n'a rien à ajouter. L'économie des gestes et des paroles fait partie de la morale paysanne.

Il s'en va.

Angèle éteint le chaleil. Passe, avec Sylvestre, dans sa chambre.

La grand-mère n'a pas bougé. Heureuse de la chance qui vient à ses enfants. Tardivement mais c'est la vie : une petite chance, une grande malchance pour faire apprécier la petite chance prochaine. Sauf que la chance s'attend toujours plus longtemps.

Combien je regrette
Mon bras si dodu,
Ma jambe bien faite
Et le temps perdu.

C'est bien ça : dans son lit, nez au mur, elle chante, la grand-mère ! Elle chante la vieille chanson de Béranger.

Et elle se lève.

C'est vrai qu'elle aurait aimé savoir écrire. Pas tous les jours : ce soir.

Ont-ils bien compris ce qu'elle leur a dit ? Elle n'osait pas les regarder. Angèle surtout, qui a le cœur si tendre pour son fils.

Ah ! Elle n'a pas replié son doigt, elle, quand le Sylvestre lui a passé l'anneau ! Au moment de l'Evangile, elle n'avait pas même cherché à se lever la première, comme le lui avait recommandé Alphonsine ! Heureusement pour sa robe : le Sylvestre avait mis son pied sur sa traîne et, en guise de déclaration d'amour, il avait murmuré : « Aure que te tienne ! »

Il la tenait ? Elle n'en demandait pas plus !...

Souvent depuis, devant l'âtre, ils en avaient parlé en famille. Le souvenir faisait rire tout le monde. Sauf Angèle : elle regardait Sylvestre. Gravement. Comme à l'église.

La grand-mère attise le feu.

Les enfants, ce sont les étincelles. On souffle dessus, elles deviennent des flammes, grandissent, s'élèvent entre les bûches. Ou alors, elles se font cendres. Chaudes le soir, tièdes au matin, emportées par le vent : comme le petit corps de la petite Gimel.

Pourquoi l'avait-on accusée de jeter un sort ? C'est lourd la haine qui pèse sur vous, les coups à vos volets, les gens qui vous croisent en murmurant : « M'en douti, bieillo garso, mints uno merdo de clouquo[1]. »

La méchanceté étreint la grand-mère.

Et, à l'autre bout du sentiment, Angèle acceptant Florentin. Aurait-elle accepté, elle, cet enfant du chemin ?

Elle est sous l'appentis.

1. « Je m'en doute, vieille garce, mange une merde de poule. » La phrase, répétée tant qu'on est en présence de la sorcière, vous protège du mauvais œil.

C'est le père — le mari — qui l'avait construit. Bâtir : une folie quand on n'est pas chez soi. Il était comme ça, l'Anselme : voulant toujours le mieux pour sa famille, son travail.

Quand maître Tardieu avait vu ce toit nouveau, ces deux murs de galets le soutenant, il avait dit : « C'est bien, Chabrol, d'avoir des initiatives. » Mais il avait refusé de participer à la dépense : « Tu l'as bâti pour ta commodité. Ce n'est pas mon affaire. »

On y range les outils, les auges, un peu de bois de chauffage, quelques vieux ustensiles dont on aura besoin un jour, la corde avec laquelle on conduisait les bêtes à la foire.

Elle est là. Roussâtre, effilochée par le temps mais solide comme le veau qu'on imagine au bout, défendant sa liberté.

Un malheur, ç'avait été cette gangrène venue au père sans qu'on s'en aperçoive. Se retrouver manchot pour une écharde à laquelle on ne faisait même pas attention ! Oh ! Il avait continué le travail. Et même le rendement. Avec plus d'efforts, une tristesse dans les yeux.

Combien je regrette
Mon bras si dodu,
Ma jambe bien faite
Et le temps perdu.

Elle rit, la mémée. De sa chance : Sylvestre. Appliqué toujours. On l'avait su dès ses cinq ans : quand, la chènevière ensemencée, du matin au soir on lui en confiait la garde contre les voleurs de graines. Jamais un oiseau ne s'en approchait sans en être aussitôt chassé. Jamais on n'avait vu si efficace, si joli épouvantail.

Grandissant, il avait gardé son application. Avec une

fierté travailleuse qui comblait Anselme, Mathilde, ceux qui le côtoyaient : toujours honorant sa parole, sa mère, son père. On dirait : honorant le toit qui l'abritait, la maie d'où il tirait le pain.

La corde est passée sous la poutre.

La grand-mère dégage l'escabeau que, de tout temps, Anselme avait gardé avec lui. Il lui venait de son grand-père ; escabeau minuscule, à un seul pied, qu'on pouvait pendre à sa ceinture. On l'en détachait au moment de la traite ; assis dessus on appuyait sa tête contre le ventre de la vache dont on tirait le pis : vous sentant près d'elle, avec elle, elle vous donnait plus de lait.

Il n'est pas haut, heureusement, ce tabouret : l'appentis est si bas...

La grand-mère est si petite...

Elle avait cru qu'il lui suffirait de passer sa tête dans la démence : il lui faut la glisser dans la corde.

L'escabeau est tombé.

Quand on a fini pour les autres, il faut savoir finir pour soi.

3

Comme, dans la grisaille d'un ciel mal lavé, le troupeau se mettait en route, un ciel jaune auréolant le puy Mouchet promettait un peu de soleil.

Il est venu. Convalescent cherchant à retrouver ses couleurs. Chauffant peu. Indécis comme sont ceux qui le regardent : peut-on croire vraiment à la fin des misères ou va-t-on connaître bientôt d'autres défis qui noieront la terre sans défense, gèleront les sillons, cribleront les pousses d'une grêle casse-espérance ?

Angèle ne s'interroge plus. Elle va vers une vie nouvelle : la vie difficile à laquelle son mari, jadis, se heurta seul et que, désormais, unissant leurs forces, ils vont vaincre. Elle en est sûre. Sait que, le soir, le faisant prisonnier de sa tendresse, elle le libérera de ses appréhensions, de ses souvenirs. Le bonheur viendra. Elle voudrait le dire, le crier. Peut-être même le chanter devant ces champs sans promesses, ces friches inutiles où le genêt même sera tardif.

Sylvestre n'entend pas, ne voit pas cette victoire prochaine. Il traîne avec lui l'image du corps rigide balançant sous l'appentis, les paroles que, la veille, on n'avait pas su comprendre, ce puissant désir d'école pour, à la fin d'une vie, écrire une première lettre qui serait la dernière.

Nanette aussi avait voulu apprendre l'écriture. Devait-il suivre son exemple ? Pourquoi manier la plume quand vous devez seulement manier la faucille ? La connaissance de l'alphabet suffira-t-elle à faire de l'homme de rien un homme de bien comme, à Paris, le croient Monteil et, avec lui, d'autres ouvriers de la terre ou du rabot ? Le bel avantage de savoir ses lettres lorsque, de sa vie, on a seulement, un soir, besoin d'écrire : « Demain, je vais mourir » !

Sylvestre a, devant les yeux, trop de passé pour découvrir le futur.

Il revoit ces heures de deuil, de reproches, de chagrins que Marcel, quelques autres, réussirent encore à envenimer avec des histoires de pendus ensorcelant à jamais leur toit, leur terre.

Ce toit, cette terre n'ont jamais été à lui. Pourtant, ils étaient les siens, puisqu'il n'en avait jamais connu d'autres. Il l'a compris ce matin lorsque la maison d'enfance a disparu derrière le gros tilleul où désormais elle va dormir ; lorsque le sillon cent fois retracé s'est évanoui derrière le bosquet de Louvalleix-le-jeune. Plus encore, il a compris qu'il aimait cette maison jaune, pauvre, aux murs moins faits de pierres que de gros cailloux ; il aimait ce tilleul embaumant lorsque, au printemps, les fleurs pendant en chapeaux chinois au bout des branches lui donnaient une allure de pagode ; il aimait ce bosquet aux élégants bouleaux dépassant fièrement les cimes des chênes et des châtaigniers pour offrir au ciel le bouquet aérien de leurs feuilles légères ; il aimait l'érable qui, à l'automne, de sa ramure de cuivre vif, rosé, semblait vouloir, sur le vert et le jaune des feuillages voisins, disposer des taches printanières.

Le clocher, dont dans la Creuse on attend plus l'annonce des morts et des heures du jour que l'appel à la prière, se cachait dans les brumes. Sylvestre, qui ne le fréquentait pas, a pensé : Je ne le reverrai plus.

Il regarde ses deux fils.

Chacun sur le cou d'une bête, ils lui rappellent le bœuf promené par les bouchers voici cinq ans, le jeudi gras, dans les rues de Paris. Avec, dessus, l'enfant fier muni d'un sceptre qui le faisait enfant-roi.

Jérôme et Florentin ont beau, les heures passant, donner les plus grands signes de fatigue, plonger sous le poids du sommeil vers la nuque de la bête, la moindre invitation à descendre les fait se redresser, retrouver l'allure altière du prince sur sa monture.

Comme ils sont majestueux, il est vrai, ces bœufs limousins à robe rouge, au mufle blanc nimbé de rose, aux cornes épaisses, jaunes, droites, au fanon tombant jusqu'au sol ! Bon pied, cuisses rondes, le flanc bas, les hanches fermes et bien remplies, Magnac et Caussard semblent créés pour accepter, assurer, garantir le règne de l'enfant.

Le reste du troupeau est composé d'autres bœufs rouges ou couleur de froment, de vaches ayant, toute leur vie tirant le soc, travaillé comme un bœuf ou donné ce lait qui, avant qu'elles n'y soient trempées, a déjà le goût des châtaignes.

Celles-là, Guéraude, Roussette, Bessine, ont l'avantage, le soir, de combler les estomacs, de faire à Jérôme et Florentin des babines blanches, moussues, vite suivies d'un sommeil profond.

Paris !... Que d'idées, bonnes ou mauvaises, dans ces deux syllabes ! Que de questions posées par demain, par hier.

Dans la chaleur de la paille d'une grange de rencontre, Angèle regarde Florentin.

Elle a une envie soudaine de le serrer dans ses bras. Pour que, sans parler, dans le silence de cette grange, son petit corps déjà solide lui dise d'où il vient.

A la ferme, dans la paroisse, elle n'avait pas besoin de savoir : elle était avec Sylvestre, contre les autres, les méchants ressassant cette naissance comme un acte d'accusation. Dans la capitale du royaume, elle doit être avec Sylvestre dans le secret partagé. Ils en seront plus forts.

— Mon mari... un jour lointain, vous m'avez dit : «La vérité est morte»...

Elle a senti tous les muscles se cabrant. Durs, farouches comme la voix :

— Elle l'est.

Elle ose :

— Est-ce à dire...

Ne peut aller plus loin.

— C'est-à-dire que personne ne la connaîtra jamais.

Angèle a la gorge en feu.

Elle n'a jamais aimé l'existence donnée par l'émigrant. Elle n'a jamais trouvé normal qu'un maçon quitte sa femme aux douceurs du printemps pour la retrouver dans le froid, la neige : le temps leur volait, pensait-elle, les plus beaux jours. La pensée auvergnate poussant les hommes sur les chemins pour faire fortune dans le fer ou le cuivre, le bois, le vin, le charbon n'était pas la sienne : elle avait accepté les campagnes de Sylvestre comme une nécessité. Quand il était revenu sans un sol, elle avait mis en avant cet échec pour l'empêcher de repartir. Seule, couchant le seigle en javelles, menant l'araire, semant la jarosse de septembre, elle se répétait que, s'il devait descendre une troisième fois, ce serait avec elle.

Longtemps, elle avait compté sur ce chemin de fer dont

la construction, disait-on, avançait à roues de géant, dont les wagons de bois bientôt viendraient à Guéret, à Bourganeuf peut-être, permettant aux femmes et aux enfants de suivre le maître de la famille. A la pensée d'embarquer tout son monde dans le *railway*, un bonheur emplissait son âme ; les servitudes de la terre et de la parenté, du voisinage et des habitudes, tout allait fondre dans la chaleur d'un couple se battant pour ses deux enfants.

Angèle est surprise de se dire tant de choses. D'avoir envie de les dire plus haut. Ce soir. Demain. Dans tous les cas, elle se le promet : avant d'arriver à Paris.

Mais comment ?... Sylvestre ne parle pas. S'il dit un mot c'est pour remarquer que les ajoncs sont en retard, que les chenilles n'ont pas investi les noisetiers, que pas une violette ne pointe sa tête timide, entre deux herbes, sur le haut du fossé. Au fond des bois trempés, aux branches nues, le coucou même ne lance pas ses notes ironiques. Dommage : serrant dans sa poche la pièce d'un sou, on pourrait s'assurer des pistoles pour l'année entière ! On en aura besoin.

Le mot « mérite » ne lui viendra jamais à l'esprit : en acceptant Florentin, en l'élevant, elle a fait ce qu'il y avait à faire ; comme Sylvestre, elle en est sûre, en le portant à la maison ; en lui donnant, lui aussi, tous ses soins.

Cette union parfaite lui semble aujourd'hui amoindrie par le secret conservé. Le manque de confiance.

Pour refaire cette union, elle se battra de toute son énergie. Contre Sylvestre s'il le faut.

Rien ne donne plus l'impression de paix qu'un bœuf allant au pas. Dans la force de l'âge, du corps, de l'expérience. Indifférent aux sons et aux images comme si, dans sa vie, il avait tout vu, tout entendu, il met un sabot devant l'autre en philosophe n'ayant rien de mieux à faire. Lorsque, quelque incident provoquant sa lointaine attention, il s'arrête, il tourne vers l'arrière son cou énorme, son museau carré ; son œil vide demande : « Qu'est-ce qui se passe... ? » L'interrogation ne dure pas : remettant et la tête et le cou et le museau en ordre de marche, il souffle dans ses naseaux une sorte de : « Bof ! Ça ne vaut pas la peine ! » Il est reparti.

N'était le respect qu'elle porte à son mari, Angèle aujourd'hui le comparerait à un bœuf ; à Magnac, à Caussard dont la queue haute balaie les larges jarrets : Sylvestre-Marcelin Chabrol en a la force, pense-t-elle, mais aussi le silence. Imposant.

La pluie est revenue.

Les pieds d'Angèle saignent, maculant ses bas de coton. La cape est lourde. Il faudra, ce soir, la faire sécher.

Au hameau de Thizay, le chemin bocager débouche sur deux surprises : la voie ferrée est là, interminable, brillante, ouverte à tous les rêves ; en ce temps de départ des maçons pour la capitale du royaume, ces « hirondelles blanches », comme disent les gens, reviennent sur leurs pas. En groupés... La Loire, gonflée d'averses, serait-elle infranchissable ?

Les marcheurs expliquent que, à l'embarcadère d'Issoudun, les trains arrivent complets. Les candidats au voyage ont décidé de rebrousser chemin : à Châteauroux, tête de ligne, ils sont assurés de trouver une place.

C'est une chose d'avoir vu les rails : lorsque, de cavées en coursières, les Chabrol arrivent à Reuilly, le monstre de fer, soudain, souffle derrière eux. Suivant son bouillonnement de fumée, ses éruptions de vapeur, les « diligences » bringuebalantes portent, oscillant sur leur toit, les bagages des voyageurs. Elles montrent, aux fenêtres, des visages étonnés, graves. En serre-file sautent des wagons plats, découverts. Protégés de la chute par un filet à larges mailles qui ceinture le véhicule, exposés à la pluie, au soleil, à la poussière collante, les passagers, attentifs aux scientifiques oracles, craignent avant tout les catarrhes et les pleurésies auxquels les exposent les changements de température des tunnels.

Dans leurs vignes aux sillons inondés, dans leurs champs où, quelques secondes, ils laissent l'âne tirant l'*areau*, les laboureurs regardent, se signent, montrent le poing à ce cataclysme assourdissant qui divise les terres, empuantit l'air et les plantes de tous les miasmes de la vapeur. Certains, tentant de courir sur les mottes gluantes, s'approchent, ramassent des pierres qu'ils lancent vers leur ennemi. Deux vieilles cachent leur visage derrière leurs bras : craignant d'être foudroyées.

Peur ? Souci d'économie ? Une partie des émigrants fait encore le trajet à pied. Ainsi, ces terrassiers de La Souterraine qui, à Etampes, dépassent Sylvestre auquel ils content une affaire inconnue, dramatique qu'ils appellent les échauffourées de Buzançais ; vieille de deux mois, l'aventure bruit maintenant dans toute la France car, en ce début mars, sur les trente-six prévenus, trois viennent d'être condamnés à mort.

— Il faut les sauver !

C'est le cri de ces rustres qui filent leur chemin, très énervés, indignés, ne sachant pas que leurs quatre mots sont repris par quelques rares journaux, par des chanteurs qui, au coin des rues de Paris, sur les notes plaintives de leurs complaintes, demandent grâce pour Michot, le sabotier de vingt ans, François Velluet et Baptiste Bienvenu, tous les deux journaliers, tous les trois coupables d'avoir rejoint les femmes ayant arrêté une voiture de grains, d'avoir, avec elles, demandé le blé à trois francs et, hélas ! d'avoir répondu à l'assassinat de l'un d'entre eux par l'exécution immédiate de son assassin : monsieur Huard-Chambert, riche propriétaire.

Angèle tremble. Du récit, elle a retenu un fait : ce sont les femmes qui se sont levées.

En serait-elle capable ? Saurait-elle dire ses exigences... elle qui n'est même pas capable de les soumettre à son mari ?

Peu à peu, les maisons et les jardins se sont rapprochés. Isolés tout au long du parcours, ils ont, ici, trouvé des amis auprès desquels ils se serrent, s'abritant sous de mêmes chênes superbes. Toutes les lieues, moins parfois, se dresse un clocher protecteur, une mairie indiquant son titre en lettres timides sur sa pauvre façade.

Maintenant, la Bièvre glousse dans la nuit, chargée des pluies qui ne pourront la purifier : ancestralement vouée à la mégisserie, elle a vu, sur des lieues, ses rives envahies par les tanneurs lorsque, voici un peu plus d'un siècle, une ordonnance de police leur a interdit de travailler en bord de Seine.

Flairant le sang ancien de leurs frères, les bœufs montrent quelque nervosité. Ils meuglent. Refusent la berge.

Sylvestre doit continuer, trouvant, sur une butte, ce que l'on appelle encore une « vacherie » : vaste ferme consacrée à l'élevage du lait que les filles de cette banlieue sud, particulièrement de Montrouge, vont offrir, dès l'aurore, dans les rues de Paris : « La laitière !... Allons vite !... Un liard, le lait ! Deux liards, on sert au double !... La laitière ! On descend les pichets ! »

Le maître nourrisseur a échangé l'abri de la nuit pour la famille et le troupeau contre la traite du soir et du matin.

Ils sont à Arcueil, paysage que l'on dirait lunaire si l'on savait que la lune montre des paysages ; de la Bièvre montent dans les ténèbres immobiles des vapeurs blanches qui font croire aux revenants, à des fantômes dansant au-dessus des jardins, aux mille tracasseries du diable Vauvert, éternel habitué des lieux : les émanations de chlore, de tous les colorants déversés dans la rivière, protègent des puanteurs de la peausserie ; les maisons ont des toits d'ardoise, de chaume, uniformément blanchis sous la poussière de toutes les carrières de gypse, de liais. De ces carrières aux échos profonds parvient parfois un cri, une menace ou un appel dans lequel les autochtones reconnaissent vite la voix du sire de Mal Assis, autre vétéran local des tracasseries nocturnes.

Les enfants dorment. Rêvant sans doute de ce long voyage qui s'arrêtera demain lorsque, à Vaugirard, on laissera Magnac et Caussard devenus leurs amis, Roussette et Bessine, leurs nourrices de deux semaines.

Angèle pense à ces femmes, dans les éclairs des fourches, menant, avec leurs hommes, même combat. Ces couples déclarant la guerre à la famine de leurs marmots lui paraissent merveilleusement unis. Elle veut un couple pareil pour affronter Paris.

Il lui faut la confidence de Sylvestre.

Allongée près de lui, elle parle des choses dont on ne parle jamais : des fauchaisons, des fenaisons qui, au pays des hommes absents, sont faites par des hommes venus d'ailleurs. Partis par équipes des plaines d'Aquitaine, maniant la faucille dix jours ici, dix jours plus haut, partout ils arrivent à l'heure de la récolte mûrie. C'est l'un de ces moissonniers qui avait engrossé l'aînée des Nouaillac. Un autre, disait-on, avait son lit fait chez Marie Corbin, la veuve provisoire de Célestin, parti maçonner dans le Lyonnais.

Angèle et la grand-mère n'employaient pas ces étrangers.

Sous le soleil et le travail torturant sa peau, Angèle ressentait l'absence de son mari. Sur ses seins se gonflant lorsqu'elle pensait à lui, sur ses jambes frémissant en espérant ses doigts, dans son ventre revivant à son souvenir, elle éprouvait un appel et une force la tirant et la poussant à la fois, la tourmentant.

Il en était de même en septembre quand la grand-mère lui interdisait l'approche de la chènevière nocive pour les vertus. Prenant le prétexte de soulager l'aïeule dans sa tâche, elle y travaillait dans le chaud bercement de la serpette, l'émoi du vent sous sa jupe, la senteur trouble du chanvre coupé, maintenu sous le coude en attendant d'abandonner sa graine.

Sylvestre écoute dans le silence ces confidences jamais reçues, ces réalités du corps de sa femme qu'il n'a jamais soupçonnées.

Il la serre contre lui.

Lorsqu'elle en est à la rentrée des foins et des épis dont l'odeur décuple dès qu'ils sont en grange, emplit tout votre être quand on les agite, les pousse, les tasse au bout de la fourche ou du râteau, Sylvestre sent se mêler en lui le parfum des moissons anciennes et du fourrage présent ; les fraîches senteurs de quelques cordes de bouleau nouvellement rentrées s'ajoutent à la chaleur du bétail assoupi, à la respiration d'Angèle dont il relève la robe. Elle ferme les yeux, espère que le plaisir de son homme l'aidera à se confier, ne pense plus à rien. Qu'au moment. Au geste. A l'émoi plus grand qu'il n'a jamais été. Elle mord Sylvestre et soudain pousse un cri : deux mètres au-dessus de lui, à plat ventre sur le plancher de l'étage, un homme les regarde.

Elle rejette l'amour.

Elle est sur ses pieds, sort dans la nuit sans se retourner.

Elle s'appuie au mur dépenaillé, entend, à l'intérieur, l'indignation de Sylvestre.

— Qu'est-ce que vous faites là?

— Toi, je n'ai pas besoin de te le demander!

La colère enfle la voix :

— Qu'est-ce que tu fais là... à épier?

Elle connaît son mari. Pense qu'il va foncer sur l'intrus. Veut aller s'interposer. Ne le peut pas. Retenue par sa pudeur blessée. La pensée que cet homme l'a vue comme personne. Il l'a entendue peut-être aussi. Parlant comme elle ne l'avait jamais osé.

Après un premier temps de moquerie, l'homme a baissé le ton. Il demande à Sylvestre de ne pas crier. Il ne veut pas être découvert. Il est typographe.

Ni Angèle ni Sylvestre ne connaissent ce mot. Ils n'en disent rien. L'autre se livre. Semble prendre confiance. Peut-être pour donner confiance?

Il est sorti. Parle pour le couple. Il s'appelle Maxime Langelier. C'est un garçon fort. Ardent. De haute taille. Ses cheveux couleur de châtaigne roulent en boucles sur son front opiniâtre. Sa moustache bien taillée, ses yeux francs, sa lèvre souriante disent le garçon sûr de son état, de son idée, de son combat mené par le bon chemin, celui qui gêne le plus le bourgeois obligé de consentir : « C'est un ouvrier *mais* il est propre. » Ou encore : « C'est un ouvrier *mais* il n'est pas bête. »

Maxime sait tout cela. Il s'en réjouit, s'en sert, se veut, en toutes circonstances, tel qu'on le voit.

Sincèrement gêné de son intrusion, il présente à Angèle des excuses qui ne servent à rien : les mots peuvent effacer l'outrage; pas la honte. Angèle ne peut le regarder. Elle tient sa robe bien fermée devant elle comme pour cacher le geste passé.

Maxime Langelier porte dans son sac des papiers imprimés par lui. Destinés aux murs du village d'Arcueil.

Il les met sous les yeux de Sylvestre, en donne un à Angèle.

Ne sachant pas lire, elle se sent une deuxième fois mise à nu.

Elle ne le veut pas. Fait semblant de suivre le texte. Il appelle les affamés au secours des prisonniers de Buzançais, les magistrats à l'humanité, le gouvernement à la justice, à l'abaissement du prix des farines, à la suppression des bons de pain, avilissants et incommodes, coûtant, par le temps passé à les obtenir, des heures de travail au citoyen laborieux.

Maxime avait rendez-vous avec un « boyau rouge » : l'un de ces ouvriers empruntant leur surnom aux allées souterraines des carrières, dont, à la première barricade, ils se montrent prêts à sortir. Il avait traversé le petit village de Châtillon dont les huit cents âmes, en cet après-midi de dimanche, semblaient s'être assoupies dans une même sieste lorsque, parvenant devant le château que chacun connaît pour être celui du célèbre monsieur Berthollet, il avait dû se rendre à l'évidence : au bout du chemin désert, deux gendarmes arrivaient au trot de leurs chevaux.

Le typographe s'était enfui, réussissant en traversant la Bièvre immonde à semer ses poursuivants.

Se cachant dans la grange à l'entrée de la nuit, il s'était endormi à l'étage, dans la douceur du foin :

— Je n'ai pas voulu être incorrect.

Il voudrait faire oublier son sans-gêne :

— Vous menez vos bêtes à Vaugirard ?... Au marché de Passy ?... C'est votre métier ?

Les pousseurs que l'on voit arriver, traversant la ville pour joindre l'abattoir de Montmartre ou de la Petite Villette, ne traînent pas d'ordinaire femmes et enfants avec eux.

— Je suis maçon, dit Sylvestre qui préférerait se taire.

— Et tu viens à Paris chercher du travail ?

Maxime est sceptique. Comme embêté pour ces amis de rencontre : la rareté des grains a conduit à la disette, la disette à l'arrêt du commerce, l'arrêt du commerce à la suspension des travaux du bâtiment. Le bourgeois bien pourvu garde ses sous comme l'accapareur garde son blé : espérant des jours plus profitables. En attendant, il offre du travail à bas prix. La journée ouvrière est passée de trois francs à un franc ; aujourd'hui à quinze sous.

Maxime Langelier les décompose chez un père de famille :

— Trente centimes de farine de blé noir de la dernière qualité ; dix centimes de graisse pour faire de la galette ; dix centimes de bois ; quinze centimes de lait. Il reste dix centimes pour les vêtements et le loyer.

Cela pour un ouvrier ayant trouvé embauche. Les autres peuvent aller demander secours aux œuvres charitables qui naissent chaque jour. On les découvre facilement : les files d'indigents guettant une soupe, un bout de pain, un travail de quelques heures les désignent à l'attention des passants.

Angèle en a assez entendu :

— Mon mari a du travail. Monteil lui en donnera.

— Qui ?

— Monteil Joseph. De Saint-Yrieix. Il est maintenant fixé à Paris. C'est un bon ouvrier. Il tient Sylvestre-Marcelin Chabrol en estime car il a déjà travaillé avec lui, au pays et à Paris. Il lui fournira de l'ouvrage.

— Es-tu sûre qu'il en a lui-même ?

Angèle ne répond pas, en grande colère contre ce m'as-tu-vu habile à voir les autres ; ce je-sais-tout dont on ne sait rien. Si ce n'est son acharnement à détruire les rêves.

Sans un mot, sans un au revoir, serrant plus fort sa jupe

sur ses cuisses, elle se cache derrière le tas de bouleau. S'allonge.

Nul ne la verra pleurer.

Au matin, Sylvestre tire le lait, le donne au nourrisseur qui, c'était dans le marché, emplit trois sacs de fourrage : pour leur dernière étape, les bœufs les porteront sur la tête, entre leurs cornes, avant de les savourer au déjeuner, dans un chemin boueux menant à Vaugirard.

Le propriétaire est à peine parti que Sylvestre revient. Affolé :

— Les gendarmes !

Spontanément, Angèle s'adresse au premier étage :

— Ne bougez pas !

Maxime Langelier paraît. Il est mal réveillé, assez pourtant pour ne pas perdre l'esprit :

— Mon sac !

Il est resté à terre, contre un pilier.

Angèle s'en saisit. Le lance vers Maxime. Il est mal fermé. Les affichettes s'envolent, jonchent le sol. Angèle les ramasse. Les gendarmes approchent. Elle n'a pas le temps de monter.

En une seconde, sans réfléchir, elle a fourré les textes séditieux dans l'un des sacs de foin. Avec naturel, elle le porte à l'extérieur, le pose sur les cornes de Magnac.

Les gendarmes examinent les passeports, posent quelques questions. En ces heures inquiètes, ils courent la campagne pour voir si, contre la ville, elle ne prépare pas quelque mauvais coup. Eux aussi parlent des « boyaux rouges » :

— Vous n'avez vu personne ?

— Personne ! lance Angèle avant que Sylvestre ait le temps de réagir.

— Merci, murmure un gendarme qui n'est peut-être pas convaincu.

Il rend les papiers.

— Merci, répète Maxime lorsque s'éloigne la maréchaussée.

Angèle ne répond pas.

Nue à jamais devant cet homme qui l'a surprise abandonnée à son mari. Qui l'a surprise où elle se surprend elle-même : aidant quelqu'un qu'elle ne connaît pas. Pour des raisons qu'elle ignore.

Elle arrive ainsi à Vaugirard. Ayant peu parlé aux enfants. Pas parlé à Sylvestre. Sachant que, désormais, il ne lui dira rien de cette femme à laquelle il doit penser encore.

Le seul être qui, sans le savoir, lui en parlera, c'est Florentin avec ses boucles blondes, ses taches de rousseur inattendues qui faisaient demander à Marcel s'il avait regardé le soleil derrière une passoire.

Une révolte s'empare d'elle.

Les vaches meuglent, protestent. Des frissons apeurés parcourent leur peau. Hier, la Bièvre les avait inquiétées : Vaugirard les effraie.

Galoches énormes, blouses maculées aux manches relevées sur des muscles vivants, grand tablier de serpillière pendant du haut de la poitrine jusqu'à des tortils de paille qui protègent de trop de sang le bas du pantalon, ceinture de cuir où pendent la « boutique » de bois garnie de six couteaux, le fusil sur lequel on les aiguise : les bouchers sont semblables à ceux que Sylvestre voyait jadis à l'abattoir Montmartre. Ils s'affairent autour de vastes baquets où flottent des crânes et des sabots, des tibias, des fémurs, des carcasses dont les dernières chairs semblent devoir s'envoler avec la vapeur d'eau. Les hommes vont des baquets aux fondoirs, de larges chaudières où ils préparent pieds de mouton et têtes de veau à des récipients plus petits où, maniant de longues louches plates, ils récupèrent les graisses. Demain, elles serviront à la fabrication des bougies, deviendront huile d'horlogerie. Dans les charcuteries, les boyaux contiendront boudins, saucisses, saucissons. L'intestin du mouton sera corde de harpe. Les os feront du noir animal. C'est cela peut-être, cette utilisation de tout leur sang et de toute leur peau, de leurs mamelles et de leurs squelettes, que ressentent les bêtes.

A la bascule, Sylvestre est affolé : chacune d'elles pèse soixante ou quatre-vingts livres de moins qu'au départ. On va l'accuser de les avoir mal soignées, d'avoir économisé sur leur nourriture.

Venu encaisser les billets pour son frère, Lafaye Clément, natif de Saint-Léonard et maintenant fixé à Paris, le rassure : il en est toujours ainsi chez le bœuf limousin qui, en route, perd en quantité ce qu'il gagne en qualité :

— Sa chair, dans le voyage, se fait plus nourrissante. Plus savoureuse. Elle est payée plus cher.

Il y a, au fond de la cour, un tourniquet où les vaches entrent une à une.

On doit pousser Roussette, Guéraude, Bessine, qui brament, se retournent sans cesse, semblant dire, de leur grosse tête balançant sur leurs épaules, des «non!» désespérés.

Magnac et Caussard ont plus de dignité. Ils posent leur regard silencieux sur les deux enfants. Leurs gros yeux incrédules disent : «C'est toi qui m'as fait ça!»

Jérôme et Florentin fondent en larmes. Eux aussi ont compris. Ils se jettent dans les jupes de leur mère, serrent ses jambes à en mourir.

Sylvestre pense : Nous voici dans la capitale du

royaume. Elle appelle les bêtes et les gens pour que leur mort lui soit utile.

Intimement, il craint de voir ses petiots dépérissant dans l'un de ces sixièmes étages surpeuplés qu'il habita; traînant dans les ruisseaux de la rue de la Mortellerie, de la rue des Lombards où s'entassent les maçons. Dont, peut-être, il redoute les bavardages auprès d'Angèle : certains ont connu Nanette.

Il installe sa famille dans la ruelle des Trois-Chandelles, au bout de la longue rue de Charenton. Une voisine petite ruelle des Jardiniers dit la destination de ces terres d'où l'on s'embarque la nuit pour porter choux et carottes sur le carreau de la halle. Les lourdes charrettes convoyant le blé de la Brie, les pêches de Montreuil, les fraises et les framboises de Bagnolet se joignent à ces cortèges alimentaires qui, par la rue des Amandiers, la rue du Faubourg-Saint-Antoine, convergent vers la capitale.

Ici, les pitoyables maisons des maraîchers alternent avec quelque «folie» bâtie jadis pour abriter les plaisirs champêtres d'un grand seigneur, avec une fabrique de papier peint d'où s'évadent des vapeurs au panache coloré. Une étable s'ouvre sur la rue; on bâtit un immeuble dont l'audace fait l'admiration des badauds.

Plus loin, une ancienne remise de voitures de place, l'écurie, l'atelier qui servait à leur équipage, une haie de troènes odorants, haute, feuillue, tracent un couderc écorné par un abreuvoir moussu, repoussant.

Sur une bâtisse de torchis où dort encore la caisse ébréchée d'un cabriolet, où, couchées sur une paille fatiguée, agonisent deux ou trois roues ayant perdu leur armature, on avait élevé un étage de planches disjointes destinées jadis au sommeil de quelques palefreniers.

Angèle a pris possession de ce garni infime avec un enthousiasme que rien n'aurait pu démentir. Les deux pièces offrant une chambre aux enfants, la cuisine réduite meublée d'un fourneau étroit, branlant, le garde-manger équipé sur la cour de persiennes le protégeant mal de toutes les poussières, tout faisait son émerveillement.

Dans cette cour trône le puits dans lequel, se penchant, les enfants aiment se regarder.

— Les petits, faites attention à ne pas tomber !

De son premier étage rabougri, déjà sous les toits, Angèle surveille ses marmots.

— N'ayez pas peur : je suis là ! lance Clarisse, la seule voisine, une femme ronde de corps et de cœur qui, sa robe noire toujours recouverte d'un sarrau à fanfreluches, sous l'auvent de l'ancienne écurie, aide son mari dans l'accomplissement de ses tâches quotidiennes.

Albert est maître sellier-bourrelier. Dans chacun de ses gestes, de ses mots, on sent la fière assurance de l'artisan : qui connaît son métier connaît sa force.

Cette force, on la comprend à la précision du geste ; à ces bras velus, musclés, que les manches relevées découvrent jusqu'aux coudes ; à l'attention de ces yeux vifs qui, sous leurs sourcils broussailleux, grisonnants, ne quittent jamais la selle ou le collier lorsque, tenant entre ses lèvres la réserve de deux ou trois clous dorés, Albert tire l'aiguille ou manie le marteau de tapissier.

L'atelier sent la toile, le cuir, la laine, la cire d'abeille et le vieux foin. En fait, l'atelier sent le travail ; déjà le cheval.

Le travail : c'est bien ce que Sylvestre voudrait trouver.

Avant l'aube, il part pour la Grève, rendez-vous des maçons.

Il ne la reconnaît pas. L'Hôtel de Ville s'est agrandi du côté de l'eau. Le port au blé, jadis bourdonnant, ne voit que des péniches vides.

— Le froment arrive ailleurs.

— Dans des lieux moins voyants.

— Directement dans les greniers de l'accapareur.

La population surtout a changé : deux fois, trois fois plus nombreux, les maçons montrent des mines tristes, des blouses élimées, des pantalons hier usés sur les échafaudages, aujourd'hui fatigués par l'inaction, les longues stations au Fil à plomb, la taverne ouverte à l'angle de la rue de la Coutellerie et de la rue des Coquilles.

Sylvestre a eu envie, parfois, de se joindre à ces compagnons pour, d'un petit marc, au matin, « tuer le ver », comme ils disent. Comme ils croient. Il a résisté. Retenu par le manque d'argent, le désir de sauver sa famille; retenu aussi par tous ces visages sur lesquels il lit les mauvaises heures annoncées par le typographe Maxime Langelier. Va-t-il devenir comme eux?

Les regards guettent un patron, un entrepreneur, un contremaître venant offrir de l'ouvrage.

Ils ne viennent pas.

Sylvestre cherche une silhouette connue, un Creusois, un « maçonnier » avec lequel, voici cinq ans, il aurait bâti. Il n'en trouve pas et, lorsqu'il aperçoit une ombre familière, c'est celle de Monteil-le-moralisateur, de Dessagne, de Maingontaud-le-fils, tous au courant de son passé. Au courant de Nanette.

Il ne veut pas qu'on lui parle d'elle, qu'on le questionne, qu'on évoque ses jours de naguère avec des mots épais, des rires bêtes qui croient connaître la vie.

Il ne veut pas, non plus, parler de Florentin devenu son fils, d'Angèle devenue la mère de Florentin. Si simplement.

Il ne veut pas que ces rustres voient sa couvée ; qu'ils disent, devant les enfants, des vérités inquiétantes. Jérôme et Florentin sont frères. Ils en ont le nom. L'amour. Rien ne doit changer.

Il veut la chance. Attend un miracle.

Devant tous ces hommes cherchant du travail, il espère un maître s'avançant vers lui pour lui dire : « Oh ! L'ami, je ne t'ai jamais rencontré mais tu as l'air assuré du bougre qui connaît le bâtiment. Viens avec moi ; j'ai, sur mon chantier, de quoi satisfaire tes bras. »

Nul ne vient.

Les jours passent. Comme les visages devant lui : toujours plus longs, plus tristes, plus désespérés.

Lorsque, il y a cinq ans, il venait à la Grève, il lui semblait qu'il avait, sous les yeux, une corporation. Il y entrait, s'y mêlait. Par la camaraderie née d'un renseignement, d'une adresse, d'un conseil, il en pénétrait la fraternelle amitié.

Aujourd'hui, il est devant un océan d'inquiétude ; qui, vite, deviendrait farouche ; capable, de ses lames irraisonnées, d'engloutir les hommes, les habitudes morales.

Un ouvrier coiffé d'un vaste chapeau de cuir sort du Fil à plomb, excité, s'approchant d'un compain :

— Il faut du monde à bâtir la mairie de Ménilmontant.

— C'est où ?

— Sur l'emplacement de l'ancienne Ile d'amour. Tu ne peux pas te tromper.

La confidence ne s'adressait pas à Sylvestre mais, tendant l'oreille, il n'en a pas manqué un mot.

La guinguette l'Ile d'amour, tout Paris y a dansé, y a mangé la gibelotte : il n'y a pas de peine à en obtenir l'adresse.

Il court dans la rue Saint-Antoine, traverse la place de la Bastille, demande à nouveau son chemin, enfile la rue de Charonne, s'égare derrière les fagots en réserve d'un four à plâtre, monte la rue Riblette, se trouve face aux fortifs, comprend qu'il s'est trompé, redescend. Il arrive enfin devant le chantier de la mairie. Maçons, goujats, tailleurs de pierres s'affairent sans le voir.

D'autres candidats arrivent, essoufflés.

Un gros homme s'approche :

— C'est un mauvais renseignement. Mon équipe est complète.

Le dépit doit marquer tous les traits.

Le gros homme ajoute :

— De toute façon, vous n'auriez pas été les premiers. J'en ai déjà renvoyé une bonne douzaine.

Le soir, rue des Trois-Chandelles, Sylvestre ne parle pas.

Angèle voudrait savoir.

Il reste seul. Muet. Face à son échec du jour. Des jours précédents.

— Et Monteil, l'as-tu vu ?

— Non... Il... ne vient pas.

Il ne sait pas mentir : Angèle voit sa peau rougissant à la racine des cheveux.

— Personne ne te parle de lui ?

— Personne.

Elle se demande comment Monteil Joseph, qui donnait de l'ouvrage à tous les Creusois, qui toujours en promettait à son mari, qui avait la parole assurée de ceux en qui on peut avoir confiance, oui, Angèle se demande comment ce maçon connu de tous les maçons a disparu sans laisser de trace.

Le lendemain, à la Grève, au milieu des rires des compagnons, deux ouvriers se sont empoignés. Sous les encouragements imbéciles, ils roulent au sol, endommagent leurs vêtements, tapant fort leur adversaire quand ils ont le dessus, bandant leurs muscles avec la férocité de la haine lorsqu'ils sont dessous, parvenant à renverser la situation, à frapper au visage, dans le ventre...

Dans l'un des belligérants, Sylvestre reconnaît l'ouvrier au chapeau de cuir qui, hier, avait donné le renseignement d'embauche à la mairie de Ménilmontant.

— Ce n'est pas la première fois qu'il fait ça, murmure un compagnon regardant le combat.

Un autre approuve :

— S'il pouvait tous nous envoyer à droite ou à gauche, il resterait seul à la Grève pour prendre le travail.

— Espérons que la leçon lui servira.

Le visage marqué de sang, le traître se relève. Il ramasse son chapeau, part sous les huées, les moqueries vengeresses.

L'assemblée serait-elle aussi féroce s'il avait été le plus fort ?

Sylvestre pense au cousin Marcel, à leur bataille sur le tas de pommes. Le souvenir fait tourner son sang. Sa rage contre Marcel est, aujourd'hui, sa rage contre Paris. Ses muscles se tendent comme ils s'étaient tendus. Il voudrait étrangler le chômage comme, hier, il avait voulu étrangler la méchanceté : l'un et l'autre blessent ses enfants, Angèle-la-magnifique.

Il va sur les quais au pas lent des vaincus ; incapable de dire si les pêcheurs qui bordent la berge prennent une ablette ou un barbillon ; si même ils prennent quelque chose lorsqu'ils retirent leur ligne de l'eau. Des hommes nagent la brasse. Plongent. S'amusent.

Sylvestre, ici, ne se reconnaît plus.

Il cherche le petit pont de Grammont où il était venu avec Nanette. Il lui faut du temps pour comprendre que le bras d'eau a été comblé, que l'île Louvier est maintenant rattachée à la ville, emportant dans son annexion le souvenir du port au bois et, plus encore, le nom lointain de l'île aux Javiaux où chantaient les grenouilles.

Passant le fleuve, Sylvestre suit le cours des eaux de cette Seine, jadis *sin-ane*, qui, toujours, mérite son nom : la lente rivière.

Au bout de la rue des Saints-Pères, face au port Saint-Nicolas, la berge est encore chargée de charbon de bois, contrastant avec le quai d'Orsay réservé à la blanche pierre.

Là, il y a six ans, Sylvestre déchargea les chalands épais venus des eaux de l'Oise, tirés par les chevaux, enfoncés jusqu'au danger sous leur lourde batelée.

Il espère une silhouette connue, ne trouve que des ouvriers réticents, un chef auquel il offre ses bras.

— Mes bras, les voilà ! répond le maître de chantier en désignant les impressionnantes grues à vapeur qui, au rythme de leurs jets de fumée, débardent les péniches.

Sylvestre s'en va sous le regard de quelques jeunes, chômeurs comme lui, tristes comme lui, dont certains s'égayent un peu à la vue de ce provincial qui a cru trouver du travail à Paris.

— Et Monteil, l'as-tu vu ? insiste Angèle.

— ... Il ne vient pas.

— ... Personne ne parle de lui ?

— Personne.

Ceux qui, depuis leur plus jeune âge, ont toujours travaillé ne comprennent pas le chômage. Pour eux, c'est un mot de quelques jours, une mauvaise passe ; comme l'accident ou la maladie : on trouve toujours une médecine pour vous guérir. Passé ce délai, la maladie est mortelle, contagieuse, redoutable. Plus dangereuse que la peste : on l'appelle la fainéantise.

S'il y a une chose dont Angèle n'a jamais douté, c'est du courage au travail de son mari. N'était-il pas reconnu par tous lorsque, sous le soleil le plus chaud, de son râteau de bois il aquenouillait le foin avant de le hisser, de sa fourche maniée à la force du muscle, au plus haut de la charrette ? Quel autre mieux que lui coupait la bruyère d'hiver qui deviendra litière, hersait la motte de printemps, moissonnait le blé noir qu'il battait puissamment, avec adresse, avant de recommencer labours et semailles qui relançaient la nature ?

Angèle ne comprend pas.

Sylvestre ne dit pas les choses.

Pour la première fois, elle n'a pas confiance en lui.

Parce qu'il n'a pas confiance en elle.

Elle regarde, sur le bahut, son porte-bonheur, seul rescapé du déménagement qui n'en était pas un : comment emporter, sur des bœufs, le lit, la table, la couette ballonnée de plumes, le buffet, les bancs, la maie encore chaude de l'odeur du pain ?

Le pépé s'était engagé à régler les dettes du couple, à oublier celles qu'il avait envers lui, à combler le passif auprès de maître Tardieu. Ce n'était pas rien.

Pour prix de ses peines et de son argent, il gardait le mobilier, le chaleil dont on n'aurait pas besoin à Paris, le peïrol et tous les chaudrons qui serviraient longtemps encore dans la cuisine des Rabanesse pour les repas des moissons, des battages ou quand « on se rend le cochon ».

Ces objets restés au pays comme les vestiges d'une débâcle, Angèle en revoit l'origine : le fromager de noyer venu de sa famille avec les recommandations de la mémée ; le vaisselier donné par les Chabrol avec son pied travaillé au couteau : serpent s'enroulant autour du bois comme le fantassin Anselme l'avait vu, au cours de ses sept ans, autour de la canne du major ; l'échelle de châtaignier confectionnée par Sylvestre lui-même au lendemain de ses noces; et puis, venant de la noce justement, le bol d'un cousin, le pichet de la voisine et surtout la paire de sabots apportée à la mariée par la marraine, Léonie Fenaudot, native de Périorière.

Oh! Ils n'avaient rien d'extraordinaire, ces sabots! Ils étaient dans la tradition : sculptés dans le simple; avec une taille telle que, en cas de mauvais temps, la mariée y passe son pied chaussé des bottines à protéger de la boue du chemin. C'était la coutume.

Ce qui ne l'était pas, c'était l'idée de la marraine; le présent ajouté au présent : des sabots miniatures, aux proportions des vrais, creusés dans le hêtre par les doigts habiles de Gabriel, fils de Léonie; l'intérieur habillé de molleton rouge par l'invention de Léonie, mère de Gabriel; la bride faite de cuivre leur donnant un air de fête et même de grande richesse.

« C'est de l'or! » murmuraient les vieux en extase.

« Sûr, c'est une merveille! » répondaient les prudents et les enthousiastes. Les amis. Le voisinage abasourdi par l'idée autant que par la réalisation.

Angèle était de leur avis. Plus émue qu'eux.

Elle l'est encore.

Les sabots posés devant elle, seul luxe décorant le dessus du bahut, elle n'aura pas peur de Paris.

C'est cela un porte-bonheur : un objet sans garantie dont on ne se séparera jamais. De peur qu'il vous porte malheur.

4

Angèle n'a pas dormi.

La pluie fouette le tuyau du poêle bringuebalant au-dessus du toit; elle tombe goutte à goutte dans la bassine disposée au pied du lit.

La caravane a commencé son long cheminement vers la halle.

Déjà Angèle connaît ces bruits de grelots, de roues ferrées écrasant les cailloux. Dans leur parfum de printemps, les lourds tombereaux de fruits et de légumes passent les premiers, pressés d'aller déposer leur chargement sur le carreau : ils iront ensuite assurer l'enlèvement des ordures dans les rues de la capitale. Leurs propriétaires ont passé accord avec la préfecture.

Sur la table bancale dont il a équilibré les pieds avec des bouts de carton, Sylvestre se verse un bol de lait. Angèle se lève. S'habille de sa robe de sortie.

Trempant son pain, Sylvestre la regarde :

— Où vas-tu à cette heure?

— Je viens avec vous.

Il arrête son déjeuner :

— Avec moi?... Pour quoi faire?

— Pour chercher du travail.

Il est décontenancé. Ressentant une honte que, tout de suite, il veut cacher :

— A la Grève, on donne du travail aux maçons : pas aux femmes.

Angèle ne hausse pas le ton. Ne montre aucune suspicion.

Simplement elle est décidée :

— Puisqu'il n'y en a plus pour les maçons, il y en aura peut-être pour leurs femmes.

Il se tait.

Ils sortent.

Clarisse viendra s'occuper des petits. Elle le promet.

La pluie a cessé.

Le silence du couple est battu par les «floc» des pieds dans la gadoue.

A la Bastille, on vient d'abattre le gigantesque éléphant de plâtre construit par Napoléon.

Pour éviter ses gravois autant que les rats qui les habitent, Sylvestre et Angèle se détournent de leur chemin. Angèle voit le chantier d'une vaste artère qui conduira à l'embarcadère de Lyon. Elle pense : On abat, on perce, on pave, on bâtit; il y a du travail à Paris.

Sylvestre entend peut-être cette pensée. Il est mal à l'aise. Se croit surveillé. Pris en faute.

Angèle a un geste tout à fait inattendu, réservé, au pays, aux cortèges des mariages, des baptêmes : elle prend le bras de son mari. Elle voudrait qu'il comprenne : «Je suis avec toi.» Mieux : «Je veux t'aider.»

Il perçoit ce sentiment. Sa gêne n'en est pas moins grande. Il pense : On n'a jamais vu un ouvrier venant chercher du travail une femme à son bras!

Quand, passant devant l'église Saint-Paul, ils ont traversé la petite place Birague, il attrape dans sa poche un mouchoir dont il n'a pas besoin, profitant de son mouvement pour reprendre sa liberté.

A la Grève, le brouhaha surprend Angèle.

Jamais elle n'a vu autant d'hommes rassemblés.

Jamais elle n'a vu un bâtiment comme cet Hôtel de Ville aux innombrables fenêtres, au toit vingt fois décalé, à la girouette si haut perchée. Jamais elle n'a vu Notre-Dame dont les tours semblent s'élancer vers le ciel pour y chercher le jour qui vient. Paris ouvre ses volets. La Seine lance son premier bateau. Accoté à la cheminée d'une lointaine fabrique, un sifflet à vapeur appelle ses ouvriers. Près du quai, déjà des petits marchands ont installé leur éventaire, disant de tout pour vous vendre des riens : des clous, des peignes, des fripes, votre chance au bonneteau.

Une femme dit la bonne aventure. Comme il serait bon de l'entendre ! pense Angèle qui s'en détourne lentement, fascinée maintenant par ce groupe de maçons hissant l'un des siens sur une borne :

— La chanson des ouvriers !

— La chanson de Pierre Dupont !

— Vas-y, Fernand !

L'artiste ne se fait pas prier. Sa blouse ample cachait une forte voix de baryton, grave comme la mission dont, cela se voit, il se sait investi :

Nous, dont la lampe, le matin,
Au clairon du coq se rallume,
Nous tous qu'un salaire incertain
Ramène avant l'aube à l'enclume,
Nous qui, des bras, des pieds, des mains,
De tout le corps luttons sans cesse
Sans abriter nos lendemains
Contre le froid et la vieillesse...

Quand il arrive au refrain, les maçons se prennent par le bras, la taille, les épaules. Ils forment un chœur fervent. Une messe en plein air. Une prière en musique ayant la force de la spontanéité :

Aimons-nous et quand nous pouvons
Nous unir pour boire à la ronde,
Buvons, buvons, buvons
A l'indépendance du monde !

Le monde chante. Angèle est bouleversée. Ces hommes paraissent s'aimer vraiment. Elle tourne son visage radieux vers Sylvestre : il n'est pas là. Elle n'a pas le temps de le chercher : elle a, devant elle, un visage connu. Elle s'avance :

— Monsieur Monteil !

Monteil semble ne pas l'entendre.

— Joseph Monteil... de Saint-Yrieix... Vous ne me reconnaissez pas ?

— Je vous reconnais.

— Mon mari voulait vous rencontrer... Il ne vous a pas vu.

— Il y a ceux qui ne voient pas et ceux qui ne veulent pas voir.

C'est Angèle qui, maintenant, semble ne pas entendre. Une seule question l'intéresse :

— Auriez-vous de l'ouvrage pour lui ?... On sait que vous formez des équipes.

— Dans une équipe, il faut la confiance.

Le mot porte. Angèle se rend compte que, depuis qu'elle l'a interpellé, Monteil fait une drôle de figure. Fermée.

— Vous... n'avez pas confiance en Sylvestre-Marcelin Chabrol ?... Pourquoi ?

Monteil est en équilibre : doit-il se taire ? doit-il crier ? Il a choisi : il crie. Des mots que l'on n'attendait pas. Qui n'ont rien à voir avec Sylvestre. Des mots déchirés, venus ce matin de Buzançais. Ce sont eux qui, tout à l'heure, formaient ce brouhaha allant de bouche à oreille, de surprise à indignation, à colère, à tristesse, à ce chœur fraternel improvisé sur la chanson de Pierre Dupont : à Buzançais, la guillotine vient de couper le cou de trois ouvriers. Trente-sept ans. Vingt-cinq ans. Vingt ans. Un sabotier. Deux journaliers.

La voix de Monteil s'enfle de toute la force du chagrin :

— Trente-deux autres sont déjà au bagne ! Vous comptez bien : trente-cinq laborieux frappés pour le meurtre d'un bourgeois qui avait tué le premier !

Surprise au début par ce déferlement hors de question, maintenant, Angèle est blême. Elle pense à Jérôme, à Florentin. Comme toutes les mères, elle est, à cet instant, tout près de la mère de Michot, le sabotier de vingt ans exécuté devant l'hôtel de ville de Buzançais.

— Ils ont amené la guillotine depuis Châteauroux et ils l'ont dressée sur la place un jour de marché.

— Ils veulent faire peur ! lance un terrassier.

— Ils feraient mieux d'alimenter le marché ! estime un tailleur de pierre.

Monteil interroge :

— Pensez-vous que la sentence aurait été la même si, au lieu des ouvriers, on avait jugé le bourgeois ?

Un murmure lui répond. Des hochements de tête qui savent l'injustice du monde. « Il pleut toujours sur le mouillé », dit-on au pays. Il a plu sur Buzançais. Toute la France bientôt sera malade.

Monteil se tourne vers Angèle. Pour une conclusion inattendue, elle aussi :

— Si l'ouvrier veut avoir droit à la justice, il doit être

irréprochable. Il ne doit pas boire, pas jouer, pas courir le cotillon. Il doit être toujours présent au chantier et ne pas se battre avec les compagnons.

Angèle ne l'a pas entendu : elle a vu tomber le couperet. Elle a rejoint les femmes de Buzançais pleurant des larmes de colère. Impuissantes.

Monteil s'en va.

Elle le rattrape :

— Ne soyez pas aussi insensible que les juges... Joseph Monteil, vous êtes venu chez nous faire les brandons. Maintenant, nous sommes à Paris... J'ai deux enfants...

Au souvenir de la fête des champs, des paillons brûlant dans la nuit du pays au son de la chabrette, le maçon se radoucit. Dans la dure existence de la capitale du royaume, rien n'attendrit plus l'émigrant que l'ancienne chanson des jours ensemble, des prairies qui, de loin, effacent les dénuements; en voyageant, les musiques prennent le parfum de la terre; les images parlent en patois :

— Jérôme a un frère?... Quel âge a-t-il?

— Quatre ans.

Sur le visage de Monteil, toutes les festivités ont disparu. Remplacées par un soupçon. Une idée folle. Révoltante. A laquelle il n'ose croire. Elle le taraude. Il voudrait un démenti. Sait qu'il ne peut avoir qu'une confirmation. Finit par demander :

— Cet enfant... il est à vous?

— Il est à moi, répond Angèle sans hésiter.

Cette assurance ne l'ébranle pas. Il plante ses yeux dans ceux d'Angèle. Un regard de doute. De colère.

Pour insister, il cherche des mots honnêtes :

— C'est vous qui l'avez... fait?

Surprise, Angèle baisse la tête.

Il n'en fallait pas plus pour accréditer l'idée folle. Monteil est indigné : ce gosse est l'enfant de Nanette, il n'y a pas à en douter. Un enfant dont on ne connaît pas le père. Monteil l'avait cru recueilli par l'Assistance, déposé au petit matin dans l'une de ces coquilles de pierre que le Moyen Age disposa à cet effet devant les lieux saints. Certaines églises de Paris ont su les conserver.

— ... Il vous a ramené ce bâtard !... Le fils de cette traînée et d'on ne sait pas qui !... Sous votre toit !... Chez sa propre femme ! Et vous voudriez que je donne de l'ouvrage à un homme comme ça !

Angèle tremble. Devant le silence de Sylvestre, elle avait eu bien des imaginations. Jamais elle n'avait pensé que ce fils qui n'était pas le sien pouvait ne pas être celui de son mari. Jamais elle n'avait pensé que son homme des jeux d'enfance et des durs travaux avait touché une femme de mauvaise vie. Des scènes montent du passé : leur serment devant le maire ; la bénédiction du prêtre ; la sortie de l'église sous la tourte tendue à bout de bras par les amis aux cris de : « Que jamais vous manca ! » Elle revoit son arrivée à la ferme où « elle allait bru » au bras de son mari qui, désormais, avait sur elle tous les droits ; le père de Sylvestre lui remettant, selon la solennelle coutume, le balai qui lui disait son rôle. Elle en avait serré le manche de toutes les forces du bonheur. Ce bonheur que, la nuit, elle s'était donné ; qu'elle lui avait donné avec la soumission pudique de l'inexpérience ; le désir de, sans parler, dire : « Je suis à vous. Je ne serai jamais qu'à vous, comme vous, Sylvestre-Marcelin Chabrol, ne serez jamais qu'à moi. »

Elle murmure :

— Pourquoi dites-vous : « une traînée » ?

Monteil raconte tout : comment il logeait ses compagnons chez les Maingontaud, rue de la Mortellerie. Comment il avait accueilli Sylvestre malgré son peu d'expérience de la pierre, malgré les réserves des compagnons qui lui savaient une femme dans la Creuse et une gisquette à Paris. Quand Sylvestre était rentré au pays pour la première fois pour la naissance de Jérôme, un an et demi durant Monteil lui avait gardé sa place. Pendant ce temps, sans pudeur, la fille venait le chercher, le demander, quêter de ses nouvelles :

— Elle n'avait peut-être pas seize ans ! Et elle courait déjà les hommes... partout ! Elle aurait voulu le relancer. La logeuse devait la mettre à la porte ! Et après lui, ç'a été un autre ! Et vous acceptez ça ? Ma parole, vous êtes comme lui !

Il est outré, Joseph Monteil : par ce comportement de fille des rues ; par Sylvestre qui, remontant à Paris, avait commencé à chercher son effrontée ; à quitter le chantier pour essayer de la trouver on ne sait où : à Bercy, à Saint-Germain, peut-être dans les tavernes de Saint-Marcel...

— Moi, bien sûr, je ne lui avais pas dit que, pendant son absence, elle était venue tant de fois chez Maingontaud... Je ne sais pas comment il l'a appris mais un soir, il est arrivé comme un fou ; il m'a insulté, frappé. Il a fallu que les compains nous séparent... Ah ! Elle le tenait, la garce ! Elle le tenait par où il fallait !

Depuis longtemps, Angèle se tait.

Un monde, pour elle, vient de finir, cassant ce « long fil d'or qui ne rompt qu'à la mort » comme le lui avait dit la « chanson de la nouoyo » chantée par tout le village, au son de la chabrette, le soir de ses noces...

Le monde de Joseph Monteil a autant de naïveté que celui d'Angèle. Le maçon a dans les yeux cette candeur éternelle capable de conduire éternellement les plus petites gens aux plus grandioses certitudes :

— Dans sa vie et dans son travail, l'ouvrier doit être un exemple. Pour tous. Les jeunes, les compagnons, les maîtres, tous ceux qui le voient... Ce sont les ouvriers qui feront la république mais ils ne la feront pas seuls... Pour venir avec nous, le bourgeois doit avoir confiance !

Angèle n'a plus confiance. En rien. En personne. Puisqu'elle n'a plus confiance en Sylvestre.

Près du marchand de colle arménienne, les maçons continuent leur chant :

Aimons-nous et quand nous pouvons
Nous unir pour boire à la ronde,
Buvons, buvons, buvons
A l'indépendance du monde.

Jérôme et Florentin iront à l'école à la rentrée. On dit : « C'est toujours ça d'économisé ! »... Comme si, quand on ne gagne rien, on pouvait faire des économies !

Ils passent leurs journées dans la cour, jouant à « labourer » avec un Jérôme tenant bien en main une charrue faite de deux bâtons, un Florentin devenu vache de trait sous les sangles prêtées par le bourrelier. Frissonnant sous la pointe de l'aiguillon, la vache se tortille et ne peut s'empêcher de dire à son maître : « Tu me chatouilles ! »

Cela distrait beaucoup la bonne Clarisse dont le gros rire fait sauter la grosse poitrine.

Stimulés par ce succès, les enfants miment le marchand ambulant soufflant dans sa trompette pour appeler la fermière : « On achète les chiffons, la ferraille et les peaux de lapin ! » Ils deviennent le saltimbanque et son singe en habit rouge entrevus à la foire de Bourganeuf. Ils en arrivent à leur plus grande réussite : Jérôme est le colporteur entrant dans la maison où, sachant un enfant, il tire de sa boîte un polichinelle de carton plat dont les membres sont joints par de petits cercles de cuivre. Florentin-Polichinelle agite ses bras, ses pieds, sa tête avec tellement d'ardeur au bout des fils imaginaires que Clarisse, riant de plus belle, ne peut s'empêcher d'applaudir. Il faut un tel numéro pour qu'Albert consente à arrêter son travail. Il secoue sa crinière plus sel que poivre avec indulgence. Ses yeux, son sourire, tout son visage, disent : « C'est beau, la jeunesse ! »

Un tel triomphe grise les artistes. De telles prouesses fatiguent les acrobates, les colporteurs, les singes savants et même les vaches de trait : ce soir, les enfants se sont couchés de bonne heure.

Angèle les a serrés dans ses bras. Très fort. Plus fort encore lorsqu'elle embrassait Florentin en l'appelant : « Mon petit... Mon fils. »

Emus sans savoir pourquoi, un peu inquiets, les deux garçons n'ont pas pu s'endormir.

Ils tendent l'oreille, s'apeurent, se cachent sous leur couverture. Le lit grince.

Dans la pièce voisine, Sylvestre hurle :

— Si tu ne lui avais pas parlé, il ne t'aurait rien dit !

Malgré l'accusation, Angèle n'élève pas la voix. Sincère toujours :

— Je voulais vous servir.

— C'est toi qui as été servie ! Il a dû t'en raconter des menteries !

Ce ne sont pas des menteries : Angèle le sait. Son visage le dit. Nouveau.

Sylvestre ne le reconnaît pas : la douceur s'est figée ; les traits n'accusent pas, ne se plaignent pas : ils sont faits de certitude. Un mari a menti à sa femme. A propos du travail, de Monteil qu'il n'a jamais cherché. Il lui a menti au sujet d'un enfant qu'elle a fait sien parce qu'elle le croyait à lui. Il lui a menti en taisant des événements qui, à l'instant où elle en acceptait les conséquences, auraient dû lui être confiés. Entiers.

Sous un même toit, le même pain nourrit l'homme, la

femme, les enfants : la franchise nourrit l'estime. A laquelle le couple sans cesse s'alimente.

Angèle n'est qu'un souffle :

— Vous... avez eu... une femme.

Sylvestre mesure la profondeur de sa blessure. Il voudrait lui demander pardon. La prendre dans ses bras. Il croit n'en avoir plus le droit. Elle ne pleure pas. Il l'admire. Lui en veut. Il s'entête. Voudrait la blesser plus encore. Essaie de savoir si elle a tout appris :

— Qu'est-ce que tu croyais ? Que Florentin est né tout seul ?

L'ironie ne la touche pas.

Plus rien ne peut la toucher :

— Je ne croyais rien. Maintenant, je sais.

C'est lui qui explose :

— Qu'est-ce que tu sais ?

Elle préfère ne pas parler de Florentin. Il n'est peut-être pas à lui mais il est à eux. Le rejeter en paroles, ce serait le rejeter en tendresse.

Ses larmes contenues, ferme, décente, tout bas, elle répond :

— Je sais que vous couriez les filles.

Sa voix douce ne le laisse pas parler :

— Et... je sais pourquoi vous ne vouliez rien me dire d'elle.

— Pourquoi ?

Devant le mot, Angèle hésite. Comme, au pays, les gens hésitaient à dire « le diable » ou d'autres mots qui lui ressemblaient : les parties de l'homme, le ventre de la femme, ou encore le cochon que la fermière appelait « l'habillé de soie » de peur d'être mal jugée : le cochon, c'est un mot qui donne des idées.

Elle murmure :

— Parce que c'est une femme de mauvaise vie...

— Quoi?

— ... Une traînée.

Elle a failli tomber sous la violence de la gifle. Du cri. De la révolte. Jamais, quand il s'est battu avec Marcel, avec Monteil, Sylvestre n'a montré pareil déchaînement. Il secoue Angèle, la couche sur la table comme s'il voulait l'étrangler :

— Je t'interdis de dire que c'est une traînée!

La démence le tient. Les mots sont sans suite, jamais entendus. Il lance des idées qu'elle ne lui connaît pas. Comme si son délire le libérait. Il parle des jaloux, des brutes, de tous les malfaisants capables seulement de déchirer l'innocence et d'embouer les printemps. Il accuse Angèle de se mettre avec ces charbonniers de l'existence qui croient se blanchir en vidant leur sac sur la tête des autres. Pour se grandir, ils piétinent les parterres qu'ils sont incapables de cultiver, les fleurs dont, jamais, ils ne sentiront le parfum.

En larmes, meurtrie par la trahison, surprise par la passion mise à la défendre, Angèle répète :

— Si vous m'aviez parlé, ça ne serait pas arrivé.

Sylvestre, qui hurle depuis dix minutes, montre sa gorge étouffée par le mutisme appris dès l'enfance; imposé par le père, respecté devant le maître, le docteur, le riche, tous ceux qui sont plus que vous puisque vous n'êtes rien; le mutisme écrasant de la nature que l'on implore et qui vous répond avec le gel et les grêlons, la pluie trop forte, le soleil destructeur de blé noir.

A Paris, le journal, c'est la gazette dans laquelle on apprend à entendre les hommes et les idées. Au pays, le *journal*, c'est la quantité de terre qu'un homme laboure dans sa *journée.*

Depuis toujours, Sylvestre est enfermé dans ce langage

de la terre qui ne parle jamais. Elle ignore le sentiment. La charrue qui la blesse ne brise pas son silence :

— Je ne sais pas dire les choses.

Il pense aussi : je ne veux pas les dire.

Sous sa couverture, Jérôme chuchote à l'oreille de Florentin :

— Au pays, le père et la mère ne se disputaient pas.

Dans la cour, Clarisse détourne enfin son regard de la fenêtre : le calme est revenu.

Elle rentre chez elle.

Son mari n'a pas besoin de faire une conférence.

Son air réprobateur, sa tête qui va de droite à gauche avec un soupir de dépit, même son absence de commentaire disent suffisamment sa pensée, voisine de celle de Monteil : pour ne pas être méprisé, il ne faut pas être méprisable. On ne bâtira pas une société plus juste avec des ouvriers scandaleux.

C'est que, comme Monteil, il y croit, le bonhomme Albert, à cette république qui doit venir.

Pour elle, voici dix-sept ans, il a fait le coup de feu.

Aujourd'hui, évidemment, ses muscles sont moins jeunes. Il ne prendrait sans doute plus le fusil. Mais sa parole tape juste. Son œil vise loin. A la hausse.

Sur son chevalet de sellier ou à califourchon sur un collier de cheval traîne parfois un exemplaire de son journal favori, *L'Atelier, organe spécial de la classe laborieuse rédigé par des ouvriers exclusivement.* Pour que nul n'en ignore, la gazette porte en manchette la parole de saint Paul : « Celui qui ne veut pas travailler ne doit pas manger. »

Albert suit saint Paul. Il amplifie même sa pensée :

— Le travail est un droit qui se mérite.

Clarisse a beau lui répéter que le nouveau voisin

s'améliorerait sans doute s'il trouvait de l'ouvrage, Albert reste sur ses positions : jamais il ne recommandera à un maître ou à un camarade un garçon qui bat sa femme et fait du bruit dans sa maison.

Clarisse ne s'avoue pas vaincue : elle brandit *L'Atelier* de ce mois de juin 1847. N'est-ce pas le révérend père Lacordaire qui, réfutant quelques interprétations tendancieuses de l'Evangile, précise que « le christianisme fait du *travail* et non de la *misère* une condition normale de la société », que « Dieu a condamné l'homme à gagner son pain à la sueur de son front mais ne l'a pas condamné à *ne pas gagner* son pain à la sueur de son front ».

Elle est formelle :

— En condamnant un homme à la misère, tu contreviens à la loi de Dieu.

— Dieu me jugera, répond Albert : il comprendra très bien que le mauvais sujet se condamne lui-même à la misère. Je n'y suis pour rien.

Le mari est placide. L'épouse est farouche :

— Ses enfants sont-ils aussi des mauvais sujets? Doivent-ils, eux aussi, connaître cette misère dont Dieu ne veut pour personne?... Cette misère de laquelle, avec l'aide de Dieu, nous nous sommes sortis?

Le bourrelier est ébranlé.

Clarisse le voit. Cela stimule son verbe :

— Tu juges hâtivement, Albert. Cela non plus n'est pas conforme à ta foi chrétienne. Mais, puisque tu aimes porter sentence contre tes frères, dis-moi donc ce que tu penses d'Angèle. N'élève-t-elle pas proprement ses enfants? Les vois-tu dans la cour habillés de loques comme les petits de la rue de la Planchette qui vont toujours avec des trous à leurs habits et à leurs chaussures... quand ils ne marchent pas pieds nus?

Albert ne veut pas donner raison à sa femme :

— Où veux-tu que je trouve du travail ? Tu ne sais pas qu'à notre époque...

La bonne matrone ne s'en laisse pas conter : à la fabrique ou chez l'artisan, à la goguette ou dans le compagnonnage, son mari connaît suffisamment de monde, chacun lui porte suffisamment d'estime pour qu'il obtienne bien vite ce dont il a besoin.

Albert ne répond pas.

Après l'avoir mouillée de ses mains habiles, il enfourne une longue paille de seigle dans le coussin du harnais, la tasse avec son pilon. Tout à l'heure, quand il aura cousu le cuir, il l'arrondira avec sa mailloche. Bien tendu. Régulier.

Le cheval viendra ce soir.

Son collier doit être prêt.

C'est tout ce qui l'intéresse.

Il a écrit l'adresse de monsieur Lacoste sur un papier.

Angèle n'a pas su comment le remercier. Au pays, le service répond au service. Les bras prêtés à la fenaison seront rendus à la moisson. Ici, que pourrait-on offrir à l'artisan mieux loti que vous ? Où prendre au collet *la lièvre* récompensant les exceptionnelles obligeances ?

Elle descend la rue de Reuilly en pensant à la gentillesse d'Albert.

Les fantassins gardiens de la caserne la regardent sans parler.

Sortant de l'hôpital Saint-Antoine cornettes au vent, deux sœurs de Sainte-Marthe accueillent un accidenté du travail que l'on porte sur un brancard. Elles guident le convoi vers l'intérieur, jetant déjà sur le visage du malade le linge blanc qui lui tiendra lieu d'anesthésie.

Le faubourg commence à sentir le bois. Les scies

grincent au fond des cours. Le marteau et la varlope rythment leurs efforts.

Deux ébénistes aux longues blouses blanches traversent la chaussée, coltinant les portes superbes d'une armoire en noyer.

Voici le cul-de-sac de la Forge-Royale.

Angèle n'ose plus avancer.

Comment a-t-elle pu espérer une embauche à la ville, elle qui ne connaît que les métiers des champs ? Comment a-t-elle pu accuser Sylvestre de mollesse, elle qui, vingt pas avant l'imprimerie, sent sa gorge éteinte ?

Devant la porte de son atelier, un charron a fixé en plan sur un tonneau le tonneau miniature d'un moyeu. Il trace les mortaises où logeront les pieds des rayons. Sous son ciseau précis, le moyeu s'évide, lâchant ses copeaux d'orme sec.

Angèle pense à Pastoureau qui, si bien, battait le fer, cerclait les roues et guérissait les malades.

Elle voudrait rester là.

Au fond de l'impasse, deux ouvriers sortent de l'atelier à l'enseigne de *Lacoste Frédéric, maître imprimeur*. Calant la béquille arrière d'une charrette à bras, ils placent sur son plateau deux lourds paquets.

Ils vont la voir désœuvrée. Comme une propre à rien. Regardant un homme. Comme une ribaude.

Elle s'avance. Murmure :

— Monsieur...

L'un des deux ouvriers se retourne :

— C'est pour quoi ?

Angèle pousse un cri :

— Non !... Oh ! Non !

Elle voudrait s'enfuir. Hurler. Elle voudrait arracher sa robe aux souvenirs collant à sa honte. Elle voudrait défaillir, ne plus avoir devant elle cet homme qui, dans une grange, l'a vue, jupon retroussé, donner l'amour à son mari.

Le garçon est aussi surpris qu'elle, peut-être gêné de sa gêne, revoyant sans doute le même moment mais ne pouvant empêcher, sur ses lèvres, un discret sourire de mâle :

— C'est moi que vous venez voir ?

Elle est furieuse. Indignée. Veut entrer dans l'imprimerie :

— Je viens voir monsieur Lacoste ! Laissez-moi !

Il lui barre le passage. S'amuse :

— Comment « laissez-moi » ? Vous venez me chercher à mon travail et lorsque vous me trouvez...

La vanité la révolte : elle ne le cherchait pas. Elle...

— Dans tous les cas, vous m'avez trouvé !

Il est réjoui. Par l'embarras d'Angèle. Peut-être aussi de la revoir. Belle sous son foulard. Dans son indignation : ce regard posé sur elle est celui qui, au-dessus de sa tête, l'a surprise dans une attitude où personne ne l'avait vue jamais, où elle était sûre que personne jamais ne la verrait...

— ... J'ai honte.

Il veut lui prendre la main. A envie de lui dire que la grange était noire. Il n'a rien perçu. Il était surpris, déconcerté, lui aussi.

Il n'avait compris que tardivement ce qui se passait...

Comment dire cela sans la blesser encore ?

Quels mots peuvent dire les choses dont on ne parle pas ?

Il n'en trouve qu'un :

— Je vous demande pardon.

Il comprend cette pudeur meurtrie. Par pudeur, il ne le dit pas.

Ils restent ainsi. Sans parler. S'efforçant de chasser, l'un et l'autre, le moment qui les a fait se connaître.

Le deuxième ouvrier entre et sort, chargeant seul les paquets. Il jette un coup d'œil en biais vers Angèle.

Maxime finit par offrir son aide :

— Qu'est-ce que vous vouliez ?

— Du travail... C'est Albert qui m'a dit de venir voir monsieur Lacoste.

— Quel Albert ?

Elle n'avait pas prévu la question.

Pour elle, le bourrelier s'appelle Albert. Sa femme, c'est Clarisse. Elle ignore leur nom.

Maxime reprend son incrédulité souriante :

— Un ami vous recommande et vous ne savez pas son nom ?

Elle s'en va. Fulminant de n'être pas crue.

Il la rattrape.

Le charron les regarde, un rai en chêne entre ses mains inactives.

Maxime oublie sa curiosité. Il la prend par le bras :

— J'ai du travail pour vous.

Angèle se défend. Tremblante. Formelle. Apeurée :

— Je ne veux pas travailler avec vous !

Ce n'est pas avec lui. Cela ne peut pas l'être.

Dans l'imprimerie aujourd'hui, le tiers du personnel est constitué par des femmes. C'est trop : on n'en embauche plus ; les ouvriers ont réussi à l'interdire.

— Nous nous défendons, vous comprenez ?

— Contre les femmes ?

— Contre le chômage.

Comme l'autre soir avec Sylvestre, elle se surprend luttant pied à pied :

— Le chômage des hommes ?

— Le chômage des pères de famille.

Cela la met sur la voie. Une question part. Sans qu'elle le sache. Vite regrettée :

— Vous êtes marié ?

— Je me suis marié à la mairie du XIIIe.

— Ah !

Il rit. Doit s'expliquer sur cette expression connue de tous : Paris ne compte que douze arrondissements ; quand on dit : « Je me suis marié à la mairie du XIIIe », cela veut dire qu'on ne s'est pas marié !

Il attend une approbation :

— C'est rigolo, non ?

Le visage d'Angèle n'est pas convaincu. Au pays, on ne plaisante pas avec des choses comme le mariage. En plus, elle ne sait pas ce qu'est un arrondissement.

Il prend le papier qu'Angèle tenait dans sa main. Tire un crayon de sa poche. Ecrit.

— Vous allez à cette adresse. Je n'y connais personne mais ils prennent beaucoup de femmes. Je suis sûr qu'ils embauchent. C'est l'Etat, vous comprenez ?

Non. Angèle ne comprend pas ce qui lui arrive. Un grand bonheur. L'espoir de trouver du travail. Ou alors c'est autre chose. La pensée d'annoncer la bonne nouvelle à Sylvestre. L'envie de partir. De rester. De ne plus subir les yeux de ce garçon qui, non content de l'avoir surprise une nuit dans une grange, la contemple en plein jour. En plein Paris. Devant ce charron qui, pour la dixième fois, vérifie que la boîte d'essieu rentre bien dans sa niche.

Sa voix se resserre :

— Merci.

Elle s'en va.

Lorsqu'elle va sortir de l'impasse, Maxime Langelier la rattrape de la voix :

— Hé !... Si on vous prend, vous viendrez me le dire ?

Elle a disparu derrière la dernière maison. Sans se retourner.

En trois secondes, Maxime est dans le faubourg :

— Vous viendrez ?

Les deux ébénistes rentrent dans leur passage, portant sur l'épaule le long fût de chêne qu'ils viennent d'ôter à la trinqueballe d'un muletier. Un fiacre monte la rue, voiturant vers la barrière du Trône une douairière à face-à-main.

Angèle s'est arrêtée. Elle hésite. Finit par regarder Maxime. De loin.

Sa tête fait un petit « non ».

Elle est repartie. Gênée. Comme prise en faute.

Les marteaux, les riflards, les vilebrequins continuent leur œuvre menuisière.

Armé de sa scie à chantourner, un ébéniste incurve la planche de cerisier qui, sous sa main, devient dossier de chaise.

Un homme portant décorations, bottes de cuir et large chapeau tire sur la chaîne d'un ours qu'il a la prétention de faire danser au son d'un tambourin.

L'ours n'en a aucune envie.

Un loustic lance au dompteur :

— Je le connais ton animal : c'est mon voisin ! Tu lui donnes trois francs par jour pour faire le singe dans la peau de l'ours !

A ce mot, l'ours, vexé, fonce sur le gamin qui détale. On l'entend même lancer au fuyard un « Chenapan ! » un peu surprenant dans la bouche d'un semblable bestiau.

Angèle ne voit plus rien.

Elle court vers la ruelle des Trois-Chandelles.

Elle ne voit pas, même, Clarisse qui la guettait dans la cour, les enfants qui, près du puits, jouent à Magnac et Caussard marchant vers l'abattoir.

Elle est chez elle. Tombe sur un tabouret. S'étonne de sa faiblesse.

Les petits sabots sont sur le bahut.

Elle les regarde comme, à la Grève, la voyante regardait les lignes de la main. Pour lire.

Elle voudrait connaître l'avenir.

Va-t-elle trouver du travail ?

Le typographe Maxime Langelier est un garçon gênant, curieux, osé, sûr de lui, arrogant, moqueur, déplaisant, prétentieux.

Et plein de gentillesse.

5

Au cours de l'hiver 1810, on dansait au palais des Tuileries.

Une dame passe devant Napoléon. Tellement chargée de bijoux que l'empereur s'enquiert de son identité.

« C'est madame Robillard, répond une belle invitée.

— Robillard ?

— Monsieur Robillard possède la plus grande fabrique de tabacs qui soit en France. »

Impressionné par les lourdes marques de richesse qui décoraient la dame, Napoléon, le soir même, avait pris une décision : quelques mois plus tard, la fabrication et la vente des tabacs étaient devenues le monopole de l'Etat.

Voilà pourquoi, avant d'arriver à la pompe à feu du quai d'Orsay, sous l'inscription *Manufacture du Gros Caillou, propriété du royaume*, Angèle pourrait lire : *Ancienne maison Robillard.*

Elle ne sait pas lire.

Elle entre. Accueillie par un portier boitillant, un peu ronchon.

Il la conduit à travers la cour à la recherche de monsieur Brisac, le chef de secteur : un ancien ouvrier s'étant élevé, comme disent ses compagnons d'hier, « à la force de nos poignets ».

Dans la salle des machines, debout au-dessus du foyer ouvert, un homme verse de perpétuelles pelletées de charbon dans le brasier.

Contigu, le magasin dégage un parfum puissant, étouffant. Des balles de tabac s'entassent jusqu'aux solives, marquées par leur origine : Lot-et-Garonne, Dordogne, Var, Haut-Rhin... Certaines n'ont pas besoin d'étiquette pour être reconnues : les sacs en poil de chameau disent leur venue d'Orient, les peaux de bœuf arrivent du Guatemala ; on sait les baucauts originaires de Virginie...

Angèle éternue.

— La première fois, ça fait toujours ça ! dit le portier claudicant : il faut trois mois pour que le nez s'habitue.

Une ouvrière traverse la pièce, éternuant à son tour.

— Elle n'est là que depuis deux mois ! affirme l'homme sans se démonter.

Ils trouvent monsieur Brisac à la *mouillade* : vaste salle recevant faiblement la lumière du jour ; les feuilles de tabac jonchent le sol, humidifiées sans cesse par des hommes au torse découvert, des femmes aux bras nus maniant chacune un arrosoir.

L'eau mêlée de sel marin infiltre les feuilles. Elle se retrouve noire, épaisse, coulant entre les dalles pentues pour gagner dans quelque rigole une cuve d'où les ouvriers la tirent par seaux. Ils la ramènent aux femmes qui recommencent leur arrosage.

— Vous croyez que vous saurez faire ça ? demande le chef de secteur qui ne veut pas s'embarquer à la légère.

Angèle répond par l'affirmative.

Le petit maître tient à vérifier. Prenant soin de ne pas tacher sa redingote, il va chercher un arrosoir ; le tend à Angèle. Elle s'exécute avec application.

— C'est bien. J'ai vu tout de suite que vous n'étiez pas bête ! dit le petit maître satisfait.

Marguerite s'avance ; une forte-en-gueule à cheveux gris, pas très propres, que le condottiere ne semble pas impressionner. Elle doit être depuis longtemps dans la maison. Cela s'entend :

— Nous le saurons très vite si elle est bête ou non. Si elle ne l'est pas, elle se joindra à nous.

Le condottiere connaît la loi :

— Vous n'avez pas le droit d'association !

Marguerite connaît la sienne :

— Nous avons le droit de défendre notre santé !

— Moi, j'ai le devoir de défendre la manufacture.

— Vous avez le devoir, aussi, de défendre ses ouvriers !

Le petit chef se monte vite :

— Ses ouvriers sont les mieux traités !

— A la nicotine ! répond Marguerite qui ne renonce pas facilement.

Le petit chef le sait. Il s'approche d'elle avec un argument nouveau ; qui, pense-t-il, pèsera son poids :

— Tu as entendu parler de Buzançais ?... La nicotine, c'est mieux que la guillotine !

Marguerite ne répond pas. Sauf un mot entre ses dents.

Monsieur Brisac ne l'a pas entendu.

Tant mieux.

Le matin, on entre à la cloche. Les mille ouvriers doivent franchir le portail en un quart d'heure. Passé ce temps, le portier a le devoir, peut-être le plaisir, de tirer la grille pour laisser dehors les lambins.

Celui qui n'entre pas perd sa journée.

Le soir, c'est la cloche encore qui règle la manœuvre. Interdiction de s'approcher de la porte de l'atelier avant qu'elle ait retenti. Obligation de sortir dès qu'elle se fait entendre. Tout le monde se met en rang devant le portail fermé.

Le petit chef paraît. Imbu de l'importance de sa tâche.

Lentement, il remonte la colonne, scrutant les yeux, avançant la main.

Si, d'aventure, il perçoit un mouvement de recul, il insiste, palabrant avec emphase sur la grandeur qu'il y a, pour l'ouvrier, à servir l'Etat, à ne pas le voler, ce qui serait voler tous les citoyens.

— La fouille est blessante ! lance Marguerite.

— C'est que tu n'apprécies pas ta mission à sa juste valeur. Et tu n'apprécies pas non plus le prix du tabac !

— Et le prix de nos poumons ? A combien le comptez-vous le prix de nos poumons ?

— Et nos ongles rongés ? demande une fille qu'Angèle a déjà remarquée pour son beau sourire, sa chevelure rousse, frisée, son air toujours appliqué à bien faire, à bien dire.

Le petit chef hausse les épaules :

— Vous, vous et vous : fouille complète. Entrez dans le magasin.

Il a désigné deux femmes et un homme.

Angèle fait partie du trio. Depuis un mois qu'elle est là, c'est la première fois.

Pendant que la masse du personnel s'écoule vers l'extérieur, elle passe seule dans un réduit où monsieur Brisac la rejoint :

— Vous n'avez sur vous ni râpé, ni rôle, ni scaferlati ?

— Non !

— Vous voulez remonter votre robe, s'il vous plaît ?

Elle croit avoir mal entendu.

— Il est nécessaire que nous ayons confiance en vous, dit monsieur Brisac... Comment voulez-vous que nous ayons confiance si nous ne nous assurons pas de votre honnêteté ? Levez. Plus haut... Plus haut...

C'est un geste qu'elle n'a jamais fait. Même pas devant Sylvestre.

Monsieur Brisac sourit :

— Quand on a des jambes comme les vôtres, on n'a pas peur de les montrer.

Il les regarde, c'est vrai, avec attention. Ne veut pas que la moindre cigarette, la moindre pincée de tabac à priser soit glissée dans un bas.

Toutes les sueurs coulent sur la peau d'Angèle : étouffement de cette petite pièce, transpiration d'une journée de labeur, suspicion grossière, crainte d'un je-ne-sais-quoi, révoltes de Marguerite... sans parler de la main de ce chef aux trop grands pouvoirs, aux discours toujours de bon aloi :

— Pour la première fois, je ne veux pas insister. Mais n'oubliez pas : si un jour j'ai un doute, je vous ferai déshabiller... complètement.

Il en a le droit. Même le devoir, affirme-t-il. Il se montrera en toutes circonstances digne de l'honneur qui lui échoit. Ici, dans la rue, chez eux, tous les serviteurs de l'Etat doivent suivre son grand exemple. Il tient à le rappeler : l'article 114 du règlement précise qu'une mauvaise conduite notoire *même à l'extérieur des bâtiments* peut être punie par le renvoi de la manufacture.

— ... Vous avez un mari ?

Paralysée par les doigts qui, doucement, menacent sa poitrine, Angèle ne peut parler.

— Un amant, peut-être ?

Elle ne comprend pas : en patois, le mot n'a pas cours.

Devinant avec peine cette question qu'au pays personne n'aurait osé poser, elle trouve la force d'une dénégation.

Le petit chef la libère. Comme à regret :

— Si cela arrivait, il faudrait m'avertir. Ça me permettrait de vous protéger.

Elle traverse la cour, part sur le quai, courant, poisseuse, révoltée. L'odeur du tabac la poursuit comme la puanteur montant de la capitale du royaume. Paris de filles détournant les maris, de chefs sans pudeur, d'ouvriers sans travail, d'intimités violées dans une grange par le regard d'un Maxime Langelier...

Elle n'est pas allée le voir.

Elle n'ira pas.

Pour quoi lui dire? Le malheur d'être une femme prisonnière des lois et des usages? L'obligation d'accepter les disciplines les plus rebutantes?... De quoi lui parler? De Sylvestre se détachant d'elle comme, sous les eaux furieuses du Taurion, la terre se détache de la terre? Devant vous, elle s'engloutit.

Peut-il en être ainsi de Sylvestre?

Il ne lui parle pas.

Leur lit, la nuit, ne les rapproche plus. Un jour, il tente de retrouver sa force, sa confiance, de les montrer. Le lendemain, il s'abîme dans le silence. Vaincu par le remords. Ou alors par cette idée qu'il lui a, voici peu, lancée au visage :

« Tu élèves mes enfants, tu ramènes le pain à la maison, Clarisse et Albert te respectent. Ça te fait plaisir, pas vrai, de m'humilier? C'est ta vengeance? »

La détresse était dans sa voix.

Angèle en était bouleversée.

La vengeance, l'humiliation étaient tombées sur elle avec la rudesse d'une soudaine paralysie : elle ne pouvait pas dire un mot.

Timidement, elle avait tenté un geste de femme.

Il l'avait repoussée. Brutal. Etait sorti.

Il sort souvent. Rentre quand il veut; comme, dit-il, le chien revient sous le toit de son maître : pour manger sa soupe.

La vérité est qu'il cherche du travail. Plus fort qu'avant. Plus loin. Sans le dire. Il voudrait, un jour, rentrer aux Trois-Chandelles en criant :

« Ça y est ! Je suis embauché. »

Il a fini par rencontrer Dessagne, le vieux maître maçon qui, jadis, lui avait enseigné à garnir, à tirer le joint en creux, à moulurer du pouce : en délaissant le calibre.

Dessagne est au chômage. Un ouvrier comme lui !...

Derrière l'hospice des Quinze-Vingts, Sylvestre est allé sur le chantier de percement de la rue de Lyon entrevu avec Angèle; les équipes sont complètes. Il est remonté jusqu'à l'embarcadère du chemin de fer. Des menuisiers fixaient les planches des quais conduisant aux deux voies établies : l'une pour l'arrivée des trains, l'autre pour leur départ; ils n'avaient besoin de personne. Il en était de même des maçons bâtissant la maison où s'abriteraient les voyageurs, les guichets, les bureaux. Il en était de même à la mairie des Batignolles dont monsieur Guizot venait de poser la première pierre; de même au passage Jouffroy dont la galerie serait ouverte, bientôt, aux Parisiens émerveillés...

— ... Toi, tu es princesse : ouvrière d'Etat. C'est facile !

— Qu'est-ce qui est facile ?

— Trouver du travail : pour les femmes, c'est facile !

Angèle est outragée. Il le sait. Ricane. Heureux de la meurtrir; elle a rabaissé Nanette : il la rabaisse. C'est justice.

Elle perçoit ce sentiment. En éprouve un chagrin plus grand.

A la manufacture, six fois monsieur Brisac l'a désignée pour la fouille complète. Il fait des marques sur le mur avec un morceau de charbon. Quand elle lève sa robe, il montre le trait en disant : « Plus haut. La dernière fois, vous étiez là. » Ou alors : « Ça, c'est le trait de Jeannette. Pourtant, elle est plus petite que vous. »

Dans son travail, Angèle montre quelque habileté.

— Cela mérite récompense, dit monsieur Brisac de bonne humeur.

Elle devient vignetteuse. C'est un poste où la dextérité naturelle ne suffit pas : pour plier le paquet et coller la vignette dans le temps où les deux autres ouvrières pèsent et tassent à la presse hydraulique, il faut le tour de main donné par l'expérience.

Si Angèle n'est pas prête, les deux femmes ralentissent le mouvement. Elles le font savoir : elles sont payées aux pièces.

Monsieur Brisac prend un air désolé :

— Vous n'y arrivez pas. Dommage. J'attendais mieux de vous.

Le lendemain, il la remet à la mouillade ; au foulage où, armée d'un pilon de fer, dans les vapeurs d'ammoniaque, elle tasse le tabac à priser sur lequel elle danse à la fois ; au décrassage, au balayage : avec les vieilles, usées, salies à tout jamais.

Le soir, devant la grille, le petit chef appelle. Sévère :

— Chabrol ! A la fouille.

Dans le cabinet sordide, il soupire, patelin :

— Je crois que vous ne savez pas profiter de votre chance.

Quelques ouvrières s'amusent de ces persécutions. Pas toutes. La jeune à l'étonnant équilibre qu'Angèle avait déjà remarquée lui a parlé de Brisac. Elle lui a donné un truc pour arrêter ses brimades. Angèle pense qu'elle n'osera jamais.

Elle s'appelle Louise. Tout le monde l'appelle Louison.

Au paquetage où elle est revenue, Angèle est devenue sa « servante » ; ses deux mains travaillent, comme elle vient de le lui enseigner, avec des gestes indépendants.

— Ça va, mademoiselle Louise ? demande Brisac, la mine réjouie.

— Très bien. Elle fait des progrès.

Le petit chef s'en va, pas convaincu. Il revient quelques minutes après :

— Ce paquet a trop de colle : perte pour la manufacture. Celui-là n'en a pas assez : il va s'ouvrir ; c'est le contenu entier qui sera perdu.

— On en a perdu d'autres ! chantonne Louison, fataliste.

Monsieur Brisac n'aime pas que les ouvrières se retrouvent dans le même camp. Il en est persuadé : son rôle est de les diviser.

Louison ne lui en laisse pas le temps :

— Chef ! Vous ne voulez pas aller faire un tour ? Vous nous faites perdre la cadence !

L'étriqué repart. Vexé.

Ce soir, dans le cabinet surchauffé, il demande à Angèle d'ouvrir sa robe sur sa poitrine. Il s'approche d'elle. Transpirant.

Angèle ferme les yeux.

Comme la main frôle sa chemise, elle rassemble ses forces et pousse un cri qu'on doit entendre à la barrière de Longchamp.

Le petit chef est terrifié. Pâle. Sa mâchoire tremble, incapable d'articuler un son.

— Je te l'avais dit ! fait Louison qui, sur le quai, attendait sa nouvelle amie.

Son sourire est superbe. Embelli par cette victoire :

— Dans toutes les fabriques, il y a des lovelaces galonnés qui tracassent les ouvrières. Mais, ici, c'est l'Etat, tu comprends? Si Brisac se faisait pincer, il aurait un blâme et pourrait même être renvoyé.

Encore marquée par son aventure, Angèle murmure :

— Comment se fait-il... que...

Louison n'a pas besoin qu'elle termine sa phrase : personne ne dénonce jamais le petit chef parce qu'il s'en prend toujours aux jeunes, celles qui viennent d'arriver, trop heureuses d'avoir trouvé un emploi.

Elle est pensive :

— Ce sont les anciennes... C'est nous qui devrions agir. Seulement, si nous le faisions individuellement, les autres nous désavoueraient de peur d'être mal vues. Si nous le faisions ensemble, nous tomberions sous le coup de la loi puisque, en aucun cas, nous n'avons le droit de nous associer.

Elle n'ajoute pas : « Il faudrait compter aussi avec celles qui, avant qu'on leur ait demandé quelque chose, ont déjà leur jupon au-dessus de la tête. »

Angèle l'a écoutée. Réconfortée par cette amie qui prend la peine de lui expliquer les choses.

Sous le dernier soleil, le port aux vins exhale son éternelle odeur de vendanges, mêlée aux parfums des rues de Suresnes, du Languedoc, de Bordeaux, de Champagne, de Bourgogne... La halle n'a pas encore cessé son trafic. Les fûts montent de la rive, poussés par la perche incroyablement habile des rouleurs.

Louison s'est arrêtée.

Elle regarde Angèle. Dans les yeux. Prononce l'inattendu :

— Tu devrais apprendre à lire.

Angèle ne sait quoi répondre. Heureuse. Effrayée.

Louison est sûre d'elle :

— Lorsque nous saurons toutes lire et écrire, ils ne pourront plus nous mener comme ils nous mènent.

Convaincue, secrètement flattée, Angèle redoute de ne pas être capable. Apprendre à lire, à écrire : c'était l'idée de Sylvestre pour les enfants. Une idée prise à Paris.

Paris maintenant lui fait peur.

Contre le vice, le malheur, la dureté, la trahison, se défend-on, vraiment, avec un alphabet ?

Un dernier haquet sort de l'entrepôt.

Des ouvriers nombreux passent la grille avec lui : chaque soir, alors que la moitié de l'effectif regagne son logement, l'autre moitié visite chaque recoin de la halle pour repérer le risque d'incendie.

Que dira Sylvestre si elle lui annonce qu'elle va apprendre ses lettres ?

Les rues de la Planchette sont comme les rues des Meuniers, des Moulins, des Plantes, des Rosiers : il y en a plusieurs dans Paris. Elles doivent leur nom à la planche minuscule permettant autrefois le passage d'un ruisseau, d'un égout aujourd'hui disparus.

Dans ce VIIIe arrondissement, à l'angle que la rue de la Planchette forme avec la rue de Charonne, l'octroi, voilà quelques années, fonctionnait encore. On l'a maintenant transporté à la barrière, laissant vacant le bâtiment carré qui abritait les jaugeurs.

Dans cette maison improvisée habite monsieur Doucet, homme digne et rubicond, plus connu dans le quartier sous le nom de Pipette.

Pipette est un employé assermenté qui se flatte de travailler à la salubrité publique et, par conséquent, au bonheur de l'humanité : exerçant la profession de dégustateur, il est chargé par la préfecture de veiller, avec vingt-sept confrères, à ce que les vingt mille marchands de vin, liquoristes, cafetiers, brasseurs, traiteurs et autres regrattiers mettent à la disposition du public des produits sans falsification. Accomplissant sa tâche avec zèle, il affirme à juste titre que les tricheurs recevant deux tonneaux de vin quand ils parviennent à en vendre trois sont les moins dangereux pour sa santé. Les autres, les marchands de piquette teintée aux baies de sureau, les détaillants de bourgognes mâtinés de bergerac, les serveurs de «casse-poitrine» composé d'alcool de fécule à quatre-vingt-dix degrés teinté au caramel, ceux-là font du métier de dégustateur une tâche éprouvante dont, le soir venu, Pipette ne sort pas toujours vainqueur : son chapeau haut de forme repoussé sur la nuque, redingote ouverte sur sa large bedaine, monsieur Doucet rentre dans sa tanière de célibataire en chantant l'éternel succès : «Où peut-on être mieux qu'au sein de sa famille?»

Albert n'aime pas Pipette :

— Qui dit : «Je travaille pour la préfecture» dit : «Je travaille pour *la grande boutique.*»

Il accuse ces dégustateurs de *remuer la casserole*, pour tout dire d'être des *mouches* chargées de recueillir dans les tavernes les propos séditieux avec l'identité de ceux qui les prononcent.

— Ce sont eux qui traquent les goguettes. Ce sont eux qui ont fait emprisonner le bon Charles Gille[1] qui vaut mieux à lui seul que tous les roussins réunis.

Loin des oreilles de son mari parti livrer quelque

1. Orphelin de père, Charles Gille exerça, dès l'âge de douze ans, divers métiers dont celui d'ouvrier dans une fabrique de céruse qui lui inspira un refrain tragique :

Enivrons-nous, amis, sans souci ni remords.
Demain dans le travail nous puiserons la mort.

Dès sa seizième année bâtissant des couplets, il fut l'un des chansonniers les plus populaires de sa génération, un lutteur infatigable... jusqu'à ce 24 avril 1856 où sa femme le trouva pendu dans sa chambre, vaincu par la misère.

croupière dans le faubourg, Clarisse, un dimanche, initia Angèle : Albert appartient à une « société chantante » ; l'une de ces « goguettes », comme on dit, qui, pour braver l'interdiction d'association, rassemblent leurs membres dans l'arrière-salle d'un cabaret pour y chanter leurs chansons.

Ah ! Elle en a entendu, Clarisse, de ces complaintes, de ces hymnes écrits, claironnés par des hommes auxquels on croyait pouvoir couper la parole !

Elle en a fréquenté des goguettes à la suite de son Albert : les Bons Enfants, les Infernaux, les Ménestrels, la Camaraderie, les Amis de la vigne... mais c'est à la Ménagerie que tous les deux sont restés fidèles. Pourquoi ? Parce que, interdite rue Saint-Germain-l'Auxerrois, dénoncée quai de Gesvres, traquée rue de la Vannerie, la Ménagerie, disloquée rue de la Grande-Truanderie lors de l'arrestation de Gille, s'est toujours reconstituée. Sûre de la justesse de son combat contre le roi, sûre de sa force qui est celle de la chanson :

Malgré ton penchant tyrannique,
Peux-tu mettre dans tes prisons
La poésie et la musique ?
Monseigneur, prends garde aux chansons !

Angèle ne comprend pas tout ce que dit Clarisse. Au pays, la chanson berçait l'enfant, saluait le mariage. Elle aidait au chœur de la moisson, parfois au labour solitaire, toujours à la fête quand, aux soirs d'hiver, on n'hésitait pas, dans le froid ou la neige, à parcourir une lieue pour participer à la veillée au cidre et aux châtaignes. Là, il n'était nul besoin de se cacher pour écouter des couplets, reprendre une ritournelle...

— Pour abattre les goguettes, la police parcourt Paris.

Mais la Ménagerie est fine mouche : nous nous réunissons en banlieue. Un jour, je vous emmènerai. Vous verrez comme c'est beau.

A voir les yeux lumineux de Clarisse, Angèle n'en doute pas.

Comme elle pourrait être heureuse avec ses nouvelles amies qui lui apprennent tant de choses !... Il suffirait que Sylvestre travaille... qu'il lui parle comme autrefois... avec les mots de là-bas quand, tout petits déjà, ils jouaient aux « amouraux » ; quand, plus tard, ils dansaient à la « frairie », à la « vote » ; quand, pendant trois dimanches, la messe lui étant en cette circonstance interdite, Angèle Rabanesse, du haut de la combe, avait entendu les cloches sonner « ses » bans avec, près d'elle, Sylvestre-Marcelin Chabrol murmurant : « C'est pour nous. » Redits aujourd'hui, ces mots, peut-être, effaceraient les fautes...

Clarisse ne voit pas le trouble d'Angèle : elle a tiré d'une pauvre bonnetière une vingtaine de feuillets écrits de sa main.

Elle parle à voix basse :

— Charles Gille a fini ses six mois à Sainte-Pélagie. S'il faisait imprimer ses chansons, il y serait tout de suite ramené. Alors, il les copie lui-même, les fait copier par des amis : j'en suis... Ce sont aussi des amis qui font le guet, le soir, quand Gille les chante au coin des rues...

Clarisse montre l'un des exemplaires : « Cinq centimes pour qui peut payer. »

A voix douce encore, elle fredonne le dernier couplet :

Bien que la loi soit respectable,
Je suis de fort mauvaise humeur.
L'imprimeur étant responsable,
Je n'ai pu trouver d'imprimeur.
Mais, en chansonnier populaire,

D'un tel secours nous nous passons :
J'écris le centième exemplaire.
Monseigneur, prends garde aux chansons !

Elle sourit.

Angèle pense : Comme elle est heureuse !

Un mari... Une femme... Une même chanson...

Clarisse regarde Angèle. Un peu comme, voici quelque temps, Louison l'avait regardée :

— Vous voyez comme c'est utile de savoir l'écriture : on peut aider les chansonniers... Vous devriez l'apprendre.

— Si tu veux vraiment apprendre, je connais quelqu'un, dit Louison.

Chaque soir, les deux jeunes femmes rentrent ensemble : parlant de la manufacture où elles font définitivement équipe ; de monsieur Brisac qui ne poursuit plus Angèle et, même, se détourne quand il la voit ; de ces blouses de travail que les ouvriers ne cessent de demander sans rien obtenir ; sauf des promesses.

— C'est scandaleux de nous laisser brûler nos vêtements personnels, dit Louison.

Elle parle aussi de Louis-Philippe, ce « roi des barricades », ce si simple « roi au parapluie », ce si prometteur « roi des maçons » affectueusement accueilli lors de sa montée sur le trône voici dix-sept ans et qui, de chômage en famine, d'émeute en répression, dresse aujourd'hui tant de monde contre lui.

La seule chose dont Louison ne parle jamais, c'est de sa vie lorsqu'elle a quitté Angèle. A-t-elle un mari ? Vit-elle en concubinage selon la coutume — surprenante pour Angèle — des jeunes ouvrières parisiennes ?

Angèle ne pose pas de questions auxquelles elle n'aimerait pas répondre : elle ne voudrait pas, aujourd'hui, parler de Sylvestre.

Elles sont sur ce bord de Seine que, depuis toujours, les Parisiens appellent la « vallée » tant la rive, basse et ombragée, ressemble à ces dépressions verdoyantes, gardiennes de nos rivières.

Sur le quai des Grands-Augustins, les trois nefs du marché à la volaille dominent le fleuve.

De là, soudain, parviennent des éclats, une dispute violente dans laquelle Angèle reconnaît la voix de son mari.

Elle court vers lui.

Il est aux prises avec un ferrailleur criant fort que la morale s'enseigne à l'église et qu'il est assez avisé pour passer à côté. Il n'est pas menaçant mais tient devant lui un fouet qui en découragerait plus d'un.

Sylvestre semble ne pas le voir.

Angèle veut s'interposer.

Sylvestre, la découvrant en ce lieu, paraît effrayé.

Sans ménagement, il la repousse :

— Va-t'en ! Tu n'as rien à faire ici !

Elle insiste. Il la prend par le bras, déchaîné :

— Je te dis de partir. Tu n'es pas une femme des rues. Tu n'as pas à voir ! Tu n'as pas à entendre !

Riant de le retrouver aux prises avec un cotillon, le ferrailleur regagne son attelage :

— Toujours occupé des femmes, à ce que je vois !

Cela décuple la colère de Sylvestre :

— Angèle ! Va-t'en ! Ce qu'il dit n'est pas pour toi !

Il l'a saisie par les poignets. S'aperçoit qu'une inconnue est avec elle, prête à la protéger.

L'autre, sur son char, ne se tient plus. Hilare :

— Dis donc ! Celle-là n'a pas l'air de se laisser faire !

Angèle veut aller vers lui.

Sylvestre la retient, la repousse, la contient.

— ... C'est une bonne chose, crie le ferrailleur : comme ça, tu ne lui feras pas d'enfants ! Ça t'évitera de vouloir les faire endosser par les compains !

Angèle s'est libérée. En trois enjambées, elle rejoint le lourd camion :

— Monsieur !

Le ferrailleur lance son cheval :

— A propos, comment va mon mouflet ? Tu t'en occupes, j'espère ?... Et la tienne ? Hein ?... Ta fille, comment va-t-elle ? Lui as-tu trouvé un père à elle aussi ?

Angèle est pâle.

Sylvestre veut monter sur le fardier. Il met un pied sur le marchepied :

— Gredin !... Brigand !... Tu as fait assez de mal ! Tais-toi !

Un écart du cheval lui fait lâcher prise. Cela libère un peu plus l'hilarité du conducteur :

— Je suis quand même content de t'avoir rencontré, Sylvestre-Marcelin Chabrol ! Cela nous a rajeunis !

Le bruit des roues grinçant sur le pavé se mêle aux battements des landiers et des chaudrons, des bassines de cuivre, des lustres de fer bringuebalant sous le violent effort du cheval. Cela nuit au discours du joyeux ferrailleur.

Angèle l'entend cependant inviter Sylvestre à venir le voir :

— Tu te souviens : cour Valat, rue Louis-Philippe. Tu demandes Ulysse, comme autrefois !... Ça me fera plaisir : mon oncle veut faire agrandir l'atelier ; tu pourrais prendre le chantier... si les femmes t'en laissent le temps !

Il est parti, tous les grelots de la bête et de la chaudronnerie semblant rire avec lui.

Sylvestre s'en va aussi, accompagné par les quolibets

de quelques gaveurs, de quelques porteurs maintenant désœuvrés.

Angèle, soutenue par Louison, voudrait le rappeler.

Il a des gestes de dément, tape sur les clapiers vidés de leurs lapins; expédie, du pied, un demi-coq de bruyère qui, l'on ne sait comment, a pourri sur le carreau : déjà, deux chiens en font leur proie.

Il a mis les mains sur sa tête; court sur le quai; voit, sur l'autre rive, la morgue dans laquelle il aimerait à la seconde se retrouver... Il tourne à droite, s'enfonce dans les lacis de Saint-Michel qui, parés de haillons aux fenêtres, d'enseignes branlantes de libraires et de papetiers, de pavés et de boues où s'écoule l'eau rouge d'un teinturier, le conduiront vers Saint-Marcel, l'Estrapade, ce quartier que les bienveillants appellent le «faubourg souffrant», que les autres nomment l'«empire du crime». Sur ses hauteurs, la montagne Sainte-Geneviève engloutit les hommes et leur honneur, les volontés, toutes les espérances.

Tremblante, la gorge serrée, deux grosses larmes obstruant ses yeux, Angèle se dit qu'elle ne reverra jamais son mari.

— Tu dois rentrer chez toi, lui répète Pipette.

Sylvestre a trouvé le dégustateur dans l'un des soixante débits de vin qui bordent la rue Mouffetard : sa tâche pour la journée.

Il est en compagnie de son ami Latruffe. Comme lui inspecteur préfectoral assermenté, Latruffe exerce son état dans l'alimentation.

Il est *flaireur* : quidam chargé de découvrir sur les étals ou sous les comptoirs les cafés grillés mêlés d'avoine ou de glands, les huiles d'olive allongées de sésame, de colza, voire de graisse de volaille.

Parce que « le lait semble souvent venir de la fontaine », les débits de lait ont toute son attention.

Quand Pipette et Latruffe décident de faire ensemble leur tournée, ils alternent les dégustations : l'écuelle de lait enfonce la timbale de rouge qui, à son tour, enfonce l'écuelle de lait.

— Des femmes comme Angèle, il n'y en a pas deux, répète Sylvestre.

— Raison de plus : tu rentres chez toi ; tu places ta lame dans son fourreau : tout s'arrangera.

— Eh ! Oui ! approuve le flaireur : contre une saucisse, les femmes sont toujours prêtes à donner deux jambons.

Ces vulgarités choquent Sylvestre.

Au pays, la gaillardise réjouissait parfois les veillées ; au soir des moissons, quelque grand-père n'hésitait pas à dire qu'à son âge on remuait mieux la salade que la femme, que la queue du poêlon chauffe plus vite que la queue du barbon. On riait en chœur : la grivoiserie restait anonyme. Elle était pour tout le monde, c'est-à-dire pour personne. Que Latruffe et Pipette se permettent de mêler Angèle à ces inconvenances, qu'ils osent l'imaginer dans le secret de son lit lui est insupportable.

Il refuse de boire. S'en va.

Il erre dans la rue. Les enseignes *Les Rats goûteux, Aux trois pucelles* le gênent aussi.

Pipette le rejoint. Prétendant que, quand on dit les choses de la nature, il n'est pas naturel de s'en offusquer.

Le flaireur s'était arrêté devant une taverne dont, par un soupirail, il surveillait la cuisine.

Voyant soudain ce qu'il attendait, il bondit à l'intérieur, passe entre bancs et tables, entre poissardes et truands, arrive aux fourneaux au moment où, les joues gonflées, le gargotier souffle sur un énorme pot de soupe.

Pipette et Sylvestre suivent la scène depuis la rue, voyant, dans le vacarme du bouchon, les gesticulations, les protestations du gargotier. Elles s'opposent à tous égards à la dignité intransigeante de leur ami.

Lorsque celui-ci les rejoint, il est particulièrement heureux de cet exploit clôturant sa journée de travail :

— Je le guettais depuis quelques jours. C'est une nouvelle mode chez ces gens-là : ils font une soupe avec quelques oignons puis, s'emplissant la bouche d'huile de poisson, lèvres serrées, ils en vaporisent soigneusement la surface. C'est comme ça que, avec de l'eau bouillie à peine teintée, ils régalent leurs clients de bouillon gras.

Sylvestre a envie de vomir.

Pipette sait les mots qui vont le ragaillardir :

— Je vais te trouver du travail.

Sylvestre le regarde, incrédule.

Le dégustateur a des relations. Et aussi de l'amitié :

— Je te le promets.

Sylvestre maintenant a envie de pleurer.

Il raccompagne Pipette chez lui.

Arrive rue des Trois-Chandelles.

Clarisse et Albert profitent du beau temps. Leur lampe à acétylène pendue sous l'auvent, le maître bourrelier découpe une sellette cependant que sa femme trempe dans un colorant des plumes qui, sous sa main, deviennent les rouges plumets d'un cheval de parade.

Sylvestre ne veut pas être vu. Il n'entre pas. A petits pas rebrousse chemin. Se trouve dans le faubourg. Décide d'aller à la Bastille.

Il retrouve le quai de Jemmapes, monte sur la passerelle de laquelle, lors de sa première soirée parisienne voilà sept ans, il avait vu dans le canal l'image d'Angèle restée au pays, son visage baigné par les larmes que lui donnait le froissement des eaux...

— Angèle... ma femme.

Il s'assied sur une borne.

Il pense à sa rencontre de l'après-midi. A sa colère. A sa fuite...

Il rentrera aux Trois-Chandelles quand Pipette lui aura trouvé du travail.

Il dort dans les fagots de ce four à plâtre découvert par hasard sur les hauteurs de Ménilmontant. Il dort à Montmartre dans le souterrain des carrières ouvertes au nord de la Butte. Il dort à l'embarcadère d'Orléans; croit découvrir l'enfer lorsque le chauffeur de la machine à vapeur ouvre la porte du foyer pour y jeter le bois qui l'alimente.

Tout le jour, il parcourt la Grève; va sur les boulevards; offre vainement ses services à un établissement « de bains russes et de vapeur », aux bains « de Jouvence et du Cantal », rue Saint-Marc... Il ose même entrer dans le « cabinet inodore » — que l'on appelle aussi water-closets — de l'allée des Orangers, au Palais-Royal.

Chaque soir, il retrouve Pipette; lui pose la même question.

— Alors?

... Qui lui vaut la même réponse :

— Je t'ai dit que je te trouverai du travail : je t'en trouverai. Parole d'honneur.

Il a confiance en Pipette. Sa dignité le rassure. Sa culture l'impressionne (il connaît tout Paris). Sa simplicité le met à l'aise.

Au pays, monsieur le curé de paroisse prêchait la fraternité : il était sans indulgence devant la faute; le maître se prétendait juste : il était grippe-sou, sans compréhension; le docteur se montrait dévoué : il était le docteur; celui qui sait et, en conséquence, tient entre ses mains la vie de celui qui ne sait pas : comment se sentir son égal ?

Monsieur Doucet parle mieux que le prêtre, le maître, le docteur. Il lance des idées jamais entendues. Sylvestre se demande comment un homme de sa valeur a fait de lui son ami. Il en ressent une vanité qui le soutient.

En retour, il voudrait offrir quelque chose à monsieur Doucet. Or, il ne possède rien... sauf son secret. Il va l'offrir ; comme la preuve immense de son immense gratitude. Il murmure :

— Nanette est morte ici.

Ils sont sur le quai des Grands-Augustins. La Seine, à voix calme, clapote contre les piliers de l'écluse.

Sylvestre montre un pauvre garni : « On loge au mois et à la journée. » L'enseigne est encore là. Ecaillée. Entre le Pont-Neuf et le pont Saint-Michel, le fleuve prend patience. Comme jadis. Seule, Nanette n'est plus.

Des larmes dans la voix, Sylvestre raconte son arrivée dans cette capitale du royaume qui ne connaît pas le patois de la Creuse. Il dit les durs travaux, les chambres à quatre paillasses, à huit, l'ouvrage qui, dans le bâtiment, commençait à se faire rare, l'obligatoire métier de porteur d'eau. Il raconte, dans cette dure existence, Nanette mise par deux fois sur son chemin. Par le hasard ou par le Bon Dieu. Pas par le diable dans tous les cas : Nanette de seize ans avec laquelle, pendant des mois, il avait eu des dimanches de promenade en la plaine de Grenelle aux fertiles potagers. Dans ses phrases au passé révolu, il respire encore les roses de Bagnolet, le printemps aux lilas du Pré-Saint-Gervais, Vincennes et son tir à l'arc, son « bal d'Italie » où l'on vendait des meringues et des groseilles... Il revit leurs soirées sur le boulevard tumultueux où ils n'étaient que deux avec, devant eux, le rêve offert par la parade du mime dont il ne connaissait pas le nom et qui, de ses mains blanches, faisait s'envoler des oiseaux... C'est l'une de ces nuits-là que, sans l'avoir voulu, sans y avoir pendant des mois jamais pensé, Sylvestre et Nanette s'étaient trouvés dans une même chambre, unis par la même caresse sous les mêmes baisers.

Monsieur Doucet se tait.

La berge où naquirent tant de romans d'amour sait en garder le secret.

Deux chevaux tardifs boivent sous la conduite d'un roulier.

La voix plus basse, Sylvestre raconte son retour pour la Creuse; Nanette accouchant en Normandie pendant son absence. Revenant à Paris où elle le croyait lui-même revenu; le cherchant chez ses anciens logeurs, devenant nourrice dans une mauvaise puis dans une bonne maison. Il dit comment, cette bonne maîtresse étant à nouveau enceinte, Nanette avait imaginé, pour ne pas la quitter, d'avoir un deuxième bébé : elle était allée trouver Ulysse, le seul homme qu'elle connaissait à Paris...

Le message du garni se balance sur l'enseigne décolorée : « On loge au mois et à la journée. »

— Elle a eu ce deuxième enfant... Nous nous sommes retrouvés pour sa naissance et... elle est morte ici... dans cette chambre... dans mes bras... me laissant seul avec Florentin.

— Mais... il n'est pas de toi?

Sylvestre est ferme :

— Il l'est devenu.

— Et Angèle?

— Angèle l'a pris comme s'il était de moi.

— Tu ne le lui as pas dit?

— Jamais je ne le lui dirai. Jamais elle ne le saura.

Les voix sont rauques comme la voix de l'enseigne grinçant sur sa chaîne :

— ... Pourquoi ?

— Elle le croit à moi. Cela veut dire qu'aujourd'hui elle le croit à elle. Nous avons deux enfants : Jérôme et Florentin.

Pipette s'assied dans une barque. Pensif. Il y a des récits qui plongent dans votre mémoire. Qui en cherchent les ombres. Les trouvent. Les troublent. Il sent s'effriter sa supériorité de fonctionnaire diplômé.

Sylvestre ajoute un mot : Ulysse avait refusé de reconnaître son fils dont, pour se débarrasser, il insultait la mère. Aussi quand, cet après-midi, Sylvestre l'avait trouvé là, arrêté par hasard devant l'hôtel... il avait éprouvé l'une de ces révoltes qui le prennent parfois au bout de longues patiences, de trop longues muettes indignations... Le malheur, ç'avait été l'arrivée d'Angèle. A l'improviste. Ces moqueries d'Ulysse. Sa brutalité à lui pour empêcher Angèle d'entendre. Pour qu'elle ne sache jamais.

Comment revenir à elle maintenant ?

Monsieur Doucet secoue la tête :

— Tu as des sentiments trop grands pour toi.

Sylvestre ne comprend pas.

Monsieur Doucet reste dans sa philosophie :

— Tes vêtements sont grossiers : tes sentiments doivent l'être aussi. Ton logis est rabougri : ton cœur doit être de même... Toi, Sylvestre-Marcelin Chabrol, tu possèdes un cœur au-dessus de tes moyens.

Il prend un temps. Réfléchit :

— ... Ta grande chance, c'est que ta femme possède le même.

Du revers de sa manche, il brosse son haut-de-forme. Il consulte sa montre :

— Deux heures : il est trop tard pour aller la réveiller... Pour cette nuit, tu vas coucher dans mon fourbi. Demain, c'est dimanche : c'est un bon jour pour se réconcilier. Tu rentreras chez toi. Tu ne diras pas à ta femme ce que tu veux lui taire mais tu lui parleras comme tu m'as parlé ce soir. Elle t'entendra, j'en suis sûr.

Sylvestre s'inquiète. Il a froid; il veut espérer :

— Et... mon travail?

Pipette n'hésite pas :

— Tu commences lundi matin, tu peux le lui dire. Sois à Mazas à sept heures.

Tous les deux remontent la Seine. Quai de la Tournelle, le port aux fruits a d'émouvantes senteurs de nuit.

Sylvestre se demandait pourquoi Pipette lui avait accordé son amitié; maintenant, il pense : comment, pourquoi, moi qui à ce jour n'ai confié mon secret à personne, me suis-je ouvert à cet homme que je connais depuis si peu?

Monsieur Doucet non plus ne parle pas.

Son haut-de-forme lui faisant, sous la lune, une auréole, il se dit : le vin est le plus fraternel des confesseurs.

Il a prêté son coupe-chou à Sylvestre; lui a donné un broc d'eau pour sa toilette; l'a aidé, avec le premier volume de l'*Histoire des ducs de Bourgogne* par Aimable-Guillaume-Prosper Brugière de Barante, à battre ses habits sur lesquels le plâtre, les fagots, la pierre fraîche, l'humidité des nuits avaient laissé des marques de fatigue.

Rasé, propret, Sylvestre arrive dans la ruelle des Trois-Chandelles. Moins assuré à chaque pas. Comptant sur l'annonce de son embauche pour effacer l'esclandre de ces derniers jours. Y comptant moins. N'y comptant plus.

Ajoutant au scandale dans la rue sa violence contre Angèle, ses nuits hors de leur maison. Pour se donner du courage, à nouveau il murmure cette phrase que, dès l'entrée, il prononcera à forte voix : « J'ai trouvé du travail. Je commence demain. »

Albert est dans la cour, harnachant un cheval que Sylvestre n'a jamais vu. Une charrette inconnue est arrêtée près du puits, brancards ouverts, ridelles dressées, le plateau reposant sur sa quille.

Sous le hangar, Jérôme et Florentin jouent à monter, à descendre, à remonter sur le tas de bois.

Sylvestre se cache dans l'ancienne remise. L'œil aux aguets. Cœur battant. Peu fait pour ces circonstances qu'il n'aurait jamais cru devoir vivre lorsque, par un soir de septembre roux où il terminait de semer la jarosse, il avait trouvé Angèle dans le chemin de l'*heure tarde*. Leur premier véritable baiser. Maladroit et si chaud... Angèle était partie, courant à travers champ, croyant avoir commis le plus lourd des péchés... Plus tard, quand la mère Rabanesse avait compris que Sylvestre *menait* ainsi sa cadette, son âme de propriétaire s'était révoltée. Sans trop le proclamer : il n'est pas bon de prendre les filles de front. Croyant qu'Angèle ne l'entendait pas, elle avait glissé à son mari : « Un *chéti* en amène un bon. » Ce qui signifiait qu'un amoureux sans le sou pouvait donner l'idée à un plus fortuné d'entrer en concurrence...

Angèle avait laissé dire, sachant bien que, pour toujours, elle avait choisi son *chéti*.

Elle était restée fidèle à son idée.

C'est le *chéti*, c'est lui, Sylvestre, qui avait tout souillé. Tout cassé.

Albert a mis le cheval entre les brancards. Il serre la sous-ventrière, attache la guide à l'arceau du puits... Il jette un coup d'œil vers le logis des Chabrol; entre chez lui.

Sylvestre sort de la remise; il se cache; le voici dans l'escalier; retenant son pas autant que sa respiration.

Il est maintenant sur le palier minuscule. Il avance sa main vers le loquet.

La porte s'ouvre.

Clarisse est devant lui. Elle part, surprise, gênée de le voir là.

Elle se faufile sans le saluer, descend les marches sans dire un mot.

Sylvestre est entré.

Muet.

Angèle est devant lui. Ne bougeant pas.

Il baisse la tête :

— Angèle... Je... suis revenu...

Elle tourne la tête vers la fenêtre. Peut-être pleure-t-elle ?

Des mots imbéciles viennent à lui :

— Je... Je cherchais du travail.

Angèle ne bouge pas, les yeux sur la cour, sur le puits près duquel s'amusent les enfants :

— Vous êtes allé voir votre ami Ulysse... cour Valat ?

— Non... Oui... J'y suis allé... Il n'y était pas.

— Je sais que vous n'y êtes pas allé !

Maintenant, il est sûr qu'elle pleure. Il a les muscles vides. La voix éteinte :

— Angèle... tu es tout pour moi... Je te demande pardon.

— Moi, je vous demande si vous êtes allé voir ce chantier ?

Il ne sait pas mentir. Ne sait pas ce qu'il faut dire. Il sait seulement qu'il ne trouve pas les mots qui conviennent :

— Je ne veux pas travailler pour Ulysse.

Cette fois, elle le regarde. Avec des yeux qu'il ne lui a jamais vus :

— Vous ne voulez pas travailler pour Monteil, vous ne voulez pas travailler pour Ulysse : peut-être que vous ne voulez pas travailler !... Avec personne.

Il est effaré. Perdu.

Elle ne s'arrête pas :

— Ce n'est pas étonnant que vous n'ayez pas ramené un sol de vos campagnes !

Il voudrait protester. Se révolter. Repousser l'accusation.

Il se plaint :

— Je suis malheureux. Nous devrions nous soutenir... être ensemble... Au lieu de ça, nous...

Il est déchiré.

Elle ferme les yeux :

— Aucune femme n'a été plus près de son mari que moi.

C'est pour ça qu'elle a fermé les yeux : pour retenir ses larmes.

Il va tendre ses bras

Elle l'arrête :

— Irez-vous voir Ulysse ?

— Ecoute, Angèle...

— Bien. J'irai, moi.

Il hurle :

— Je te l'interdis !

Comme Clarisse, elle est passée devant lui ; descend l'escalier. Sur la dernière marche, elle lance :

— J'irai !

Il voudrait la rattraper. Craint encore le bruit. Le scandale. La curiosité des bourreliers qui doivent attendre la suite...

Il se dirige vers la fenêtre. Les enfants jouent toujours. Clarisse et Albert sont devant leur atelier.

Angèle va vers eux.

Sylvestre crie :

— Ma femme!... J'ai trouvé du travail.

Tout le monde a levé la tête.

Il répète. Plus bas :

— J'ai trouvé du travail... Je commence demain.

Clarisse et Albert n'ont pas bougé.

Angèle regarde toujours vers la fenêtre.

Les enfants courent à elle, se jettent dans sa jupe :

— Maman! Clarisse! Papa a trouvé du travail!

— Il a trouvé du travail! On aura des pistoles et tu nous achèteras une pomme d'orange!

Angèle ne sourit pas. Ne parle pas.

Albert va vers la charrette. Sur sa chemise large, une nouveauté : des bretelles élastiques. Elles tiennent son pantalon de drap roux. Le propre. Celui que, à ce jour, il n'a mis que le dimanche.

Clarisse porte, sur sa robe, un tablier neuf. Encore raide.

Près du puits, le cheval tentait de dénouer sa guide.

Il y parvient.

Pour autant, il ne bouge pas.

Ils sont nombreux ceux qui, brisant leurs liens, n'osent pas profiter de leur nouvelle liberté.

6

Clarisse avait raison : c'est beau. Il n'y a pas d'autre mot.

Tendue de tricolore, la salle est ornée de dessins marqués d'une légende : «Gloire à la goguette», «Respect au beau sexe», «La République donnera l'école à nos enfants». Ils alternent avec des noms dont Angèle ne sait pas que, depuis des décennies, ils sont la fierté de la chanson : Emile Debreaux, Louis Festeau, Eugène Baillet et celui qui, plus que tout autre, mérite cette place d'honneur : Pierre-Jean Béranger.

Devinant avec satisfaction la curiosité d'Angèle, Clarisse lui dit la grandeur de chacun de ces personnages. Pour Béranger, c'est facile : *Le Roi d'Yvetot, Les Gueux, Le Petit Homme gris, Le Dieu des bonnes gens* sont des chansons que connaît la plus lointaine chaumière. Pour elles, pour d'autres, le poète est allé deux fois en prison. Agé aujourd'hui de soixante-sept ans, Pierre-Jean inspire l'admiration pour son talent, le respect pour avoir récemment fait répondre au roi qui, désireux de gagner ses bonnes grâces, le conviait aux Tuileries qu'il était «trop vieux pour faire de nouvelles connaissances».

Sylvestre regarde sans voir. Ne sachant trop où il est,

n'entendant pas ce qui se dit, revenu en pensée aux Trois-Chandelles, à ce retour manqué, à cette charrette prête dans laquelle Albert ne voulait pas le recevoir :

— Celui qui ne travaille pas ne monte pas.

Angèle était choquée.

Voyant dans cette escapade en commun l'occasion de rabibocher le couple, Clarisse avait protesté :

— Sylvestre a trouvé une embauche. Il commence demain.

— Je commence demain à la foire de Saint-Germain ! maugréait Albert qui ne voulait pas être dupe.

Clarisse, de son côté, ne se laissait pas faire :

— Pas à la foire de Saint-Germain. Demain, le Chabrol remonte sur l'échafaudage.

Voyant son mari désemparé, Angèle avait réussi à approuver.

Le bourrelier demandait :

— Il travaille ?... Où ?

— A Mazas.

Ç'avait été l'explosion : pendant des mois, ce maçon ne touchait pas la truelle et quand il la reprenait, c'était pour bâtir une prison dans laquelle on enfermerait les défenseurs de la Liberté ! Les goguettiers ! Les chansonniers ! Les ouvriers !

Clarisse avait dû se fâcher : les prisons accueillent aussi les ennemis de la religion, ce qui est fort bien venu, et les ennemis de la morale qui n'hésitent pas à vous détrousser au coin des rues.

Comme toujours, le glorieux parangon de la liberté avait abdiqué devant sa femme mais, pendant le long voyage au fin fond de Saint-Maur, il n'avait pas dit un mot.

Maintenant, il siège sur l'estrade, attablé avec le président et les manitous de la Ménagerie dont, parce qu'ils sont eux aussi vêtus de leur costume de travail, il est facile de reconnaître la profession. C'est tout ce que l'on saura d'eux : les menuisiers, serruriers, maçons, ouvriers sur bronze oublient ici leur identité pour être dans cette Ménagerie le *loup*, la *chèvre*, la *linotte*, le *chien de berger*...

De son maillet frappant sur la table, le président va ouvrir la séance lorsqu'un retardataire apparaît, serrant des mains, montant sur l'estrade. On l'appelle *l'écureuil*.

Angèle baisse la tête; pour n'être pas vue de lui : c'est Maxime Langelier, grand habitué des lieux puisque, de sa voix forte, il attaque le premier couplet du *Chant d'ouverture de la Société des animaux* dont la salle reprend le refrain :

A nous, gais fous !
Loin des regards jaloux
Des faux dévots,
Des pédants et des sots,
Il faut qu'on rie
A la Ménagerie
En dépit des décrets,
Des arrêts !

D'un vigoureux « Animaux, à nous les pattes ! », le typographe fait applaudir l'auteur de la chanson, le valeureux Charles Gille, dit « le moucheron », depuis deux mois sorti de prison.

Sous son nez pointu, sa fine moustache, Charles Gille sourit modestement de son succès : on voit bien qu'il le donnerait pour le succès de la cause.

Lançant le débat, Maxime Langelier montre, au-dessus de l'estrade, un panneau portant l'inscription : « Toute chanson politique ou attaquant la personne du roi est sévèrement interdite. Signé : le préfet de police. »

— Les animaux, savez-vous lire?

D'un même chœur, la salle répond :

— Oui!

Maxime ordonne :

— Alors, vous lisez avec moi!

Unanime, la salle proclame :

— Les chansons politiques sont permises. On peut dire : «Merde» au roi!

Plus besoin du «Animaux, à nous les pattes!» : dans un vacarme de rires, le public s'applaudit lui-même.

Consultant l'ordre du jour, le président donne la parole à Clarisse :

— La merlette, tu as, je crois, à nous présenter un rossignol et sa fauvette.

— Je vous les présente, répond Clarisse qui, se levant, désigne Sylvestre surpris, terriblement gêné, Angèle devenue écarlate.

— Bienvenue aux amis! dit le président. Nous avons tous été fauvette et rossignol dans nos débuts. Un jour, peut-être, vous serez avec nous de plus solides animaux.

Surpris de la découvrir en ces lieux, Maxime regarde Angèle avec son sourire agaçant. Entre bonheur et ironie. Il appuie son compliment :

— Je suis sûr que cette fauvette-là adoptera bien vite notre morale. Elle est facile : c'est la fraternité.

Le président se tourne vers Sylvestre :

— Quand tu auras deux sous, si ton camarade n'en a pas, tu dois lui en donner un.

— La fauvette doit avoir deux sous, dit Maxime, car je parierais qu'elle a trouvé son gagne-pain à la manufacture des tabacs.

— Comment le sais-tu, l'écureuil?

Le sourire de Maxime s'accentue :

— La fauvette est venue battre de l'aile près de moi et je lui ai donné conseil de se présenter à Sainte-Tabagie.

L'assemblée sourit.

Désignée à l'attention de tous, Angèle voudrait se cacher sous son banc, s'enfoncer dans le sol pour fuir tous ces regards posés sur elle ; dont celui de Sylvestre surpris par ces propos, cette démarche d'Angèle qu'il ne connaissait pas...

Intimement, Angèle reproche à Maxime, Sylvestre reproche à sa femme l'importance qu'ils ont tous les deux, tout d'un coup. Au pays, hormis le jour de leur mariage, jamais ils n'ont été au centre de toutes les attentions. Et le jour de leur mariage, les visages les contemplant étaient tous des visages amis...

Au milieu de ces gens si différents des laboureurs, dont ils ne savent ni la vie ni même très clairement ce qu'ils font ici et pourquoi ils se cachent pour chanter, Sylvestre et Angèle ont l'impression d'avoir, soudain, sauté dans l'inconnu.

L'inconnu : ce que l'on redoute le plus.

Ils transpirent. Sylvestre plus qu'Angèle : moins préparé à cette journée, il trouve qu'elle va trop vite. Trop loin. Dans une direction qu'il n'arrive pas à définir. Et puis, le jour de leurs noces, Angèle et lui se tenaient par la main...

Heureusement, le président montre dans le public un homme qui n'a pas la trentaine mais qu'un physique disgracieux, un léger embonpoint, un front déjà dégarni vieillissent un peu. Les sourcils en arcade, haut levés sur des paupières trop hautes elles aussi, l'œil rond, nez pointu, moustachu, il cache sous une barbe mal plantée une cravate à l'ancienne, enserrée entre les deux revers d'une redingote à liséré.

— Animaux, à vos pattes : l'illustre Pierre Dupont[1] nous fait l'amitié de sa visite.

Les vivats éclatent. Les bravos unanimes saluent l'ancien canut devenu, en quelques mois, le chantre des goguettes.

Angèle est émue : ce garçon, qui voici une seconde était assis tout près d'elle, est le Pierre Dupont dont la chanson, un matin à la Grève, l'avait tellement impressionnée.

La salle scande :

— *Le Chant des ouvriers... Le Chant des ouvriers !*

Quelques voix se groupent :

Aimons-nous et quand nous pouvons
Nous unir pour boire à la ronde...

Le chansonnier laisse chanter puis, sur l'estrade, d'un geste large, il demande le silence.

L'ayant sans peine obtenu, il attaque sa dernière composition, ce couplet de misère que personne n'a encore entendu :

La faim arrive du village
Dans la ville, par les faubourgs ;
Allez donc barrer le passage
Avec le bruit de vos tambours !
Malgré la poudre et la mitraille,
Elle traverse à vol d'oiseau,
Et sur la plus haute muraille,
Elle plante son noir drapeau...

1. Né à Lyon en 1821, Pierre Dupont fut, à vingt-cinq ans, le plus prestigieux des chansonniers ; admiré, célébré par Baudelaire. Outre ses chansons disant la peine des hommes, il a laissé à la postérité des chants et des poésies agrestes, dont le refrain venu jusqu'à nous : « J'ai deux grands bœufs dans mon étable. »

Nul ne parle. Nul ne bouge. Les souffles sont suspendus pour mieux entendre ce refrain dont, sur-le-champ, chacun comprend qu'il va gagner les rues et les chemins, les cœurs et les intelligences, à la fois plainte, évidence et avertissement :

On n'arrête pas le murmure
Du peuple quand il dit : « J'ai faim »
Car c'est le cri de la nature :
Il faut du pain.

Déjà, certains veulent reprendre les mots, la musique. D'autres, passionnés, ne veulent rien perdre. Il y a des « Chut ! », un « Tais-toi ! Ecoute ! ». Il y a beaucoup d'émotion.

Soutenu par ces yeux qui ne le quittent pas, ces têtes balançant après chaque vers pour montrer leur approbation, Pierre Dupont chante devant ces hommes, ces femmes qui maintenant n'ont qu'un mot dans le cœur : Buzançais.

C'est le dernier couplet :

Arrêtez, dans la populace,
Ceux qui portent fusils et faux !
Faites dresser, en pleine place,
La charpente des échafauds,
Aux yeux des foules consternées,
Après que le couteau glissant
Aura tranché leurs destinées,
Un cri s'élèvera du sang :

Le cri, en vérité, s'élève de toutes les gorges. Bouleversé. Bouleversant :

On n'arrête pas le murmure
Du peuple quand il dit : « J'ai faim. »

Les animaux sont debout. Leurs pattes battent au-dessus de leur tête. Il y a des larmes dans les yeux. Elles roulent sur des joues creuses.

Angèle ne pourrait dire un mot.

Sa poitrine tape à grands coups.

Elle pose son regard sur Maxime. Il lui sourit. C'est un sourire nouveau. Qui parle. Clarisse a le même. Disant les mêmes mots : « N'est-ce pas que c'est beau ? » Un sourire à la pensée profonde : « Je sais que nous sommes ensemble. »

Pour peu de temps : un garçon de quinze ans est entré dans la salle. Vif. Il lance :

— Les roussins !

Une panique parcourt l'assistance. Les bancs se dressent. Retombent. On se cogne, se blesse, s'exclame. Deux jeunes passent par une fenêtre. Les « bicornes » les attendaient. Les jeunes les évitent. Courent vers les prés, les taillis. Les sbires reviennent. Furieux. Ils entrent dans la salle. Se joignent à leurs compagnons.

Maxime avait ouvert une porte que cachait un drapeau. Il fait passer Charles Gille, Pierre Dupont, le président qu'il juge trop vieux pour aller à Sainte-Pélagie. Il va refermer le passage, voit Angèle immobile, perdue au milieu du vacarme, menacée par les argousins. Il va vers elle. Lui tend la main :

— Ne restez pas là !... Où sont vos enfants ?

— Ils jouaient dans la cour.

— Venez.

Il la tire, tente de revenir vers le drapeau. Des hommes

s'acharnent sur cette porte dont il a la clé. Il fait demi-tour. Va à contre-courant.

Le commissaire tend son doigt vers lui :

— Celui-là !... Prenez-le ! Je le connais ! Saisissez-vous des dangereux !

Les sergents dégagent tout ce qui est devant eux. Ils foncent vers Maxime qui tente toujours de faire sortir Angèle :

— Venez vite !... Viens... Va-t'en ! Ils vont te prendre aussi !

Trois paires de bras s'abattent sur lui, le ceinturent.

Le commissaire triomphe :

— Ne le lâchez pas ! C'est un typographe ! La sale engeance !... C'est leur maître à tous.

Capturé, immobilisé, les mains serrées dans le cabriolet, Maxime sourit encore :

— Comment serais-je le maître des autres, moi qui ne veux de maître pour personne ?

— Emmenez-le !... Et sa femme avec !... On triera tout à la maison.

A l'idée de se voir marié avec Angèle, Maxime ne sourit plus : il est hilare. Il a beau, pour la sauver, répéter : « Ce n'est pas ma femme ! », ils sont tous les deux embarqués dans le fourgon cellulaire où, poignets enchaînés, regards provocants, les attendent leurs amis : le loup, le lion, le tigre, la chèvre sont en cage.

Timide, l'écureuil regarde la fauvette.

Il fredonne :

Aimons-nous et quand nous pouvons
Nous unir pour boire à la ronde...

— On ne chante pas ! coupe un sergent.

— Je ne chante pas : je barytonne, répond l'écureuil

auquel son métier de typographe a donné le goût des nuances.

— On ne barytonne pas.

Devant cette injonction, Maxime abandonne Angèle : il sourit au sergent. Comme tous les spectateurs de la Ménagerie, déjà il connaît le refrain de Pierre Dupont. On dirait que, à voix douce, il voudrait l'enseigner à son gardien :

... Car c'est le cri de la nature :
Il faut du pain.

Sous les gros chênes servant de tonnelle au cabaret, Sylvestre regarde cette voiture qui s'en va, emportant Angèle avec ces hommes qu'il ne connaît pas, ce Maxime Langelier qu'il aurait préféré ne jamais connaître.

Parti chercher les enfants lorsque les sergents avaient fait irruption, il était revenu au moment où le commissaire ordonnait : « Emmenez-le ! Et sa femme avec ! » Le mot l'avait paralysé. Et tout autant Jérôme et Florentin : ils s'accrochaient à lui, tremblaient, le retenaient. N'ayant jamais vu opérer une force de police, eux aussi avaient fait soudain un saut dans l'inconnu. Monde détestable où l'on séparait la mère de ses fils.

Ils pleuraient :

— Maman ! Maman !

Parvenant à les contenir, Sylvestre s'était avancé vers le commissaire. Un sergent l'avait repoussé brutalement.

Le voyant maltraité les deux gosses s'étaient accrochés de plus belle.

Comme si, ayant perdu leur mère, de toutes les forces de leurs petites mains serrant celles de leur père, ils disaient : « Ne nous quitte pas. »

Le fourgon disparaît derrière la haie d'un jardin fleuri de lilas.

Plus que jamais, Sylvestre en est sûr : la capitale du royaume est la capitale du mal. Du malheur.

A Mazas, un tailleur de pierres arrive en chantant la chanson de Pierre Dupont.

Sylvestre le reconnaît : il était hier à la goguette.

Le tailleur de pierres passe devant lui sans le voir. Il raconte, animé, la séance de la veille, l'émotion de tous, l'arrivée des sergos qui l'indigne encore : il dit n'en pas avoir dormi de la nuit.

Le jour se lève, timide, au-dessus de Belleville. Les moulins blancs sortent de leurs nuages.

Sylvestre demande le chef des travaux. Au mot d'embauche, on lui rit au nez. Deux fois. Trois fois.

Il finit par trouver le responsable.

L'accueil n'est pas encourageant :

— Ah ! C'est toi ! Je t'avais oublié.

L'homme tourne les talons. Il a disparu. Sans un mot de plus.

Les manœuvriers forment des groupes. Debout. Assis sur les talus ou, au contraire, au fond des trous qu'ils ont creusés la veille ; adossés à l'une des parois.

Un sous-fifre souffle dans une corne, entamant un large tour du propriétaire.

Les pioches attaquent la terre ; les pelles sortent des tranchées ; les scies font crier la pierre sous le « A toi, à moi ! » de deux hercules en blouse blanche.

Sylvestre est impressionné : le chantier couvre trois hectares qui, au même instant, se sont mis en mouvement.

Les six bâtiments qui contiendront les cellules sont,

pour l'instant, des fossés dessinant sur le sol un vaste éventail dont les branches partent d'une rotonde déjà bâtie. Outre les six couloirs qui y accéderont, la rotonde est flanquée de pièces qui seront le greffe, le cabinet du directeur, des bureaux, la salle d'attente : là s'affairent maçons et plâtriers, goujats leur préparant le mortier ; là espère travailler Sylvestre. Dans son métier. Pour l'instant, il regarde cette activité avec la crainte de ne pas voir revenir le chef de chantier ; l'angoisse du chômeur ; l'espoir de, bientôt, tirer les joints ; de rapporter à Angèle les pécunes qui peut-être referont son couple.

Au bout d'une heure, l'homme reparaît :

— Ah ! Tu es toujours là !

Pensait-il qu'il allait partir ? Sans rien savoir ?

Le chef soupire :

— Je vais te prendre puisque je l'ai promis à monsieur Doucet... mais vraiment, ça ne m'arrange pas.

Si Sylvestre écoutait la suite, il saurait que l'épouse du chef de chantier tient un débit de vin rue Neuve-Saint-Martin ; qu'il est, en conséquence, courtois de plaire au dégustateur en fournissant du travail à son protégé ; que ce geste vaut tout son prix au moment où, les crédits pour la construction de la prison n'étant pas arrivés, on a déjà débauché une trentaine d'ouvriers, où l'on s'apprête, si l'Etat « n'accorde pas une rallonge », à en renvoyer une centaine d'autres dès la semaine prochaine.

— Tu n'as pas intérêt à dire que je t'ai favorisé, prévient le chef de chantier : sans ça, tu vas passer pour un mouchard, un larbin de la direction.

Sylvestre n'a rien entendu. Il est au ciel : à douze mètres de haut. Sur le plus grand échafaudage où, retrouvant sa truelle, il domine le chantier, le canal Saint-Martin, la capitale du royaume, sa propre existence : servi par un garçon qui n'a pas quatorze ans, il arase le mur épais, colossal, sur lequel reposera la charpente.

L'équipe à laquelle il appartient est celle qui, la semaine dernière, a été amputée de dix hommes aujourd'hui condamnés au chômage.

— On débauche les uns, on embauche les autres, a dit un Limousin quand il est arrivé.

Au Gros-Caillou, Angèle n'a pas été mieux accueillie.

Libérée par les sergents à six heures ce matin, elle est rentrée aux Trois-Chandelles, a levé Jérôme et Florentin. Les a confiés à Clarisse.

Quand elle arrive à la manufacture, la grille est fermée depuis longtemps.

Intimidée par ces barreaux qui la font prisonnière de la rue, elle ose, au bout d'un long temps, tirer sur la clochette. Une fois. Deux fois. Dix fois.

Le portier fait le sourd.

Angèle le voit dans son cagibi, affectant de lire la gazette, buvant un verre de lait, reprenant son journal.

Quand il se décide à venir, rogue, il prend le ton du soldat qu'il a été, du supérieur qu'il croit être :

— Je n'ai pas à vous ouvrir.

— Je vous en supplie.

— Les supplications ne comptent pas. Ce sont les ordres qui comptent : je ne dois pas ouvrir.

Angèle pense à Louison, à ses conseils, au cri qui a mis monsieur Brisac en fuite : elle a idée de recommencer, d'effrayer ce garde-chiourme. Deux moines de Saint-François passent sur le quai : elle se contient, craignant le scandale.

C'était provisoire : dès que les religieux ont dépassé la grille, elle se suspend à la clochette ; ne la lâche plus.

Les religieux se retournent : le boiteux cède; disant qu'il fera un rapport.

Il a dû le faire sur-le-champ car Angèle n'est pas à son poste depuis dix minutes que monsieur Brisac l'interpelle :

— Une journée commencée avec retard n'est pas payée, vous le savez : vous pouvez partir.

— Son fils a été malade : ce n'est pas sa faute ! lance Louison qui, avec l'autre ouvrière, avait tant bien que mal essayé d'assurer le service depuis le matin.

Le petit chef se tourne vers elle, furieux :

— Vous auriez dû me prévenir de son absence : vous êtes en faute !

— Je vous ai cherché partout ! Vous n'êtes jamais là quand il faut ! proclame Louison sans se démonter.

— Ah ! Vous m'avez cherché ? Eh bien ! Allez donc voir si je suis dans la cour : on a besoin de main-d'œuvre.

Devant le magasin des petits cigares — ceux que Paris appelle les *infectados* ! — deux chevaux ont arrêté leur fourgon. Il s'agit de le décharger.

Angèle pense que si elle met la main à la pâte, sa journée peut-être lui sera comptée.

Marguerite apparaît, flanquée de deux balayeuses. Les six femmes débarquent les colis avec assez de cœur : ce sont les vêtements de travail tant attendus.

— Vous voyez : tout arrive ! fait monsieur Brisac satisfait.

— Je vois surtout que ça sert de réclamer ! réplique Marguerite.

Le petit chef hausse les épaules :

— Vous croyez toujours que tout se fait grâce à vous : moi aussi, j'ai réclamé pour vous. Et monsieur le directeur.

— Tellement vous gueuliez fort tous les deux, ça nous cassait les oreilles ! dit Louison en charroyant ses paquets.

Dépité par cet accueil, monsieur Brisac va tourner les talons lorsque Marguerite fait une constatation :

— Mais... Mais... il n'y a que des vêtements pour hommes !

Monsieur Brisac est philosophe :

— Il faut un commencement à tout.

La vieille ouvrière va protester. La jeune ne lui en laisse pas le temps : la manufacture compte deux fois plus de femmes que d'hommes. Pourquoi sert-on les hommes en premier ?

— Vous n'êtes jamais contentes !

— Et en plus, la moitié des hommes travaillent torse nu !

— Vous n'avez qu'à en faire autant !

Au ton, les femmes ont bien entendu que l'hypothèse n'était pas pour déplaire au petit chef : il s'en va sous des huées.

Elles font plaisir à Angèle.

Elle ne participe pas au chœur.

Au pays, il n'y a pas de petits chefs. Il n'y a que les maîtres. Propriétaires de la terre et de votre existence. La rancune, on la dit en silence ; serrant les poings. Ou avec des larmes ; quand nul ne peut vous voir.

Alors c'est plus que la rancune : c'est le désespoir.

Un peu avant l'heure de la sortie arrivent devant la grille une marchande de frites et de beignets installant son petit fourneau, des marchands d'étoffes, de foulards, de colifichets espérant la futilité des jeunes ouvrières. Des vendeurs de bibelots en écaille ou en verroterie guettent leur goût artistique. Sûr de faire fortune, un « baveux » met au service de ses frères humains le détachant dont ils ne pourront plus se passer.

Angèle et Louison passent devant le camelot sans s'arrêter, leurs pensées tournées vers ce projet d'instruction prochainement donnée à Angèle.

Maintenant que Sylvestre a trouvé du travail, la chose est possible.

Prétextant qu'elle est au bras d'un militaire, une élégante de petite vertu prétend ne pas payer le péage du pont du Carrousel. Le gardien reste intraitable. La cocotte dénonce à grands cris ce manque de patriotisme.

Cela fait rire Louison, toujours prête à s'amuser des choses de la rue : du spectacle toujours renouvelé qu'elle a toujours connu.

Bientôt, elle ne rit plus. Posant sa main sur la main d'Angèle, du regard elle lui montre l'attelage de cet homme auquel, l'autre soir, Sylvestre s'en était pris. Arrêté au même endroit. Chargé, semble-t-il, de la même ferraille.

Sortant d'un bouchon marqué *Au Solognot*, Ulysse paraît. Reconnaissant les deux jeunes femmes, il s'approche, interpelle Angèle dans un éclat de rire :

— Hé ! La fille ! Tu as perdu ton compagnon ?... Va ! Tu ne perds pas grand-chose ! Il est gentil, mon ami Sylvestre-Marcelin Chabrol... Mais il engrosse les filles plus vite qu'ici les gaveurs engraissent la volaille !

Angèle est paralysée. Par cette bavarderie en pleine rue. Ces inconvenances. Ces secrets déballés devant son amie.

Ulysse, lui, est à l'aise. Bon apôtre :

— Tu as l'air d'une brave fille : je ne voudrais pas qu'il fasse avec toi comme avec sa Nanette... ou avec les autres.

Louison sent, contre son bras, le bras tremblant d'Angèle. Elle s'interpose :

— Tu es bien honnête, la Brocante, de prévenir les filles, mais je crois qu'on ne t'a rien demandé !

Ulysse se défend : quand une fille se retrouve avec un

polichinelle sous le tablier, qui c'est qui est dans la peine et parfois dans le malheur ? C'est elle et personne d'autre ! Or, le Chabrol est marié. Il l'oublie sans doute facilement mais c'est ainsi : il a femme... là-bas, dans la Creuse. Il est bon qu'on le sache. Peut-être même qu'il a des enfants.

Angèle est blême. Elle trouve la force d'articuler :

— Vous... l'appelez... Nanette ?

— Nanette, oui.

— ... C'est... un joli nom.

Ulysse en convient : c'est un joli nom et, même, ce n'était pas une vilaine personne. Dévergondée mais agréable.

— ... Dévergondée ?

Ulysse ne voudrait pas qu'on le prenne pour une mauvaise langue, ou pour un fanfaron, mais il doit bien dire qu'avec lui ça s'était fait dès le premier soir. Et en plus, c'est elle qui était venue le chercher !

— Ah ! Pour ça, il n'était pas difficile, le Sylvestre ! Il allait avec qui se présentait !

A ces souvenirs, Ulysse s'ébaudit. Montant sur son siège, il lance ses chevaux. Riant de bon cœur, il part sur les pavés cahotant avec, entre deux claquements de fouet, des « Sacré Chabrol ! » qui redoublent sa bonne humeur.

Sylvestre, lui, ne rit pas.

En sortant de Mazas, il avait marché à la rencontre d'Angèle. Ne connaissant pas bien son chemin, il avait eu peur de la manquer. Etait revenu sur ses pas. Monté dans l'appartement.

Depuis, de la fenêtre, il guette son arrivée. N'y tenant plus, il est descendu deux fois. Si les bourreliers n'étaient pas à leur atelier, levant la tête de leur ouvrage à chacun de ses passages, il descendrait encore. Resterait dans la cour.

Au contraire, il reste devant sa table. Se servant un verre pour patienter.

Il en regarde attentivement le fond rougeâtre lorsque Angèle entre. Muette. Ostensiblement, cela se voit.

Elle se lave les mains, met un bois dans le fourneau, attrape un poêlon avec la mine fière de celle qui, en silence, fait son devoir.

Il attendait une question sur sa première journée de travail. Un intérêt. Quelque chose qui lui permettrait de raconter sa tâche de confiance, en haut de l'échafaudage. Ce serait une douceur. Il en a besoin.

Angèle gratte son poêlon, lèvres fermées, s'interdisant même de soupirer.

Il est désespéré. Coléreux. Son embauche lui semblait devoir être un début de raccommodement. Une idée lui vient :

— C'est parce que je travaille à Mazas que tu ne parles pas?... Parce que je bâtis une prison, je suis indigne de toi?... De vous? C'est l'Albert et sa Clarisse qui te mettent ces idées dans la tête?

Angèle a envie de répondre : «L'idée qui est dans ma tête n'a rien à voir avec Clarisse et Albert.»

Elle se tait. Connaît le danger qu'il y aurait à reparler de cette traînée qui lui a volé son mari. Qui, peut-être, lui avait jeté l'un de ces sorts dont, au pays, seules les neuvainières sont capables de vous débarrasser. Comment douter de la puissance de ces mauvais génies quand on connaît des «meneux de nuées» ensorcelant le ciel lui-même pour, sur l'heure, le voir déchiré par le plus terrible des orages? Elle était peut-être ainsi cette Nanette maléfique dont Ulysse comme Monteil disent l'immoralité? Si cela était, si Sylvestre avait, sans le savoir, été endémonié, il aurait des excuses à s'être livré à des débauches dont il n'était pas maître...

Endémonié : il l'est peut-être encore puisque, devant son épousée du Ciel et de la Terre, sa femme d'hier et de toujours, il défend sa moins-que-rien.

Angèle se demande où, par qui dans la capitale du royaume, elle trouvera une neuvainière : sainte créature qui, pour dire en votre nom pendant neuf jours neuf *Pater* et neuf *Ave*, ne vous demande que neuf sous...

Les enfants dorment.

Sylvestre se sert à boire.

Il ricane : ils sont beaux, les discours d'Albert et de ses amis ! Elles sont jolies, les chansons qu'ils chantent en se cachant. Où cela conduit-il une Angèle ? Dans le fourgon cellulaire ! Et Sylvestre-Marcelin Chabrol ? Doit-il, avec les autres ouvriers, chanter « Aimons-nous » quand, à Mazas, ne sachant rien de lui, les maçons l'accueillent comme un faux frère, un cafard, lui jetant, quand il veut s'expliquer en ami, des mots comme *escobar* ou *patte-pelu* qu'il ne connaît même pas ? Ce soir, toute son équipe l'appelait Rouflaquette : parce qu'un imbécile avait dit que le chef de chantier en avait fait son favori !... C'est cela la fraternité ouvrière ? Où est-il l'honneur du compagnon ? Sont-ils honteux de construire une prison ces trimardeurs qui se battent pour en monter les murs ? A la soupe de deux heures, un chômeur a saisi un terrassier à la gorge, l'accusant de lui avoir volé sa place. Ils ont, tous les deux, roulé sur les gravois, devant des ouvriers qui bien vite ont fait cercle autour d'eux : pour les encourager à frapper plus fort.

Angèle murmure :

— A la manufacture, les femmes ne se déchirent pas. Elles se soutiennent. J'ai une amie. Elle s'appelle Louison. Tous les soirs, je rentre avec elle.

— C'est pour ça que tu arrives en retard ?... Ou pour autre chose ?

Il est ironique, insinuant, avec cet air fanfaron que les faibles puisent dans le vin. Angèle a envie de crier, de parler d'Ulysse, de dire ce nom de Nanette à lui seul acte d'accusation, pour voir la réaction de son mari, l'obliger à raconter. Enfin.

Sylvestre s'essuie les lèvres :

— Ou alors, c'est ton typographe qui t'a retardée? Peut-être que tu es allée le visiter dans sa prison, le sieur Maxime?... Comme tu allais le visiter dans son atelier... Tu ne savais pas que je l'apprendrais un jour... Elle a du bon la goguette!

Angèle hurle :

— Je ne suis pas allée le voir. Je cherchais du travail. Je ne savais pas qu'il serait là!

— Heureusement, il y était! C'est comme ça qu'on trouve de l'ouvrage.

Angèle va bondir. Sa voix, ses poings, tous ses muscles sont prêts. Une violence inconnue tourne en elle.

Des secondes passent. Longues.

Sylvestre attend l'ouragan qu'il veut provoquer. Il ne saurait dire pourquoi. Parce que la tempête, peut-être, lave les maisons. Parce que l'ouragan passé, il reste le silence dans lequel, ensemble, on rebâtit.

Angèle a surmonté sa colère.

Sa parole a la sérénité des cimes :

— Parlez-moi de Nanette.

Il est blême.

Comment a-t-elle appris ce nom? Où? Quand? Par qui? A coup sûr, sa femme est allée voir Ulysse. Comme elle était allée voir Maxime. Sans lui en parler.

Tout ce qu'il avait à dire, son récit, les confidences préparées depuis longtemps ont disparu sous la fureur. La souffrance. La réalité : dans ce Paris qui l'a toujours trahi, il ne peut plus compter sur personne. Angèle est avec les autres. Comme les autres. Les renards et les vautours. Chercheurs des charognes dont ils se nourrissent et qu'ils dégorgent devant vous. Ou derrière. Satisfaits de vous éclabousser. Croyant vous entraîner parce qu'ils vous salissent...

— C'est vous qui vous êtes sali ! Qui avez sali notre union. Votre poulette a entraîné Ulysse Valat dès le premier soir. Vous aussi sans doute. Elle n'était qu'une marchande d'amour. Voilà pourquoi vous n'avez pas ramené un sol à la maison !

Sylvestre est parti.

Il court dans la ruelle, dans la nuit, sous la pluie. Il court chez Pipette comme Angèle court chez Clarisse : pour dire à d'autres ce qu'ils n'osent pas se dire entre eux. Paralysés par un imprévu trop lourd, écrasés par une existence à laquelle rien ne les avait préparés. Au pays, seuls les outils pèsent leur poids. Et les maîtres, ceux qui, d'un mot, d'un chiffre, vous font courber l'échine. La famille, elle, s'unit autour de la table, du cantou, de l'*aumaille* des jours de fête, des larmes des soirs de deuil. Elle s'unit dans l'attente des naissances, plus encore dans le sourire de tous devant une bouche goulue accrochée au sein de la mère.

La misère des champs ne prépare pas à la misère des cœurs.

Depuis des siècles, la terre creusoise clame qu'elle est ingrate : elle ne trompe pas celui qui, à ses risques, l'ensemence.

Depuis des siècles, les parents, la loi, l'Eglise, le maître, les gendarmes, les jours vous disent des interdits. Des menaces. Des punitions. Nul ne vous dit la liberté. Ne vous chante l'amour. Ne vous montre la miséricorde.

Faits pour bâtir de pain noir et de châtaignes leur existence aux monts et aux vallons immuables, aux sentiments et aux serments définitifs, Angèle et Sylvestre se perdent devant l'inattendu de leurs gestes dans ce Paris des ruelles et des mensonges ; des murailles et des trahisons.

Les heures passent ainsi. Dans le silence qui ne cesse de vous parler. De rabâcher à votre oreille les mêmes colères, les mêmes rancœurs, les mêmes déceptions.

A la manufacture, les femmes ont redemandé des tabliers. Louison a établi une lettre. Monsieur Brisac a fait savoir que celles qui la signeraient contreviendraient à la loi sur les associations : la plupart des ouvrières n'ont pas voulu signer.

Angèle était prête à mettre une croix en face de son nom.

— Ce n'est pas la peine, dit Louison : si la majorité n'est pas solidaire, envoyer la lettre ne servirait qu'à faire sanctionner les courageuses.

Comme chaque soir, les deux jeunes femmes se séparent devant le Jardin des Plantes par où Louison gagne son logis de la rue du Marché-aux-Chevaux. Elle prétend que le parfum des tilleuls suffit à chasser les exhalaisons de nicotine dont la journée l'a « empoumonée ».

Devant la prison de la Garde nationale — que Paris appelle « l'hôtel des haricots » — séparant le quai d'Austerlitz de l'embarcadère d'Orléans, Angèle, stupéfaite, rencontre Clarisse.

— Je vous attendais.

Elle doit avoir un lourd secret à lui confier : avec des airs d'entremetteuse, elle l'entraîne sur les bords du fleuve où les dernières dragues à main tirent des eaux le sable bientôt vendu aux jardiniers.

— Maxime est à Sainte-Pélagie. Dès que j'ai su ça, j'y

ai bondi. C'est à deux pas, derrière le Jardin... J'ai pu le voir.

Angèle est troublée :

— Il... va bien ?

— Très bien.

Clarisse rapporte qu'à la goguette le commissaire avait bondi sur le typographe car il l'avait déjà affronté voici un mois, le 19 septembre, lorsque le gouvernement avait envoyé ses baïonnettes pour empêcher le banquet fraternel des maîtres et ouvriers imprimeurs : il savait que Maxime Langelier était parmi ceux qui, trois heures après cette dispersion forcée, avaient réussi à se retrouver dans une auberge... pour recommencer le banquet : recommencer la réunion.

Clarisse est excitée. Radieuse :

— Cette persécution conforte notre ami. Il dit que, lorsqu'il sortira, le printemps l'attendra devant la porte.

Elle baisse la voix :

— Il m'a dit aussi qu'il pensait à vous et... et...

Elle fouille dans son jupon, en retire une lettre :

— ... Il m'a donné ça.

— Pour moi ?

Angèle s'effarouche :

— Je ne sais pas si... je dois la prendre.

Clarisse a moins d'embarras :

— Comment, si vous devez ? Elle est pour vous ; qu'est-ce que vous voulez que j'en fasse ?

Angèle, à contrecœur, intimidée, rougissante, prend le pli et le glisse sous son caraco.

Clarisse est très déçue :

— Vous ne la lisez pas ?

— Non. Plus tard.

Elle comprend : Angèle ne sait pas lire.

— Donnez, je vais vous la lire.

Angèle se débat. Il lui semble que la lettre la brûle, qu'elle a eu tort de la prendre, que, pour autant, elle est son bien, sur lequel nul n'a le droit de poser son regard.

Dans un dernier crissement de chaîne, une dernière pluie d'eau jaunâtre tombant de la drague, les sabliers terminent leur journée.

— Hé ! Angèle ! Où allez-vous ? crie Clarisse stupéfaite de voir s'enfuir son amie : où allez-vous ? Nous rentrons ensemble, non ?

— Oui... Oui, nous rentrons ensemble, répond Angèle sans s'arrêter de courir le long de la berge.

Sur la Seine glisse le coche d'eau qui assure le service des voyageurs de Paris à Corbeil. Depuis trois siècles, les Parisiens l'appellent le corbeillard. Depuis un siècle, le nom désigne aussi un carrosse. Il y a peu de temps que ce corbeillard est devenu corbillard pour porter vers la tombe les défunts, leurs fleurs et leurs couronnes.

7

— « Chère madame Angèle... Avant tout, je vous demande d'excuser la liberté que je prends en vous faisant tenir ce billet par ma bonne camarade Clarisse... »

Louison a conduit Angèle chez celle qui lui a enseigné l'alphabet, la grammaire, un peu de calcul : madame Fortin, trente ans, femme stricte et visage avenant, exerce la profession d'écrivain public dans le cabinet de lecture en déclin de son père, monsieur Fly, sis 10, rue Saint-Joseph.

D'une main tremblante, Angèle a tendu sa lettre. Avec l'impression de se déshabiller. Louison l'a compris. Elle est sortie, regardant le petit marché Saint-Joseph dans la nuit devenu inactif. Pantalon relevé, un balayeur s'efforce de décrasser l'étal du nourrisseur. Une voiture de maître s'engouffre sous la voûte d'un hôtel particulier. Porteur d'un vaste étui en bandoulière, exhibant sur son bras quelques tapis, le marchand de parapluies, parasols, carpettes appelle ses derniers clients :

— A la canne ! A l'ombrelle et au paillasson !

Ignorant ces offres, Angèle n'entend que madame Fortin poursuivant sa lecture :

— « Je vous connais peu, chère madame Angèle, mais vous n'imaginez pas la confiance que je place en vous...

alors que, du matin au soir, marchant entre les murs de ma cellule, je pense que vous ne devez plus avoir aucune confiance en moi car c'est bien moi qui, vous appelant à la goguette pour vous sauver des sergents, vous ai désignée à leur attention. C'est par ma faute que vous avez été conduite au poste de police. Vous m'en voyez très affligé et pourtant je veux espérer que vous ne m'en voulez pas. S'il en est ainsi, j'aimerais que vous me le fassiez savoir par une lettre que Clarisse pourrait m'apporter. Ce geste me comblerait. Je vous en remercie à l'avance et c'est dans cette espérance que je vous prie d'accepter, chère madame Angèle, mes salutations les plus respectueuses. »

Il y a un silence.

Angèle est émue.

De sa vie, c'est la première lettre qu'elle reçoit. Et c'est une lettre d'homme. Qui la salue, lui dit son respect. C'est pour avoir voulu la protéger qu'il est en prison.

Elle aimerait le rassurer, lui dire que, effectivement, elle ne lui en veut pas, que, au contraire, elle l'admire. Il s'exprime bien. Elle aussi a confiance en lui.

— Vous voulez lui répondre ?... Je peux écrire pour vous. Vous n'avez qu'à me dicter.

Angèle a tressailli. Elle revient sur terre. Non, elle ne veut pas répondre. Elle veut partir. Elle est déjà sur le seuil.

— Madame... Je ne sais pas si vous avez bien compris : votre ami est en prison...

Angèle est écarlate : elle a très bien compris mais ce monsieur n'est pas son ami. C'est... un typographe. C'est pour ça qu'il écrit si bien.

C'est pour ça qu'elle revient chez madame Fortin.

Lorsqu'elle a dit à Sylvestre qu'elle allait apprendre à

lire, elle s'attendait à un « Pourquoi ? » qui l'aurait gênée ; à des moqueries ; peut-être une colère comme, maintenant, il en a parfois.

Il n'a pas dit un mot.

On avait l'impression pourtant qu'il avait envie de parler, de confier un secret, de dire des choses d'importance.

Il a seulement assuré qu'il garderait les enfants.

Les cours ont lieu le soir. En novembre, on pourrait dire : la nuit. Deux fois par semaine. Madame Fortin ne fait pas payer les débutants.

Aujourd'hui, ça n'est pas une soirée comme les autres.

Louison a invité Angèle à l'accompagner. A la soutenir.

Il y a, dans le cabinet de lecture, une vingtaine de personnes. Plutôt des hommes. Plutôt des petits-bourgeois qui, en arrivant, ont glissé leur haut-de-forme sous leur chaise ; entre les quatre pieds. Il y a quelques ouvriers aussi dont un jeune, appelé Francillon, qui a la parole facile. Un autre garçon ambitionne de devenir teneur de livres.

— C'est une idée que j'ai eue récemment, explique madame Fortin : en dehors des cours eux-mêmes, une fois par semaine nous organisons une soirée littéraire.

Elle glisse à Angèle :

— Je suis contente que vous soyez là : vous allez voir ce qu'est devenue une personne qui, voici un an, ne connaissait pas ses lettres. Ce soir, c'est elle qui nous lit quelques pages de l'*Histoire des Girondins*, le chef-d'œuvre que monsieur de Lamartine vient de faire paraître en librairie pour nous conter la Grande Révolution.

Louison se lève : heureuse ; un peu inquiète. Elle assure sa voix :

— « Les événements du moment, l'examen des questions sociales, plus souvent les accusations contre le roi, les ministres, le côté droit, étaient les textes de ces discussions. De toutes les passions du peuple, celle qu'on y flattait le plus, c'était la haine ; on le rendait ombrageux pour l'asservir... »

Francillon tape sur sa table, furieux :

— Monsieur de Lamartine est un noble ! Il n'est pas avec nous !

Madame Fortin doit intervenir : pour l'instant, on lit. La discussion suivra. Tel est le programme de la réunion.

Louison a repris :

— « Convaincu que tout conspirait contre lui, roi, reine, cour, ministre, autorité, puissances étrangères, le peuple se jetait avec désespoir dans les bras de ses défenseurs. Le plus éloquent à ses yeux était celui qui le pénétrait de plus de crainte ; il avait soif de dénonciations, on les lui prodiguait. C'était ainsi que Barnave, Danton, Marat, Brissot, Camille Desmoulins, Pétion, Robespierre avaient conquis leur autorité sur le peuple... »

Francillon n'y tient plus. Il se lève. Crie à la traîtrise.

Louison le rejoint :

— Nous ne sommes pas si bêtes !... Monsieur de Lamartine insulte le peuple !

Un bourgeois intervient. La voix sage :

— Le peuple s'insulte lui-même quand il n'accepte pas d'autres opinions que la sienne.

Louison ne se laisse pas faire : le peuple veut avoir son opinion. Il n'acceptera plus que les nantis lui donnent la leur.

— Monsieur de Lamartine est un nanti ! approuve Francillon.

— C'est un homme honnête ! Vous aurez besoin de lui !

— Ni de lui ni de toi ! La république va venir !

Le bourgeois, souriant, ne lâche pas la partie :

— Elle va venir pour permettre à chacun de s'exprimer !

Louison s'emporte. Francillon aussi :

— Tu es un bourgeois !

— Un tiède ! Un traître avant l'heure.

Le bourgeois hausse le ton :

— Je ne connais qu'un traître : celui qui trahit la liberté !

Toute la salle s'en mêle. On s'excite. Les répliques frôlent l'insulte. On s'appelle « blanquiste », « socialiste », « conservateur », « bonapartiste », « légitimiste » ; on lance des affirmations qui ne sont pas des vérités, des certitudes qui n'ont plus cours, on improvise des parades à la sauvette avec, au milieu de tout cela, des arguments solides qui ne peuvent plus convaincre personne.

Madame Fortin est ravie : ayant versé des larmes généreuses à la lecture de *Jocelyn*, elle a suivi avec une grande satisfaction l'ascension de monsieur de Lamartine et, surtout, l'indépendance qu'il a su montrer lorsque, la Chambre lui demandant où il viendrait s'asseoir, le grand homme répondit avec superbe : « Je siégerai au plafond. »

C'est bien là que madame Fortin le place. Et même au ciel des poètes qui sera un jour le paradis des hommes.

Francillon ne peut pas suivre le génie sur de tels sommets : mise par son auteur au service du peuple, l'*Histoire des Girondins* se veut « propre à l'instruire et à le contenir » contre un renouvellement de la férocité.

Qui contiendra, qui connaîtra jamais la férocité amassée en silence par ceux qui, dès leur naissance, sentent levées contre eux toutes les férocités ? Francillon, sans doute, est de ceux-là. Madame Fortin le sait. Elle sait aussi que le bronzier de dix-huit ans est, de lui-même, venu s'instruire sous sa douce férule. Elle prend en affection ses impulsions, ses méfiances, son parler clair marquant son affranchissement. Elle aime cet éveil de personnalité, ce point de vue populaire qui souvent la surprend, parfois la dérange mais dont, à coup sûr, la république aura besoin.

Angèle est intimidée. Par ce qu'elle entend. Par ce qu'elle n'entend pas.

Sachant le combat du soc contre la pierre, du germe contre le gel, du chaume contre la tempête, pour la première fois elle voit devant elle des hommes et des femmes se battant pour des idées.

Parmi ces femmes : Louison qui chaque jour devient un peu plus son amie ; son modèle ; son professeur.

Au Gros-Caillou, les deux femmes arrivent ensemble ; travaillent, mangent, sortent ensemble ; l'une, fière d'enseigner son nouveau savoir ; l'autre, heureuse de constater des progrès qu'elle ne juge jamais assez rapides.

A la maison, Angèle se penche sur Florentin : B, I, BI ; B, E, BE ; L, O, LO : BI-BE-LOT.

Travaillant pour son fils, Angèle travaille pour elle : que d'enseignements tire-t-on des leçons que l'on donne !

Jérôme s'émerveille :

— Maman... tu apprends plus vite que moi.

— Oui, mais j'ai beaucoup plus de retard !

Ce soir, Sylvestre s'en mêle :

— Ta mère, bientôt, sera savante.

Angèle le regarde : depuis des jours, il ne prononçait pas un mot. Ou alors un mot de reproche. Une aigreur.

Sur ses lèvres, elle ne lit pas cette envie de sarcasme. C'est plutôt une envie de sourire ; qui ne trouverait pas sa force.

Elle finit par murmurer :

— Si vous voulez, vous pouvez venir avec moi au cours du soir.

— Non... Je ne peux pas.

Il baisse la tête :

— Je ne peux rien.

Sûrement, il a quelque chose à dire. Depuis des jours, Angèle le sent. Elle voudrait l'encourager mais ne sait où aller.

C'est lui qui, la voix sourde, va son chemin. Sur lequel il est seul. Cela se voit. Cela s'entend :

— C'est bien de s'instruire. Les ouvriers le disent. Ils ne sont pas comme les laboureurs du pays qui aiment mieux voir leurs fils ensemencer leur champ que voir le maître ensemencer leurs fils.

Sylvestre, dans les moments de trouble, a toujours eu des mots inattendus. Angèle le sait. Ainsi, son trouble à elle redoubla souvent.

Là-bas, le promis dit à sa promise : « Si nous trouvons un bordiérage, nous pourrons nous marier à prime. »

A la lisière de Bellesauve, prenant dans sa main la main d'Angèle, Sylvestre avait murmuré :

« Nous ferons noce à la violette. »

Elle en avait senti déjà le parfum.

Maintenant, confiant dirait-on, lancé dans la confidence, il va sa route. Elle passe par son Paris de souvenirs :

— Autrefois, après le travail, j'ai suivi les cours de Martin Nadaud[1]. Aux maçons du pays, dans sa chambre tapissée de plans et de coupes, il enseignait les quatre règles, les matériaux, l'usage du compas...

Sylvestre s'arrête. S'étouffe :

1. Né le 17 novembre 1815 dans le petit hameau de la Martinèche, commune de Soubrebost, ayant aujourd'hui sa statue « au canton », Bourganeuf, Martin Nadaud fut l'une des figures républicaines les plus populaires parmi les « maçons de la Creuse », l'un des premiers ouvriers à être élu (1849) à l'Assemblée nationale où il se présenta dans sa blouse de maçon.

— A dire vrai, je n'y suis pas allé assez... pas souvent... Je...

Il est rouge. Son regard plonge vers ses pieds. Voyant sans doute sa culpabilité. Comme autrefois : petit; quand son père lui disait : «Tu n'as pas soigné le cochon»... Ou un autre reproche.

Il y a des jours qu'il n'avait pas parlé ainsi. Même pas fait une phrase.

Angèle se lève. Regarde la nuit. La cour peu à peu devient une mare. Derrière la vitre sale de l'atelier, la flamme de l'acétylène éclaire mal les gestes du bourrelier. La main monte et descend. Comme on ne voit pas le fil, on pense à ces pantins de carton que le marchand agitait pour les vendre, au pied de la tour Zizim, le jour de la foire, à Bourganeuf.

C'est dans le dos d'Angèle un chuchotement :

— Nanette avait appris à lire.

La voix eût-elle été plus étouffée, elle l'aurait entendue.

Elle sent en elle un vertige.

Elle ferme les yeux.

Pour la première fois, il a prononcé son nom.

C'est à coup sûr l'heure du renouveau :

— Sylvestre!... Mon mari!... Parlez! Depuis si longtemps, j'attends ce moment... vos confidences...

Il a fait un gros effort. Assurément, il ne peut aller plus loin. Son visage ne montre même pas le soulagement d'après-confession.

— Parlez puisque maintenant je sais.

On le dirait se retrouvant sur une terre nouvelle. Où il n'avait pas prévu de venir. Où il ne reconnaît rien. Surtout pas le chemin qui le conduisit. Les raisons qui le firent marcher.

Il se met en colère :

— Tu sais mal.

— Non ! Je sais votre abandon... et je sais la honte qui vous empêche de le dire.

Il crie :

— Ce n'est pas la honte !

Comment lui expliquer que si la honte vient du mal que l'on a fait, elle vient plus encore du mal que l'on a voulu faire ? Sans cela, pourquoi le juge parlerait-il de la préméditation ?... Sylvestre n'a rien prémédité. Rien voulu. Rien souhaité. Il n'a pas le remords de ses actes venus avec la force de l'imprévu. De l'évidence. La puissance insoupçonnée de cette capitale du royaume qui, dans sa cohue, crée les solitudes et organise leurs rencontres auxquelles le clocher ne vous a pas préparé, lui qui, pour la vie, fait des couples et des familles, des voisinages d'enfance, des amis ou des ennemis de toujours dont on connaît les pensées : dont on sait que, demain, ils auront pour vous le geste, le sentiment d'aujourd'hui...

Sylvestre voudrait la serrer contre lui. Murmurer :

« Ma honte est de t'avoir fait du chagrin. A toi, ma femme ; l'être au monde pour lequel j'ai le plus de tendresse. De respect. Mille reconnaissances. »

Il n'a pas besoin de le dire : elle l'entend.

Elle tremble. Et toujours veut aider son mari :

— Vous auriez voulu me cacher que Nanette était une fille de peu.

Il hurle, marche, voudrait taper les meubles, étrangler Monteil, Ulysse, les Maingontaud, tous les malveillants, brutes, calomniateurs incapables de comprendre ce qu'il est, lui, incapable de dire : tout cela est de leur faute. La faute de ce monde qu'ils perpétuent, eux les enseigneurs de morale, surveillants du voisinage, noteurs de défaillances ; eux, les dictateurs de conduite qui, acceptant leurs chaînes, les trouvent moins lourdes lorsque leurs frères portent les mêmes.

Angèle murmure :

— Comme vous l'aimez pour la défendre ainsi !

Sylvestre pense : elle emploie un mot qu'elle n'a jamais employé. Qu'elle ne m'a jamais dit. Que je n'ai dit qu'une fois. Au passé : à Nanette. Quand elle était morte... Pour comprendre cet autrefois, il faudrait qu'elle soit, elle aussi, seule dans Paris. Il lui faudrait une rencontre avec un homme de bien que les autres auraient vite fait d'appeler un homme de rien. Alors, elle s'enflammerait comme je m'enflamme. Elle partirait dans la rue comme je pars ce soir, cherchant un partage...

Il n'a que Pipette. Un homme qui connaît la ville et qui connaît la vie. Qui en rit de crainte d'en pleurer ; s'amuse des lois et de ceux qui s'y soumettent ; défend la règle préfectorale jusqu'à s'en faire mourir : pour montrer la stupidité des ordonnances. Et, surtout, pour cacher son cœur au fond d'une bonbonne : là se retrouvent les êtres au trop fort sentiment.

Angèle pense : dans nos campagnes, les femmes aiment sans le dire ; à Paris, elles le disent sans aimer.

En est-il de même des hommes ? C'est une question qu'elle n'ose pas se poser.

Montée sur un tabouret, elle regarde, cachées sur le toit de l'armoire, les lettres de Maxime. Qu'elle n'a pas ouvertes.

Maintenant que madame Fortin fait partie de ses connaissances, elle ne peut plus les lui faire lire.

— Vous n'avez pas peur qu'il se lasse de vous écrire... s'il ne reçoit jamais de réponse ? demande parfois Clarisse.

Angèle se tait.

Un jour, elle lui répondra.

Pour l'heure, au Gros-Caillou, monsieur Brisac l'appelle dans la cour.

Entre les hauts murs blanchâtres altérés par les poussières et les fumées tombant des deux hautes cheminées de briques, un fourgon s'est arrêté :

— Les femmes ! C'est pour vous !

Désignées, une dizaine d'entre elles s'approchent. Trop heureux d'échapper quelques instants aux chaleurs étouffantes de la salle de fermentation, deux hommes se joignent à elles.

— Alors, les cotillons, vous n'allez pas toujours vous plaindre ? Regardez si l'on pense à vous !

— Qu'est-ce que c'est ? demande Marguerite qui, de la part de Brisac, n'attend guère de cadeau.

Le chef de secteur désigne un plein chargement de gros baluchons. Il est radieux :

— C'est du tissu. Pour vous faire des tabliers.

Marguerite le regarde :

— Des tabliers ?

— Oui.

Elle joue celle qui ne comprend rien :

— Que nous nous fassions des tabliers ?

Tant de balourdise égare monsieur Brisac :

— Tu ne sais pas coudre ?

Calme, ses cheveux en désordre, le visage sale, ses rides devenues sillons de nicotine, Marguerite se place sous le nez du petit chef :

— Qu'est-ce que ça peut vous faire que je sache coudre ?... Je vous demande, moi, si vous savez coudre ? Et les hommes, vous leur avez demandé s'ils savaient coudre ?

Les deux ouvriers secouent la tête. Navrés qu'une trimardeuse de longue expérience se laisse aller à la niaiserie :

— Ce n'est pas en disant des bêtises que tu nous feras respecter !

Pour autant, Marguerite ne lâche pas sa proie :

— Pourquoi ne leur avez-vous pas demandé ?

Monsieur Brisac guinde sa petite taille :

— Parce que ce n'est pas dans les attributions de leur sexe.

Visiblement sa phrase lui fait plaisir. Il en cherche l'effet sur le visage des deux ouvriers. Le trouve à coup sûr dans la réaction de Marguerite qui, affirmant qu'elle ne voit pas en quoi confectionner des tabliers serait dans ses propres attributions, déclare pour conclure qu'elle ne sait pas coudre.

Et s'en va.

Monsieur Brisac la rattrape. Furieux :

— Toutes les femmes savent coudre !

— Pas moi ! répond Louison à laquelle on ne demandait rien.

— Ni moi ! ajoute une grosse fille de l'écabochage.

Le petit chef en a maté d'autres. Son attitude le dit. La pensée que ces femmes croient pouvoir lui résister le met en joie. Il ricane. S'arrête devant Angèle. Affirmatif :

— Toi, tu sais coudre, pas vrai ?

Louison ne lui laisse pas le temps de répondre :

— Non. Elle ne sait pas.

— Ce n'est pas à toi que je parle !

— Moi, c'est à vous : elle ne sait pas.

Angèle est mal à l'aise.

Le petit chef le voit :

— Tu sais ou tu ne sais pas ?

Elle se racle la gorge :

— Non... je ne sais pas.

— Dans ta campagne, tu ne cousais pas peut-être?

Comment pourrait-elle le soutenir? Dans les campagnes, toutes les filles tirent l'aiguille, c'est bien connu. Quand encore elles ne fabriquent pas leur fil de chanvre, leur laine, leur toile.

Le regard d'Angèle croise le regard de Louison. Il n'y a pas à en douter : il convient de rester ferme.

Elle souffle :

— Je suis comme les autres : je ne sais pas coudre.

Le petit chef explose. Il marche devant les femmes comme le colonel devant son régiment; hurle comme l'adjudant devant des incapables; rougeaud, redressé, ridicule comme le caporal devant l'escouade :

— Ah! Tu ne sais pas? Eh bien, si tu ne sais pas coudre, je n'ai pas besoin de toi à la manufacture! Passe à la caisse.

Angèle est pétrifiée.

Marguerite est revenue :

— Ne te laisse pas faire, la Creuse!

Louison s'avance :

— Vous n'avez pas le droit de la renvoyer.

— J'ai tous les droits!

Déchaîné, monsieur Brisac énumère les griefs accumulés : la production pas assez rapide; en sortant du Gros-Caillou une altercation sur la voie publique avec un charretier; une présence à la goguette, lieu interdit; un retour par le poste de police qui n'est pas la place d'une ouvrière d'Etat :

— Je te renvoie : article 114 des règlements généraux.

— Monsieur... J'ai deux enfants.

— Ça tombe bien : tu auras toute la journée pour t'occuper d'eux!

Une phrase de ce genre suffit à faire de vous un jacques

ou un chouan. Un croquant prenant sa fourche ou sa faux, un bâton.

Le bâton, la fourche, la faux plongent dans le sang d'Angèle. Ils tournent. Montent. Avec des injures. Tout va exploser.

Louison pose sa main sur le bras de son amie. Elle l'arrête. Le serre. Le calme.

Elle entraîne une Angèle pâle. Raidie.

Les deux femmes laissent à Marguerite le soin de dire à monsieur Brisac ses quatre vérités. Un peu plus, peut-être.

— Il ne te renverra pas, affirme Louison, suivant le quai.

— Il m'a renvoyée.

— En paroles. Te renvoyer vraiment, il ne pourra pas.

— Pourquoi il ne pourra pas ?

— Parce que nous ferons grève.

— La grève est interdite.

Rien ne peut désarmer Louison :

— C'est en faisant grève que nous obtiendrons le droit de grève.

Angèle aime cette phrase. Les certitudes de son amie. Ses assurances. Son sang-froid aussi : en la retenant, elle a évité le pire... Les choses peuvent peut-être s'arranger.

— Evidemment qu'elles vont s'arranger, dit Louison. Brisac a des poêlons attachés à la queue. Il sait jusqu'où il peut aller : il n'ira pas plus loin.

Elles regardent les quatre escaliers qui descendent dans l'eau. Sur la dernière marche de l'un d'eux, l'éclusier, maniant une longue perche, tente de saisir un vêtement venu s'échouer contre la pierre verte, moussue.

Louison se tourne vers Angèle. La regarde. Simple :

— Tu as tenu bon. Je te félicite.

Angèle est pantelante.

Rongée par l'inquiétude, elle ressent en elle, profond, très profond, quelque chose de chaud.

Cela ressemble à la fierté.

Passant à la cire le fil de lin dont son mari cousait des sangles avec application, Clarisse guettait son arrivée. Pour la prévenir. Lui éviter le choc.

Dès qu'Angèle apparaît à l'entrée de la cour, elle se lève ; se précipite sur elle :

— C'est... C'est...

Elle cherche ses mots. Se veut rassurante. Son silence, ses hésitations permettent d'envisager le pire. Son regard semble dire : « Ma pauvre petite, vous n'avez pas de chance ! »

Elle veut prendre Angèle dans ses bras mais, sans attendre, pressentant le plus grand malheur, Angèle a foncé dans l'escalier.

Sur l'édredon boursouflé, Sylvestre est allongé. Pâle. Il porte sur la tête un bandage énorme. Taché d'une longue, étroite tache rouge. Son bras droit, sa jambe sont immobilisés dans des paquets de charpie.

— Mon mari !... Mon maître !... Que vous est-il arrivé ?

Sylvestre ne parle pas. Ne bouge pas ; les lèvres, la tête, tout le corps et sans doute l'esprit figés dans un trou noir, un déséquilibre, une chute qui auraient pu le tuer.

Angèle s'est jetée à genoux.

Près de son homme retrouvé, sentant la chaleur de son corps, elle éprouve des sentiments anciens. Forts. Des mots lui viennent. Jamais prononcés. Libérés aujourd'hui par ce grand désir d'union, cette volonté irréfléchie d'être avec celui qu'elle aime. Il souffre. Il est immobile.

Comme un cadavre dont seules deux larmes profondes démentiraient la mort.

Angèle embrasse ces yeux. Les caresse. Les embrasse encore. Toujours. Ses lèvres chaudes prennent un goût salé.

— ... Je vous en prie... Que s'est-il passé?

Un inconnu se tenait dans l'ombre. Discret. Petit. Visage triste. Redingote râpée.

Angèle sursaute en l'entendant.

L'homme est journaliste. Pour mieux dire, c'est un fournisseur de *faits-Paris* : l'un de ces glane-nouvelles qui tout le jour parcourent la capitale à la recherche d'un fiacre accrochant la roue d'un fardier, d'une fumée dénonçant un début d'incendie, d'un passant dont la montre s'est envolée par la dextérité d'un chenapan. De cela, il fait une chronique qui lui est payée deux sous la ligne.

Il prend sur la table le papier griffonné qu'il y avait posé :

— « Alors qu'il travaillait à monter les murs de la future prison de Mazas, un Creusois nommé Chabrol a glissé sur la planche de son échafaudage mouillée par la pluie. Sentant le danger, le maçon se raccrocha à l'écoperche mais le malheur voulut que, mal plantée, celle-ci cédât sous son poids, entraînant avec elle une grande partie de l'échafaudage avec le malheureux maçon qui fit ainsi une chute de huit mètres. Transporté à l'hôpital Saint-Antoine sur l'une de ces civières à tendelet que connaissent bien les habitués des rues de Paris, le maçon Chabrol fut soigné par les dévouées sœurs de Sainte-Marthe mais, malgré son état, l'admission à l'hôpital lui fut refusée en raison de son mariage, l'administration estimant comme on le sait que l'épouse doit à son mari les soins que, pour cause de surcharge, l'hôpital ne peut lui offrir. »

Le bonhomme regarde Angèle :

— Cela fait vingt lignes.

Il demande :

— Pourquoi en faire plus ? Au-dessus de vingt lignes, le journal ne donne que quarante sous.

Il gémit sur les incertitudes du quidam que sa plume doit nourrir. Les jours de chance, bien sûr, on peut avoir deux accidents. Malheureusement, la plupart du temps on bat la semelle des dix et douze heures sans rencontrer ni plaie ni bosse.

Angèle a hâte de se retrouver seule avec son mari. Elle remercie le bavard. Il ne semble pas pressé de partir. Peut-être attend-il une pièce ?

A la campagne, le service se paie par le service ; l'argent ne gâte pas le geste : Angèle ne peut pas comprendre.

L'homme s'en va. Il se borne à dire qu'il raccompagne seulement les maçons. Par reconnaissance. Comme on dit dans le métier : « C'est le maçon qui nous fait vivre. »

Il descend l'escalier à pas lents. Comptant déjà les quarante sous à venir. Espérant que demain lui apportera un autre blessé. Un mort peut-être : pour un mort, le journal va jusqu'à deux francs cinquante.

Angèle n'a pas bougé. Sa main posée sur la tête de Sylvestre, elle regrette ce pansement qui l'empêche de lui caresser le front.

Jadis, quand le gel avait tué la graine, quand le soleil avait brûlé l'épi, elle prenait la main de son mari, la portait à sa bouche pour dire : « Nous sommes deux. Nous serons deux toujours contre la pluie et le vent, contre le maître et les ans... »

Elle ne peut exercer ce langage des lèvres et de la peau. Lui vient l'idée de dire autrement l'espérance, la force d'être ensemble : elle va raconter la manufacture, son refus de coudre, les femmes unies, sa fierté, les compliments de Louison.

Elle hésite. Sylvestre a tellement changé ! Lui qui accepte mal qu'elle trouve une embauche quand il est sans travail, comment recevra-t-il sa vigueur à elle quand il est amoindri ?

Sous le soleil fatiguant les plus endurcis, toujours il fabriquait la plus grosse gerbe, la liait plus serré et, la prenant par son anse de seigle tressé, la faisait voltiger tout en haut de la meule, du chariot, du grenier. Sur le plancher des granges, il maniait le fléau plus vite, plus fort que personne, ne laissant à l'épi aucune chance de conserver sa graine, au chaume aucune chance de germer lorsqu'il réparerait un toit.

C'est avec l'énergie des battages et des moissons qu'il avait commencé sa vie, affronté ses déboires, qu'il était parti pour Paris...

Comment peu à peu s'est-il affaibli ?

Angèle le regarde. Pâle. Muet.

Une question la tourmente : s'il n'était pas blessé, lui parlerait-elle de la révolte de Marguerite et de Louison à laquelle elle s'est jointe ?

L'inattendu arrête ses interrogations : de son bras valide, Sylvestre a entouré ses épaules. Il l'attire à lui, tête sur sa poitrine, parole qui n'est que souffle :

— Angèle... ma femme... Je te demande pardon... pour tout.

Elle veut crier. Sa joie.

Elle est déchirée. Pleure.

Les mots de Sylvestre s'étouffent. Se choquent. Se brisent. Incohérents.

— Je vais mourir peut-être... Angèle... nos deux fils...

Elle ne veut pas entendre. Ecrase ses doigts sur ses lèvres.

Il se détourne.

Accroché à sa volonté. A la nécessité de dire :

— Notre fils... Florentin... n'est pas...

— Florentin est notre fils...

— Florentin n'est pas... mon fils... J'ai voulu qu'il soit le tien... le nôtre... Si je meurs...

— Vous ne mourrez pas !

Elle s'est redressée. Voudrait avec elle lever des murs, les pentes du puy Mouchet, les lointaines barrières des monts d'Auvergne : pour arrêter le destin, l'empêcher d'accomplir l'irréparable. Elle soignera Sylvestre ; il vivra ; redeviendra l'homme solide des bois et des champs ; le mari admiré ; le père de Jérôme et Florentin. Elle travaillera seule le temps nécessaire à sa guérison ; elle le soutiendra ; toutes ses cicatrices se fermeront ; celles de l'accident et celles qu'il avait auparavant ; elle n'a pas besoin de les connaître. A quoi bon le passé ?... Le présent demande suffisamment de forces pour qu'on n'en perde pas une parcelle dans des retours inutiles, le rappel de déchirements anciens.

Elle va vers le Gros-Caillou en répétant ses décisions. Une puissance inconnue est en elle. Elle la pousse. La porte.

Sur sa droite, la Seine reste dans sa nuit aux mille clapotis ; bordée de formes vagues, d'arbres frissonnants, de maisons lointaines ; approchant soudain sa rive pour dessiner sur les nuages l'abside de Notre-Dame, les tours solennelles, la flèche gagnant le ciel.

A gauche, les réverbères continuent leur veille, éclairant l'arrivée des hommes et des chevaux, des tonneaux et des sacs, le passage du marchand de feu dirigeant sa roulotte vers la halle où, pour un sou, il remplira la chaufferette des marchandes au petit tas. A la Vallée, depuis plusieurs heures déjà, les gaveurs à la bouche rongée soufflent leurs grains dans le gosier des volailles. Sur le Pont-Neuf, un fêtard chancelant et fleuri prétend acheter la morgue. Riant de son ambition. Peut-être de son état.

Angèle arrive à la manufacture sans avoir rien vu, rien entendu.

Ouvriers et ouvrières commencent à entrer. Elle suit.

— Pas vous ! dit le portier en tendant son bras devant elle.

— Pas moi ?

— Vous n'entrez pas.

Dans le poste de garde, elle voit, éclairée par la flamme hésitante d'une chandelle, la silhouette fureteuse de monsieur Brisac : il surveille la manœuvre.

— Je ne rentre pas ? Pourquoi ?

— J'ai des ordres.

Elle veut forcer le passage.

Il la ceinture. La maintient à l'extérieur.

Entrant, des ouvrières la regardent. Des ouvriers, rieurs, demandent qui sera le plus fort.

Elle ne peut pas se battre avec ce garde-chiourme.

Elle peut encore moins s'en aller. Sans emploi rentrer à la maison.

Elle s'est assise sur le bord du muret.

Blême, elle regarde, devant elle, passer les ouvriers ; voit, plus loin, Sylvestre sur son lit, son visage marqué par tous les désespoirs. Elle a promis à Jérôme et Florentin, pour Noël, une pomme d'orange. Début décembre, le gouvernement a supprimé les distributions de bons de pain...

Elle a froid.

La cloche sonne. Réfrigérante. Triste comme un petit glas. Un adieu.

Le gardien ferme le portail dont le grincement, plus sinistre que la cloche, déchire son existence. Celle de Sylvestre. Des enfants. Pire que l'existence de chacun d'eux : leur existence à tous. Réunis dans la famille fondée hier au son d'une autre cloche qui, au-dessus des robes noires et des coiffes de dentelle, des larges chapeaux et de la chabrette endimanchée de rubans, portait l'espoir au-delà des collines de genêts, de genévriers, de cerisiers sauvages : dans le cœur de chacun.

Angèle s'est levée.

Sortant du poste de garde, monsieur Brisac se dirige vers le bâtiment du râpage.

Elle l'appelle.

Il continue sa marche.

Elle hurle.

Il s'arrête. Surpris. Craignant déjà l'esclandre.

Elle commande :

— Venez !

Le soldat se demande s'il doit obéir.

Elle répète. Plus bas :

— Venez !

Le petit chef se décide.

Il s'approche.

Ses mains accrochées à la grille, sa tête encadrée entre deux barreaux, elle murmure :

— Je vous en supplie : ne me renvoyez pas... J'ai eu tort... Je ferai ce que vous voudrez...

— Ce que je voudrai ?

Monsieur Brisac pèse les mots. Son œil évalue. La femme. La sincérité. La suite possible. Entre plaisir et crainte. Espoir et déception.

Angèle ne le voit pas : elle coupera son tablier. Elle coupera celui de Marguerite. Un autre, s'il le faut.

Monsieur Brisac triomphe. Il voudrait ne pas le montrer. Se cherche un visage bon enfant :

— On peut dire que tu as vite appris à coudre !

Il appelle le portier. Fait ouvrir la grille.

Le portier a l'air réprobateur : on ne peut plus avoir confiance dans les chefs. Ils sont trop faibles.

Monsieur Brisac ne veut pas le voir. Il entraîne Angèle dans son cagibi. Dont il referme la porte. Il est congestionné. Maladroit. Faux derche :

— Tu as de la chance de tomber sur moi... J'en connais beaucoup qui, à ma place, profiteraient de l'occasion.

Elle s'est dégagée.

Il n'ose pas brusquer les choses. La main aussi indécise que la parole.

La chaleur est angoissante.

Il opte pour la magnanimité.

Equilibrée par la nécessaire férule : l'ouvrière a commis une faute. Qui plus est : devant ses camarades. Toute faute mérite sanction :

— Ce n'est pas deux tabliers ni trois que tu couperas, que tu coudras : tu m'en feras douze.

Monsieur Brisac connaît son monde : douze, c'est à peu près le nombre de fortes têtes qu'il y a ici. Habillées, elles seront désarmées. Les autres tireront l'aiguille sans difficulté. La plupart, hier soir, ont emporté le tissu. Sans objection.

Monsieur Brisac s'essuie le front. Il tient à accompagner Angèle à son poste. En traversant trois ateliers.

Ceux qui ont assisté à l'incident du matin, ceux qui les ont vu s'enfermer pour régler leur problème les regardent en silence. Avec un sourire vague ; un air de « On a compris » qui enchante le petit chef. Il fait la roue. Lance un clin d'œil à un façonnier qui est là depuis toujours. Le vieux montre un rire troué. Noir et jaune. La malice de ceux qui n'ayant jamais eu de femme veulent laisser entendre qu'ils connaissent la vie.

Sous prétexte d'un mot à dire au chef d'équipe, monsieur Brisac passe même par la salle des *masses* où les hommes, à coups de pioche, ouvrent les meules de tabac qui, depuis six mois, fermentaient dans cette grange noire aux rideaux tendus, aux poutres infectes. Au centre des meules, la chaleur atteint quatre-vingts degrés. Maintenant, une fumée bleue s'en dégage. Elle pourrait rappeler les brouillards se levant sur les rives du Taurion.

Angèle ne veut pas y penser.

Les brumes de la Creuse ne vous font pas pleurer.

Ils sont arrivés.

Louison arrête sa machine. Elle regarde Angèle. Qui baisse les yeux. Elle regarde le petit chef. Qui se redresse.

Il s'en va sans un mot. Satisfait.

La nouvelle fait le tour de la manufacture.

Le soir, le personnel attend sagement le portier.

Il arrive, portant un baluchon sur un chariot. Accompagné de monsieur Brisac.

Le baluchon est remis à Angèle.

On entend des murmures.

Ça n'est pas le genre de Marguerite. Elle se plante devant Angèle :

— Faux jeton !

Une vieille lui fait écho :

— Salope !

Se joignent à elles celles qui, déjà, chez elles cousent leur tablier :

— Roulure !...

— Judas !

— Catin !

— Bordille !

Angèle se mord les lèvres. Son regard baissé sur l'énorme baluchon.

Louison s'approche :

— Viens. Je vais t'aider à le porter.

8

La nuit, Clarisse coud les tabliers avec Angèle.

Le matin, Clarisse conduit Jérôme et Florentin à l'école.

Le jour, Clarisse refait les pansements de Sylvestre.

Cet après-midi, elle l'a conduit à Saint-Antoine où, dans l'odeur des tisanes et du bouillon, des cataplasmes et du ragoût réchauffant sur le fourneau qui trône au milieu des lits, le docteur a dit que la jambe se remettait mal.

Sous les préaux, drapés dans leur uniforme houppelande, leur visage maigre coiffé du même bonnet de coton, les malades faisaient penser à des condamnés qui, au lieu de manier la pioche et de tirer le boulet, auraient pour seule obligation de jouer aux dames ou aux dominos; de parler pendant de longues heures de la vie qui les fuit.

Appuyé sur les béquilles couronnées du coussinet de cuir qu'Albert lui avait confectionnées, Sylvestre paraissait fasciné.

Il pensait à sa mère : ayant marché toute sa vie dans les chemins bordés de bruyères et de noisetiers, elle avait refusé de s'arrêter entre les pierres de semblables hauts murs. Déjà, elles disent le tombeau.

Angèle ne sait comment remercier le couple de ses bienfaits.

Un soir, elle a porté à Albert un paquet de tabac. Elle ne recommencera plus : Albert s'est fâché. Il dit que voler l'Etat, c'est voler tout le monde. Comme monsieur Brisac. Il a pardonné parce qu'on est toujours sous la monarchie : dans la république prochaine, ce sera un crime.

Comme son mari, Clarisse n'accepte aucune gratitude : Dieu la remerciera. Plus tard. S'il le veut.

Pour l'heure, elle se déclare récompensée par le courage dont Angèle fait preuve.

La visite du journaliste aux *faits-Paris* l'a stimulée. C'était la première fois qu'elle rencontrait quelqu'un qui, comme on dit, vit de sa plume... Pourquoi pas elle ?

Avec naïveté, Angèle imagine des perspectives confuses qui les sortiront de leur état. Tous les quatre.

Avec force, elle s'accroche à ses illusions, ses espoirs, les leçons de madame Fortin que, malgré ses charges, elle ne manque jamais ; pour les suivre, elle prend sur ses nuits, ses repas. Pendant leurs longs trajets à pied, Louison récite une fable de La Fontaine récemment apprise. Angèle la répète vers par vers, restant pensive après :

Vous oblige à baisser la tête.

ou encore :

La nature envers vous me semble bien injuste.

Cela permet à Louison de répéter, s'enflammant :

Du bout de l'horizon accourt avec furie
Le plus terrible des enfants
Que le Nord eût portés jusque-là dans ses flancs.

Dans ces mots, elle voit monter la révolution prochaine.

Angèle aime l'entendre.

Elle voudrait parler de tout cela avec Sylvestre.

Elle voudrait qu'il profite de son inaction pour se joindre à elle; apprendre à lire; au moins, écouter la lecture qu'elle pourrait lui faire dans le journal *L'Atelier* qu'Albert lui a prêté.

Sylvestre paraît intéressé. Quelques minutes. Après quoi, invariablement, il laisse tomber :

— Il me tarde de reprendre mon travail. Après, nous verrons.

Il vit les yeux fixés sur ce moment.

Clarisse glisse à Angèle :

— Je sais bien qu'il a du malheur mais, tout de même, il n'est pas gai.

Quand il l'est, elle ne le juge pas mieux : cet après-midi, Pipette est venu prendre des nouvelles de son ami. Pour le remonter, il avait apporté quelque vin de Pontoise que les deux hommes ont, semble-t-il, abondamment célébré. Leurs rires passaient par la fenêtre, tombant sur les bourreliers au travail comme une provocation.

Clarisse a raconté la fête à Angèle. Qui en a parlé à Sylvestre.

Comme toujours, il a répondu :

— Bientôt, je reprendrai mon travail. Tout ça sera fini.

Angèle connaît sa sincérité.

Il lui semble que, dans sa lassitude, un équilibre nouveau l'envahit. Ce mois d'immobilité, le salaire perdu, cette jambe qu'il traînera peut-être toujours sont peu de chose auprès de ce qui, maintenant, se confirme : elle retrouve son mari. Les épreuves les avaient séparés. Trop d'épreuves les a réunis. Dans la lutte. Dans leur lit.

Au Gros-Caillou, elle profite de l'arrêt du déjeuner pour écrire une lettre. Sa première.

Peu sûre de son orthographe, elle hésite entre trois correcteurs ; Clarisse est dévouée mais bavarde : Albert serait tout de suite au courant ; madame Fortin aurait l'avantage d'être étrangère à ses sentiments ; c'est aussi une gêne : on ne se déshabille pas devant un étranger. Reste Louison. L'amie. De son âge. De son métier.

Elle attend le dernier moment. Lorsque, arrivant au bout de la grille du Jardin des Plantes, elles vont se séparer, Angèle se décide. Elle tire de son corsage un papier. Le tend.

Louison est surprise :

— C'est toi qui as écrit ?

— Oui. Lis. Je voudrais que tu me dises.

Louison s'approche d'un réverbère :

« Cher monsieur Maxime,

J'ai lu toutes vos lettres. Elles m'ont fait très plaisir. Il ne faux plus m'écrire. C'est mal. Moi aussi, je vous passe mes salutation. Angèle. »

Louison est émerveillée. Certes « salutations » n'a pas de pluriel, « faut » se termine par un x, mais un fait est là : Angèle sait écrire.

Louison la regarde. Elle sourit. Elle comprend. Elle est sûre d'elle :

— C'est pour répondre à ses lettres que tu as appris ton alphabet, pas vrai ?

Angèle sent que le brouillard de la nuit ne la protège

pas. Elle est cramoisie. Cette pensée l'anéantit : elle n'a pas même la force de protester.

D'un geste violent, elle reprend sa lettre. Au risque de passer sous l'omnibus, elle se lance sur la chaussée mouillée, entre sans réfléchir dans l'enceinte de l'embarcadère, bouscule les voyageurs arrivant d'Orléans, pense que Louison la suit, avise un portillon de bois, glisse sur un sol boueux, qui sent l'huile, se retrouve rue de la Gare, au bord de la Seine, pour s'arrêter enfin au milieu du pont de Bercy.

Soufflant, transpirant, elle doit se rendre à l'évidence : elle est seule. Paris a disparu. Entourée du brouillard le plus épais, elle voudrait deviner une rive, une barque, la ferraille aux cinq arceaux du pont d'Austerlitz, les lointaines tours de Notre-Dame : elle ne voit que ce nuage épais, glaçant, dans lequel toujours reparaît le visage de Maxime, leur ignoble première rencontre, leurs retrouvailles imprévues devant l'imprimerie de monsieur Lacoste, la goguette, le fourgon cellulaire dans lequel, avec désinvolture, le garçon chantait à la barbe des sergents...

Angèle a honte. Du propos de Louison. De ne pouvoir le chasser. Elle n'a pas appris son alphabet pour écrire à un homme. Elle n'y avait jamais pensé. Elle le lui dira. Il faut que ce soit net.

Le lendemain au Gros-Caillou, muette, elle met trop de colle sur un paquet qui lui brûle les doigts, s'attache aux autres. Elle n'en met pas assez sur un deuxième qui ne parvient pas à tenir fermé.

Loin de la houspiller, Louison s'amuse. Elle a sur les lèvres le sourire bêta de celle qui croit avoir touché juste. Alors qu'elle se trompe absolument. Que sa supposition est dégradante. Tellement offensante que ce soir, demain, pendant trois jours, les deux jeunes femmes rentrent ensemble sans revenir sur ces nigauderies.

Louison dit que monsieur de Lamartine exprime beaucoup d'estime pour Robespierre. Angèle ne sait pas qui est Robespierre. Louison dit que, avant de mourir, les condamnés de Buzançais criaient : « Grâce, messieurs les bourgeois ! » Angèle entend leurs sanglots. Louison dit que pour le vol d'un pain, un nommé Brassin, âgé de treize ans, a été condamné à quatre mois de prison et onze francs d'amende ; pour le même forfait, une mère de famille est condamnée à six mois et une jeune fille de vingt ans à trois ans de prison et cinq ans de surveillance. A Rennes, pour avoir pillé une boulangerie et avoir distribué à la population le produit de leur larcin, deux hommes, jusque-là honnêtes et laborieux, ont été condamnés à vingt ans de travaux forcés. A Saint-Etienne, le général a décoré de sa main le jeune soldat qui a ouvert le feu sur l'attroupement demandant du pain. Le garçon avait, notamment, tué une femme et blessé un enfant.

— Cela ne pourra pas durer, estime Louison : il va sûrement se passer quelque chose :

Le vent redouble ses efforts
Et fait si bien qu'il déracine
Celui de qui la tête au ciel était voisine
Et dont les pieds touchaient à l'empire des morts.

Angèle n'approuve pas ; ne désapprouve pas : elle n'écoute plus. Il lui tarde d'être chez elle. De retrouver Sylvestre. Les enfants. Elle s'accuse de ne pas les voir suffisamment. De ne pas s'occuper d'eux autant qu'une mère doit le faire.

Elle quitte Louison, voit Clarisse qui, une fois encore, l'attend au coin de la place Malhubert. Cela veut dire qu'elle arrive de Sainte-Pélagie. Malgré son aversion pour le lieu : trois couloirs sombres bordés de grillages derrière lesquels se placent d'un côté les visiteurs, de l'autre les visités.

— Vous savez comment les prisonniers appellent ça? Le parloir des singes. On ne peut pas mieux dire. En plus, le gardien va et vient dans les couloirs, passant entre vous et le détenu : il entend tout. Vous n'osez même pas dire un mot d'amitié : vous croyez que c'est agréable!... Tout ça, toutes ces vexations pour un jeune homme dont le délit est de participer à une société chantante!

Ces détails n'étaient que préambule, cela se voit. Clarisse regarde Angèle. Elle se racle la gorge :

— Maxime m'a lu votre lettre... C'est bien... Je vous comprends... vis-à-vis de votre mari.

C'est une approbation de principe. Des principes. Le ton dément un peu les paroles.

Clarisse relève sa robe, prend dans son jupon une lettre.

Angèle la refuse.

— Il m'a dit que c'était la dernière.

— Je n'en veux pas.

Clarisse insiste.

Angèle est ferme. Accepter celle-là, ce serait en accepter d'autres. Elle a écrit ce qu'elle avait à écrire. Tout est en ordre.

Clarisse est très déçue.

Dans la cour, plantant en terre trois bouts de bois que leur a donnés Albert, les enfants s'essaient au jeu de quilles.

Sylvestre n'est pas rentré.

Angèle monte sur le tabouret, prend les lettres, les regarde.

Les ayant longuement contemplées, elle allume une chandelle.

Au-dessus de la flamme, main tremblante, elle tend une première enveloppe.

Elle s'arrête. S'interroge. A-t-elle le droit de détruire ces messages? Ils viennent d'un homme qui est en prison. Pour elle.

Sur la chandelle, la flamme hésite, palpite.

Elle éclaire un nom chancelant : «Madame Angèle.»

Angèle le caresse du doigt.

La chaleur de la flamme devient sa chaleur.

Ces lettres sont à elles. C'est son premier secret, sa seule propriété.

Elle repose le paquet sur l'armoire.

Sylvestre entre. Il n'a pas bu. Sa silhouette est vaincue. Ses yeux montrent, au fond de leur désespoir, un renoncement que nul n'y a jamais vu. A tous les âges, il a ressemblé à son père. Ce soir, il ressemble à son père sur son lit de mort :

— Ils ne me reprennent pas.

A cause de sa jambe. A Mazas, le chef d'équipe lui a fait savoir qu'il ne pouvait pas engager un infirme :

— Sur les chantiers, c'est trop dangereux.

Angèle tombe sur un tabouret. Lourde. Elle ne sait plus quoi dire. Il lui semble que, comme elle, ses mots sont usés. Pour avoir trop servi, les bras ne peuvent plus œuvrer : les phrases ne peuvent plus convaincre.

Elle voudrait faire un effort. Encore un.

De sa main, elle parvient à calmer la main de Sylvestre.

Cela ne suffira pas.

Il est blême. Les joues creusées par une rage subite.

Il se lève. Plus menaçant, plus terrible à voir que dans l'hallucination de l'ivresse. D'un geste, il décroche du mur le morceau de glace trouvé dans la décharge de la miroiterie Beauvin. Angèle croit qu'il va s'ensanglanter. La gorge peut-être... Sylvestre lance par la fenêtre l'infime trumeau, se saisit d'un poêlon, en arrive aux deux petits sabots qui, depuis leur mariage, les ont suivis. Il les prend dans ses mains fortes. Enervées.

— Non !

Angèle s'est interposée.

Comme si, cassant les sabots, il allait tout casser.

Il crie les plaintes et les insultes qu'il aurait voulu crier au contremaître de Mazas ; il hurle la colère, l'indignation qui, depuis ce matin, sont en lui ; l'injustice qui, depuis toujours, est dans sa vie.

Malgré les suppliques d'Angèle, les deux sabots s'écrasent sur la pierraille de la cour.

De la fenêtre, Sylvestre les regarde. Hébété.

Angèle est plaintive. Apeurée :

— Vous avez cassé mon porte-bonheur.

— Oui. Le malheur est fini.

Clarisse n'a rien entendu. Absorbée.

Ayant arrêté son travail, sous la lampe à acétylène elle lit. A mi-voix, déchiffrant l'écriture :

— «... C'est pourquoi, chère madame Angèle, quelle que soit ma déception de ne pas vous lire, votre décision de ne pas m'écrire ne change rien à mon sentiment pour vous... au contraire : cette honnêteté envers votre mari vous fait à mes yeux telle que je vous imaginais. Encore plus grandiose.»

Elle prend un temps. Comme n'en croyant pas ses yeux :

— «... Je vous en aime davantage.»

Elle soupire.

Elle se tait.

Elle rêve.

Elle revient au mot :

— Albert, tu as entendu ?

Profitant d'un reste de cuir, Albert ce soir est devenu cordonnier : il coud une bande réparatrice sur ses gros souliers carrés.

— ... La lettre de Maxime?... Tu as entendu comme c'est beau?

Le bourrelier-sellier-cordonnier sursaute :

— Tu l'as ouverte?

Clarisse s'énerve :

— Je ne te demande pas si je l'ai ouverte! Je te demande si tu l'as entendue!

Albert est indigné.

Sa muse est entre reproche et pâmoison :

— Ah! Ce n'est pas toi qui m'écrirais des lettres d'amour comme celle-là!

Tant d'inconséquence lui fait hausser les épaules : c'est aux femmes des autres qu'on écrit des lettres d'amour. Pas à la sienne.

Vraiment, Clarisse a parfois des idées bizarres.

Il tire fort sur le fil pour coudre la pièce bien serrée.

Il lève la tête. Voit, devant lui, les deux enfants.

Sur la petite table d'artisan, ils étalent les morceaux des sabots.

Jérôme est grave :

— Il faut réparer le bonheur.

Clarisse s'attendrit :

— Tu veux dire : le porte-bonheur...

Jérôme pose sur elle un regard d'adulte :

— Non. Le bonheur. Il faut réparer le bonheur.

Se répare-t-il jamais?

Un moment révolté, l'heure suivante prostré devant son infortune, Sylvestre pour rien au monde ne resterait tout le jour à la maison.

Avec lui, certes, le couple de bourreliers a crié à l'injustice. Albert a exposé ses théories de sociétés de secours mutuels, de caisses de prévoyance. Il a une fois encore pesté contre le roi, les banquiers, les aristocrates, les bourgeois, les maîtres de fabrique, obstacles éternels à tout progrès.

Outre que, lorsqu'on est dans l'infortune, discours indignés et pensées futuristes vous laissent où vous êtes, Sylvestre n'aime pas les propos d'Albert. Dans leur sereine assurance, il croit percevoir la soupçonneuse opinion de l'ouvrier nanti : on sait des boiteux qui travaillent. Le pied malade n'empêche pas le bras de besogner.

Ce matin, il rejoint Pipette à la Bastille où, tout le jour, le dégustateur exercera son ministère.

Autour de la blanche colonne de Juillet, la place ne compte pas moins de sept débits de boissons que le fonctionnaire contrôle avec minutie.

Chez Roger Lafleur, il goûte ce que le Paris matinal appelle le casse-poitrine. Aux Danaïdes, il passe à l'absinthe que les soldats d'Afrique viennent de ramener d'Algérie avec la casquette du père Bugeaud.

Connaissant son métier jusqu'au bout des amygdales, Pipette est capable, dès la première gorgée, de vous dire si l'alcool est à cinquante ou soixante degrés, si le sucre vient de la vigne ou de la mélasse, si le xérès ou le frontignan sont nés chez eux ou s'ils ont été baptisés à l'ombre de l'église de Bercy. Lorsque par hasard il hésite, il tend sa coupelle à Sylvestre qui hume, flaire, écluse et, en conscience, donne son avis.

Cet après-midi, dans les cabarets bordant le canal Saint-Martin, les deux comparses ont exercé des contrôles sévères en trinquant avec les mariniers ; rue de la Roquette, ils ont vérifié la pureté du « vin du cousin » que, pendant que son mari remue sa pelle dans le charbon de Brassac, l'Auvergnate vous sert sur un tonneau placé debout au milieu de la boutique ; par leur dévouement à leur fonction, sur le champêtre boulevard Bourdon ils ont émerveillé les ouvriers et les gardiens des Poudres et Salpêtres.

Les tenanciers connaissent cette minutieuse compétence : dès que paraît le dégustateur, ils servent ce qu'ils ont de meilleur.

Pipette ne s'en laisse pas conter : il passe dans les arrière-boutiques, visite caves et chais, fait ouvrir bonbonnes et feuillettes dans lesquelles, incorruptible, il plante le chalumeau de la loi.

Tant d'abnégation mérite sa récompense : dans la minuscule rue des Terres-Fortes, monsieur Doucet découvre l'infâme trafic : de deux barriques de vin noir du Loiret éclairci par une barrique d'eau sans origine définie, le fraudeur a fait un breuvage tellement allégé qu'il serait apparu anémique s'il ne l'avait soutenu par la macération d'écorces d'hièble.

Pipette est impitoyable : devant la porte du délinquant, il déverse la bibine fautive.

Cela se sait vite dans le quartier : hommes, femmes, enfants, vieillards que l'on aurait pu croire grabataires se précipitent vers le bonheur. Equipés de louches et de poêlons qui leur servent d'écopes, à coups d'éponges pompant l'élixir dans le ruisseau, ils remplissent cruches et bidons, pots, carafes et marmites. Ce soir, il y aura de la joie dans les foyers.

Le dégustateur regarde le va-et-vient de la fête avec, sur le visage, toute la satisfaction du devoir accompli. Son œil est gai.

Son ton est sentencieux :

— Le monde se donnant des règles stupides, il y a lieu

de le servir avec stupidité. Hors de cela, l'homme de bonne volonté se fait remarquer.

Sylvestre est frappé par le propos : exactement contraire à celui de Monteil qui, toujours, parle de tout changer : la royauté par la république; le roi par un président; le travailleur par un associé.

— J'aimerais bien connaître ce brise-raison! déclare Pipette, toujours avide de découvrir un phénomène.

Il y a devoir à satisfaire la curiosité des grands, estime Sylvestre.

Sa jambe difforme semblant, en cette fin de journée, de plus en plus le trahir, il entraîne son ami par les quais le conduisant à l'Hôtel de Ville.

Monteil est là, prédisant à quelques chômeurs qui, peut-être, n'en demandent pas tant la fin de la monarchie :

— Le régime s'écroulera sous le poids des scandales que vous connaissez : un pair de France, monsieur le duc de Praslin, assassine sa femme de trente coups de couteau pour pouvoir vivre avec sa maîtresse; un autre pair de France, monsieur Teste, ancien ministre aujourd'hui président de chambre à la Cour de cassation, est convaincu de concussion : il s'est fait remettre une somme de quatre-vingt-dix mille francs en échange de l'attribution de mines de sel gemme à ses amis; son complice s'appelle Cubières; il est général : il est condamné à six mois de prison.

Monteil compare cette peine à celle qui frappe le pauvre hère coupable de voler du pain.

L'indignation fait frémir les blouses. L'orateur a beau jeu de poursuivre sur cette Algérie à peine conquise dont terres et exploitations minières sont déjà partagées entre militaires et fonctionnaires, hommes politiques, aventuriers de tout poil.

Sylvestre espère de Pipette la réplique clouant le bec à ce m'as-tu-vu qui lui a toujours cloué le sien.

Il veut la provoquer, lance le débat, demande à Joseph Monteil, natif de Saint-Yrieix, auquel il a tant à reprocher, ce que, en attendant la république, il offre aux maçons désœuvrés.

Il guettait une approbation du dégustateur : il obtient le soutien d'une partie de l'assemblée ; la plupart des maçons sont incapables de calculer qu'un pot-de-vin de quatre-vingt-dix mille francs représente cent années de sueur ouvrière.

Ceux dont on n'a jamais fait travailler que les bras n'ont pas la tête imaginative. L'injustice, pour eux, c'est une journée payée trois francs à un voisin quand on ne leur donne que cinquante sous. En ces heures de disette transformant l'ouvrier en mendiant, le privilégié c'est celui qui, dans son escarcelle, reçoit une pièce de deux sous alors qu'un sou seulement est glissé dans leurs mains.

Monteil sait cela ; et aussi que, comme l'homme se noyant s'accroche à tout ce qu'il peut toucher, l'homme qui a faim s'accroche à tout ce qu'il peut comprendre : les faux arguments sont parfois les plus compréhensibles. Les attaques les plus basses sont souvent les plus efficaces :

— Moi, je ne fais pas travailler ma femme à la fabrique.

Sylvestre n'avait pas prévu cela.

Il est ébranlé. L'alcool, allié fugitif, l'abandonne.

Son adversaire insiste :

— On sait comment les contremaîtres embauchent les filles ! On sait celles qu'ils gardent et celles qu'ils renvoient !

Il a touché juste : les maçons quittent Sylvestre, sachant bien que dans l'échelle du respectable où, tout en haut, trônent la reine et les aristocrates, l'ouvrière occupe une place à peine au-dessus de la catin. Avec laquelle on la confond volontiers.

Sylvestre hurle :

— Je te défends de toucher à Angèle !

Monteil s'amuse :

— Ce n'est pas moi qui y touche !

Le propos fait rire.

Sylvestre a bondi.

— Retire ça, Monteil !

— Je ne retire rien.

Il prend le maçon à la gorge :

— Retire ! Angèle est la plus honnête des femmes !... Elle... elle apprend son alphabet !

Devant tant de naïveté, les quolibets pleuvent de partout :

— Où l'apprend-elle son alphabet ? Au Gros-Caillou ou à Saint-Marcel ?

— C'est ça, les ouvrières : elles font leur cinquième quart de journée le soir, dans la rue !

— Voilà comment leurs hommes peuvent vivre sans rien faire !

— Hé ! Chabrol ! C'est ta femme qui marche et c'est toi qui boites !

L'hilarité est générale. Elle ne touche pas Sylvestre ; serrant le cou de Monteil, il n'a qu'une idée : lui faire rentrer dans la gorge tous ses mensonges, l'outrage fait à Nanette, trop fragile pour se défendre, à Angèle qui est une femme comme il n'en est pas d'autre.

Quelques raisonnables finissent par séparer les antagonistes.

Monsieur Doucet entraîne son ami qui, blouse déchirée, nez saignant, lance encore :

— Je te retrouverai, Monteil ! Je te retrouverai.

Cela sans se retourner. Partant, pourrait-on dire, droit

devant lui si la colère, sa jambe qui flanche, le vin ingurgité dans la journée ne l'obligeaient à quelques arabesques.

La promesse d'une dernière dégustation dans l'une de ces tavernes de Saint-Merri où Pipette a ses habitudes ne peut le détourner de sa route. L'employé au péage ne peut l'empêcher de franchir le pont, de courir dans l'île, de se retrouver dans la nuit de la rive gauche, galopant toujours vers Angèle avec toute la force de la bonne nouvelle qu'il doit lui annoncer.

Ouvriers et ouvrières sont derrière la grille. Attendant la fouille. L'ouverture du portail.

Radieux, sérieux, enthousiaste, Sylvestre lance de loin :

— Je t'ai défendue ! Tu ne me mépriseras plus !

Dans la cour, tout le monde se tourne vers Angèle.

— Je me suis battu pour toi, Angèle ! Je me battrai encore ! Tu le mérites, ma femme ! Tu m'es tellement supérieure !

D'autres soirs, monsieur Brisac aurait déjà protesté, hurlé, menacé. Aujourd'hui, il est près de l'apoplexie : venu visiter les ateliers, monsieur l'inspecteur délégué par la direction générale est à côté de lui, portant un lorgnon fragile sur un nez à pressentir les fautes.

Le petit chef peut à peine parler :

— Chabrol ! C'est encore vous qui faites scandale !

Sylvestre n'a cure de cette accusation que, d'ailleurs, il n'entend pas : ses deux mains accrochées aux barreaux, épanoui, comme libéré, il donne libre cours à ses sentiments :

— Angèle ! Je t'aime ! Tu m'aimes aussi, je le sais !... Tu m'aimes et j'en suis digne : j'ai corrigé Monteil !... Pas assez mais... je le corrigerai encore, je te le promets !

Rentrant à vide du port aux vins, un roulier arrête son haquet devant le portail. Venue proposer ses articles, la marchande de statuettes quitte son fragile éventaire pour s'approcher de la grille où, désireux de ne rien perdre, quelques chenapans se bousculent pour avoir la meilleure place.

Monsieur l'inspecteur délégué par la direction générale est choqué.

La voix sourde, monsieur Brisac secoue Angèle :

— Tu vas faire taire cet ivrogne, oui ?

L'ivrogne n'en a nulle envie. Il est émerveillé par ce moment qui lui permet de dire, enfin, ce qu'il aurait dû dire depuis longtemps.

— Comment exprimer les choses quand personne ne vous apprend à parler ?... Ne vous apprend à lire ?

Monsieur Brisac gesticule, appelle, mobilise : chassé par le portier, par ceux qui devant monsieur l'inspecteur lui apportent fièrement leur aide, le couple part sur le quai, sur la berge, sans pour autant mettre fin à l'enfièvrement de Sylvestre :

— Angèle !... Comme tu as raison de t'instruire !... Un jour, peut-être, moi aussi j'apprendrai l'alphabet !

D'un coup, ce trop grand bonheur se transforme en inconsolable affliction : assis sur une borne, Sylvestre ne peut contenir ses sanglots.

Angèle s'approche de lui :

— Ne pleurez pas, mon mari. Je ne peux pas vous voir faible, vous qui toujours avez été si fort.

Cette tendresse, l'alcool, le repentir, tous les chagrins trop longtemps gardés font redoubler les larmes de Sylvestre.

Angèle le prend dans ses bras.

— Ne pleurez pas, mon maître : vous êtes saoul mais vous n'êtes pas méchant.

Elle l'embrasse. Longuement.

Sylvestre croit au bonheur retrouvé. Il se sent infiniment heureux.

Le marchand d'asticots a fini sa tournée.

Ayant tout le jour arpenté les berges de la Seine, il se dirige vers le faubourg Saint-Jacques, regagnant ce domicile où, en son absence, les viandes avariées travaillent pour lui.

Le lendemain, Angèle est renvoyée.

Pour le lui signifier, monsieur Brisac a attendu qu'elle soit à son poste. Devant ses compagnes d'atelier.

Angèle avait deviné la décision.

Elle ne proteste pas. Ne veut pas, au milieu des autres, avoir l'air de mendier. Une fois encore.

Louison le fait pour elle. Demande le motif de la sanction.

Monsieur Brisac ne répond pas.

Louison insiste.

Monsieur Brisac, évidemment, rejette la responsabilité de l'affaire sur monsieur l'inspecteur.

Louison, évidemment, demande à le rencontrer.

— C'est impossible.

Louison s'énerve :

— Qu'est-ce qu'elle a fait, Angèle ? Son mari se saoule. Il lui fait honte devant tout le monde. Et le résultat de tout ça : elle perd son gagne-pain.

Monsieur Brisac s'énerve à son tour :

— Elle s'en va !... Et celles qui veulent la suivre n'ont qu'à prendre sa défense !

La menace, dirait-on, stimule la révoltée. Elle vient sous le nez du petit chef :

— Et si on s'arrête toutes de travailler ? Qu'est-ce que vous allez faire ?

Le petit chef retrouve sa voix :

— La grève est interdite !

Louison n'en croit pas ses oreilles. Elle bondit à la porte de la mouillade :

— Marguerite ! Tu le savais, toi, que la grève était interdite ?

La cabocharde aux cheveux en broussaille entre, s'essuyant les mains :

— Non ! Je ne le savais pas !... Ah ! Ça par exemple ! La grève est interdite ? En voilà une nouvelle !

Son regard se pose sur chacune des femmes, toutes plus jeunes qu'elle :

— C'est pas pour dire mais une annonce comme celle-là, moi, ça me coupe bras et jambes.

Elle s'assied sur une vieille caisse de scaferlati.

Une ouvrière la rejoint :

— Moi aussi, ça me les coupe.

Une autre arrête sa machine.

Monsieur Brisac voit venir la mutinerie :

— Ne faites pas les fanfaronnes, les femmes ! J'en ai maté d'autres !

— La tienne, peut-être !

— Ce n'est pas ce qu'on m'a dit !

Il s'étrangle :

— Je vous ordonne de travailler ! La grève est interdite !

Sur sa caisse, Marguerite est l'image de la bonne foi :

— Oh ! Mais je ne fais pas grève !... Puisque c'est interdit : je ne fais pas grève !... C'est l'émotion qui me paralyse !

Louison se prélasse sur une balle de tonka :

— Moi, c'est simple : je suis incapable de faire un geste !

Il faut en finir.

— Je compte jusqu'à trois...

Pour Marguerite, c'est une révélation :

— Le chef sait compter jusqu'à trois !

Pour Louison, c'est une fanfaronnade :

— Il se vante !

— Un... deux...

Personne ne bouge. Monsieur Brisac hésite.

Torse nu, transpirant, les porteurs qui alimentent le hachoir se sont massés à la porte.

Louison les interpelle :

— Oh ! Les hommes ! Vous savez compter jusqu'à trois ?... C'est pour aider monsieur le chef de secteur.

Monsieur le chef de secteur fonce sur les ouvriers :

— Je vous préviens : si vous vous mêlez de cette affaire, c'est vous qui paierez !

Il n'a, semble-t-il, rien à craindre :

— C'est encore une histoire de tablier ? demande un grand blond, narquois.

Un hercule hausse les épaules :

— Un jour, elles se disputent ; le lendemain, elles sont ensemble. Risque pas de se mettre avec elles : elles savent pas ce qu'elles veulent.

Louison a bondi :

— Ce qu'on veut, c'est qu'Angèle reste ici !

L'hercule est calme :

— Ça me regarde pas.

— Et ses deux gosses ?

— C'est pas moi qui les lui ai faits !

Les musclés se mettent à rire :

— Si elle veut, je peux lui en faire un autre !

Monsieur Brisac sait qu'il a gagné. Il compte :

— Un... deux...

Angèle sait qu'elle a perdu. Elle l'arrête. Se tourne vers ses camarades :

— Laissez... Je vous remercie.

— Angèle !

C'est Louison. Elle a, dans la voix, toute l'amitié du monde. Elle a, dans le regard posé sur les ouvriers, toutes les insultes du ciel et de l'enfer.

Angèle s'en va. Elle ne veut plus voir personne.

Pour la première fois de sa vie, elle pense que les imbéciles sont pitoyables. Que les lâches sont des imbéciles. Fuyant le malheur des autres, ils rient du malheur qui demain les frappera.

Angèle, dans la nuit, monte sur le ponton des bains à deux sous qui flotte sur la Seine.

Entre la coque et le quai, dans l'obscurité absolue encore alourdie par l'ombre du bateau, le courant est insensible.

La baraque en cette saison est faite de bois et de silence, d'une inutile bouée de sauvetage pendant sous une lanterne rouillée ; sans emploi.

Angèle va au bout du bastingage pour voir, pour entendre le clapotis des eaux.

Elle se penche, imagine sous les mornes vaguelettes un mystère. Profond. Capable de l'engloutir. On a beau savoir d'où viennent, où vont les fleuves et les rivières, toujours leur masse, devant vous, se fait lourde interrogation.

Angèle se penche encore. Il y a peut-être, au bout des eaux, un répit. Un achèvement.

Elle ne veut pas mourir.

Elle n'y a jamais pensé.

Elle se demande comment échapper à la tenaille qui la broie. Elle. Sylvestre. Jérôme. Florentin.

Elle passe trois jours ainsi. Fuyant Sylvestre qui

l'observe avec une insupportable humilité. Sachant ses fautes ; les disant des yeux sans jamais vouloir, sans jamais savoir en parler. Il ne l'a que trop fait en une soirée ! Elle ne l'a que trop entendu.

A la recherche d'une embauche, osant frapper à la loge d'une concierge pour offrir ses bras, attendant, pour entrer dans une boutique, que la dernière pratique en soit sortie, elle marche dans des rues qu'elle ne connaît pas ; perçoit des conversations troublées ; troublantes. Les messieurs parlent de Sa Majesté avec circonspection ; les dames, qui disent ne rien entendre à la politique, affirment que le roi a tout perdu lorsque, voici bientôt deux mois, sa sœur, madame Adélaïde, a quitté ce monde. Quelques-uns prétendent qu'il faut chasser Guizot du gouvernement. Le remplacer très vite. Par qui ? Thiers fait peur à beaucoup. Ledru-Rollin est plus effrayant encore. Les étudiants sont derrière Michelet pour lequel ils viennent de manifester lorsque, à la Sorbonne, le pouvoir a supprimé son cours.

C'est un signe : pour la première fois de sa vie, Albert a manqué la découpe du troussequin après lequel il s'affairait. Il attribue son geste trop vif à ces ouvriers du textile qui, craignant le chômage, brisent les nouvelles mécaniques à tisser. Le bourrelier peste contre leur courte vue et pose le vrai problème : le banquet du 22 février aura-t-il lieu ?

Angèle, qui vient d'acheter cinq sous de morue pour son souper familial, ne sait pas ce que sont ces banquets, prétextes à discours enflammés qui, depuis quelques mois, fleurissent un peu partout, permettant de stimuler les enthousiasmes républicains. A Rouen, l'un d'eux, présidé par Odilon Barot, a duré neuf heures ; à Chalon-sur-Saône, Ledru-Rollin a levé son verre « à l'unité de la Révolution française » ; à Mâcon, Lamartine a dit tout crûment que la liberté de celui qui n'a que ses bras pour vivre n'est pas la liberté de celui qui possède des milliers d'arpents ; à Dijon, Louis Blanc a obtenu une ovation en déclarant devant six cents convives enfiévrés : « Quand les fruits sont pourris, ils n'attendent que le passage du vent pour se détacher de l'arbre. »

Les fruits sont pourris : Albert le voit.

Le vent se lève : Maxime dans sa prison l'a entendu, bruissant autour de lui, dans ce « pavillon des princes » où sont enfermés les « politiques », les auteurs de libelles, de brocards, de chants séditieux. Il a gagné le « pavillon de la préfecture » et s'est amplifié, ce qui est bon signe, dans le « pavillon des dettiers » où les mauvais payeurs espèrent d'un nouveau gouvernement une remise de leur peine.

Clarisse fait le compte rendu de sa visite.

Angèle préférerait ne pas l'entendre.

— Il a fait une lettre pour vous.

Elle se détourne.

Clarisse la rassure ; Maxime est un homme de parole : sa lettre *pour Angèle* est une lettre *en sa faveur* ; adressée à monsieur Lacoste.

— Il vous attend.

— Il m'attend ?

Maxime, depuis sa cellule, a tout organisé avec le maître imprimeur : elle sera margeuse dans son atelier.

Une chaleur monte dans le corsage d'Angèle. Son cœur bat très fort.

— Entre nous, vous serez plus tranquille qu'au Gros-Caillou. Parce que... Maxime a bientôt fini sa peine... Il reprendra son métier. Il sera près de vous. Tous les jours. Il vous soutiendra.

C'est sans doute ce qu'il ne fallait pas dire. Angèle maintenant voudrait fuir cette embauche miraculeuse ; ce garçon auquel elle la devra ; leur présence dans le même atelier.

Comment le pourrait-elle ?

Cul-de-sac de la Forge-Royale, en ce maussade 22 février, le charron a laissé le travail en plein air. Angèle entend son maillet qui, dans son galetas, frappe le frêne. Un apprenti s'initie au maniement du rabot à bois.

Angèle ne s'arrête pas.

Clarisse a dit vrai : monsieur Lacoste l'attendait. Il lui montre sa machine, lui indique la façon de placer les feuilles le long des taquets, en prenant garde aux pinces du cylindre. Il lui donnera demain de plus amples informations. Elle sera là à sept heures. Aujourd'hui, monsieur Lacoste ne peut s'occuper d'elle : revêtant sa redingote, relevant sa moustache, il part pour une mission à laquelle, visiblement, il attache une grande importance.

Devant lui, nul n'a dit un mot ; n'a fait un signe : les mécaniques se sont arrêtées ; dans leur longue blouse noire qui, n'était l'absence de perruque, les ferait ressembler à quelques professeurs d'Oxford, conducteurs, compositeurs, brocheurs, correcteurs ont entouré leur patron devant lequel, ostensiblement, ils croisent les bras.

Les ouvriers, il est vrai, n'ont pas besoin de parler : le maître imprimeur les a entendus.

Il ne veut pas les prendre de front : il se heurterait à la solidarité de la corporation. Elle est réelle. C'est elle qu'il sollicite :

— Vous savez tous où je me rends. En participant à ce banquet interdit, je prends les risques que vous connaissez. Je les prends avec fierté car j'ai conscience de les prendre pour nous tous et tout à l'heure, lorsque je m'assoirai à cette table républicaine, j'aurai la conviction que vous êtes tous près de moi.

La petite solennité du ton a fait mouche. On approuve. On se méfie.

Monsieur Lacoste poursuit :

— Voici dix-huit ans, en trois journées, la rue de Paris chavirait un trône...

Un pressier lance :

— On l'a chaviré mais il y en avait un autre dessous !

Monsieur Lacoste passe outre :

— Je vous demande seulement de vous souvenir de la part que notre corporation avait su prendre dans cette lutte qui nous avait conduits à la victoire des barricades. Des événements semblables peuvent se reproduire aujourd'hui. Je vous en prie : ne vous divisez pas sur des questions de détail.

Les ouvriers sont sûrs d'eux. Ils montrent leur groupe compact :

— On ne se divise pas ! Vous voyez : nous sommes ensemble.

— Tous ensemble : les hommes. Contre une femme. Vous oubliez qu'en 1830 les femmes ont bien souvent rechargé vos fusils !

Angèle comprend enfin que la manifestation est dirigée contre elle. Pour un peu, elle s'en irait.

Un typographe s'avance :

— Il n'y a pas six mois, nous avons passé un accord : aucune nouvelle ouvrière dans l'imprimerie.

Monsieur Lacoste se défend : il a respecté cet accord. Aujourd'hui, il agit sur la demande d'un compagnon parmi les plus combatifs, les plus estimables : Maxime Langelier. Il lui a écrit de sa prison.

C'est un tollé :

— Ce n'est pas vrai !

— Maxime a toujours été avec nous !

— Tu insultes sa loyauté !

Le typographe provoque :

— S'il t'a écrit, tu peux nous montrer sa lettre...

Monsieur Lacoste refuse. Sous les risées. Les sarcasmes. Il argue du secret de la correspondance. Du respect de la vie privée : nul n'a le droit de l'étaler au grand jour.

Angèle est écarlate.

Monsieur Lacoste est gêné pour elle. Vexé, devant elle, d'avoir à établir sa bonne foi : il croyait avoir la confiance de ses hommes.

Il ne hausse pas le ton. Pense à Maxime. Entré chez lui à quatorze ans. Il l'a formé. Comme imprimeur. Comme homme. Il l'a élevé dans la religion de 1789 et de 1830 dont, cent fois, il lui a raconté les trois vibrantes journées ; dans l'amour du livre qui fait de l'imprimeur un aristocrate de la classe laborieuse. Il lui a ouvert les portes des goguettes où, jadis, il chantait lui-même ses couplets : *Les Chaînes brisées, L'Ouvrier-poète, Esclave, mon frère...*

Maxime ne l'a jamais déçu : il ne veut pas le décevoir. Il gagnera la partie.

La voix assurée, vérifiant par-dessus ses lorgnons l'effet produit par chaque mot, il lit la fin de la lettre :

— « ... Voilà, mon cher maître et camarade, la vie de cette femme admirable qui sera, j'en suis sûr, une ouvrière précieuse pour votre atelier. En l'engageant, vous ferez œuvre humaine et vous m'obligerez énormément car j'éprouve à son égard un sentiment de grande amitié. »

Il n'en fallait pas plus. Les scepticismes, d'un coup, sont devenus rires, moqueries, insolences :

— Ah ! Ah ! La grande amitié !

— Nous y voilà !

— Pour un jupon, on oublie les luttes communes !

Le gros pressier ne se tient plus de joie :

— Sacré Maxime : il prépare sa sortie !

— Eh ! Huit mois de prison, c'est long !

Angèle est outragée. Elle ne travaillera jamais ici. Plus que les brutes aux muscles nus du Gros-Caillou, ces hommes lui font peur. Jamais elle ne saura se défendre contre cette grossièreté en robe de juge. Sûre d'elle. De ses arrêts. Les ouvriers instruits deviennent des maître Tardieu, président de cour à Guéret.

Elle est à la porte.

Monsieur Lacoste la rejoint :

— Ne partez pas ! Ils sont désagréables mais je suis sûr que, bien vite, ils vous adopteront.

Sa voix est franche. Il a, dans les yeux, une telle certitude, il plaide si bien une cause qui, en fait, n'est pas la sienne, elle a tellement besoin de ce travail qu'elle promet : elle sera là demain à sept heures. Il lui racontera le banquet. Les discours. L'espoir. Il lui montrera comment, pour faire des marges égales, on cale la mécanique récemment inventée par monsieur Massicot : monsieur Lacoste vient d'en acquérir un exemplaire.

Devant chez le charron, Angèle s'arrête un instant. Pour respirer.

Elle a du travail. Elle devra affronter l'insolence de ces hommes. Elle a du travail. Leur union se fera contre elle. Elle a du travail. Une union forte d'un accord officiel. Du travail. C'est cela qui compte.

Sylvestre l'attendait au coin du passage.

Elle lance :

— Monsieur Lacoste m'a embauchée !

Il prend ce visage qu'elle connaît trop ; un air de bonheur disant timidement : « Il vaudrait mieux que ce soit moi. »

Angèle, le cœur battant, se rend compte alors que le faubourg aussi a les nerfs qui tremblent. Dans leur longue blouse marquée de taches de colle auxquelles s'accrochent des chapelets de sciure, quelques ébénistes se sont rassemblés devant un atelier. Des parqueteurs font de même au coin de la rue de Charenton, bientôt rejoints par des ouvriers du chantier de bois à brûler voisin de l'hospice des Quinze-Vingts. A la Bastille, un gamin informe son maître qu'il veut voir la fête et ne passera pas la journée à «tirer le bouvet», comme on dit dans le métier : en conséquence, il range sa charrette et rattrape en courant une bande de son âge qui fonce vers le boulevard Beaumarchais. La place semble un lieu de rassemblement. De fourmillement.

— Ne restons pas là, murmure Sylvestre.

Au contraire, comme le gamin, Angèle a envie de tout voir.

Un fiacre passe, voiturant un bon bourgeois : il est conspué. Le voyageur sort une cocarde tricolore; il l'épingle à son revers : il est applaudi. A son tour, l'attelage s'enfourne dans le boulevard. Des voix montent de partout :

— Il y va!

— Il y va!

Angèle prend le bras de son mari : ils y vont aussi. Où? Ils ne savent pas. Guidés seulement par le pas des curieux et les conversations des boutiquiers palabrant devant leur magasin; à la longue, elles ne semblent faire qu'une même conversation :

— J'y serais bien allé mais je crains la confusion : la réforme, je suis pour; la république, je suis contre.

— Les républicains ne sont pas tous des chenapans.

— Et puis, c'est tout une expédition : quelle idée

d'aller banqueter dans les terrains vagues de Chaillot ! Il faut une voiture pour s'y rendre.

— Il y a le prix du repas aussi : six francs, ce n'est pas à la portée de toutes les bourses.

— Mon cher, réfléchissez : c'est pour écarter la canaille.

— Comme seuls les électeurs sont admis et qu'on banquette un mardi, il y avait peu de chances d'y voir les ouvriers.

— On ne prend jamais assez de précautions.

— Pourvu que ça ne fasse pas du vilain !

Pour Angèle, tout est beau. La marche de tous grossissant à chaque coin de rue ; les bouchers de l'abattoir de Ménilmontant arrivant, au Chemin-Vert, porteurs d'une tête de veau qu'ils veulent offrir aux convives ; les artisans descendant du village de Belleville ; le boulevard du Temple où, comme pour rappeler que le *Chœur des Girondins* naquit ici, dans ce Théâtre historique jouant *Le Chevalier de Maison-Rouge* de monsieur Alexandre Dumas, la foule entonne avec ferveur :

Par sa voix, le canon appelle
De la France tous les enfants
Et pour vaincre ou mourir pour elle
Voyez venir ces combattants.

On les voit venir. De Saint-Antoine. Saint-Martin. Saint-Denis.

Angèle est portée. Elle répète : «J'ai du travail. Je ne suis pas restée une semaine sans embauche.» Elle sent, en elle, la fierté de toutes ces poitrines avançant avec elle, près d'elle et soudain éclatant dans un chant qu'elle ne connaît pas :

Allons, enfants de la patrie,
Le jour de gloire est arrivé.

Elle voudrait en apprendre les paroles. Les chanter avec la foule qui, maintenant, marche en cortège. Sur la chaussée.

Elle pense : C'est grâce à Maxime. Lorsqu'il sortira de prison, je devrai le remercier.

Elle a très chaud.

Le vent bouscule les arbres. La pluie tombe par petites rafales.

Sylvestre dit :

— Rentrons.

Aux armes, citoyens !
Formez vos bataillons !

A la Madeleine, saisissant ses chevaux par le licol, de jeunes ouvriers arrêtent l'omnibus. Poliment, ils font descendre les voyageurs, tendent la main aux dames. On dit qu'ils vont renverser la voiture pour faire une barricade.

— Rentrons. Il va pleuvoir.

— Regardons encore un peu.

— Les enfants sont seuls.

— Clarisse s'occupe d'eux.

La place de la Concorde vous saute au visage. Noire. Grouillante. Ici, murmurant ; là, vociférant. Plus loin, estimant ses chances ; plus haut, les croyant avec elle.

— A bas Guizot !

— Vive la réforme !

— Dehors les corrompus !

Jamais Angèle n'a vu autant de monde. Jamais elle n'avait pensé qu'on pouvait grouper autant de monde au milieu de tant de monuments. Jamais elle n'avait imaginé que des messieurs si bien habillés pouvaient appeler à la révolte, se joindre aux ouvriers. Derrière son fourneau portatif, une femme vend des pommes de terre frites. Elle va en manquer. Angèle en achète pour deux sous. Cela leur permettra de rester plus longtemps. Elle veut tout voir. Elle est partout. Des nouvelles parviennent. Vraies. Fausses. A Clichy, à l'Etoile, les barrières sont prises d'assaut. Cela n'étonne personne : l'octroi est, à Paris, aussi impopulaire que la gabelle dans les campagnes. On dit qu'il y a des tués. La mort fait frissonner la foule. Sous leur shako à jugulaire, les gardes municipaux sont un peu pâles. On voit leurs mains serrées sur le fusil. On les insulte. On leur crie : « Avec nous, les cipaux ! » Des jeunes gens arrivent en cortège. Redingote et haut-de-forme. Ils scandent :

— Quinet ! Michelet ! Mickiewicz !

Les visages s'illuminent :

— Les étudiants sont là !

Ils avancent vers le pont. Certains ôtent leur chapeau ; le brandissent. Ceux du premier rang, passant les pouces sous leurs revers, dégagent leur jeune poitrine. L'offrant. L'officier tire son sabre. Les gardes chargent leur fusil.

Les étudiants ne bougent pas. Les pieds collés à ce sol de Paris qui, déjà, leur appartient. Appartient au peuple.

Un coup part. Une vieille femme tombe : la marchande de pommes de terre. Bousculade. Des jeunes gens sautent sur la berge ; d'autres se retrouvent sur le cours la Reine. Ils s'abritent derrière les arbres. Ramassent des cailloux.

Sylvestre a réussi à entraîner Angèle. Rue Saint-Honoré, ils se reposent un instant. Un étonnant spectacle vient à eux : dans le soir tombant, des hommes ont chaviré la voiture d'un roulier ; ils en ont enlevé le timon et, s'en servant comme d'un bélier, ils brisent toutes les résistances d'une armurerie. Le propriétaire s'enfuit en hurlant cependant que les hommes s'emparent des fusils, de la poudre, du plomb. Sous les frondaisons des Champs-Elysées brûlent les chevaux de bois, la baraque de Guignol : la révolution n'est plus un jeu d'enfant.

A l'entrée de la rue de Rivoli, une barricade commence à monter. Les étudiants se sont regroupés. Ils veulent apporter leur pierre à l'édifice, tentent vainement d'arracher les pavés. Ils sont maladroits.

Les gens les regardent.

Angèle dit à Sylvestre :

— Va les aider. Tu vois bien que, tout seuls, ils n'y arriveront jamais.

9

Trois femmes seulement travaillent chez monsieur Lacoste.

Le soir, à tour de rôle, chacune d'elles balaie l'atelier, met de l'ordre, essuie les mécaniques.

C'est le deuxième soir que, machines au repos, feux éteints, Angèle se retrouve seule dans le bonheur paisible de l'imprimerie. Enfant, elle aimait le silence parfumé des granges, la chaude tranquillité des étables dont tout vous dit que le vide est provisoire.

Arrosant le carreau, formant des tas qu'elle ramasse dans une pelle, Angèle aime déjà ce lieu de travail interrompu, la lourde odeur de l'encre à la colle mêlée, la presse de fonte et les planches de plomb, la force arrêtée, attendant pour s'animer le retour de l'ouvrier.

Elle revoit ces trois jours imprévus, grandioses où, dans ses veines, elle a senti entrer la république.

Louison l'a entraînée dans toutes les rues de Paris. Avec elle, elle a rempli de pierres une diligence renversée, hissé sur le haut de la barricade des tonneaux vides de vin, des drapeaux chargés de courage ; elle a, dans des arrière-boutiques, fondu des balles. Suivant son amie, elle est entrée à l'Hôtel de Ville. Les gens en blouse et en sabots emplissaient l'escalier. Ils se tenaient debout sur les fenêtres au risque de se rompre le cou. A l'intérieur, ils ceinturaient la grande salle du conseil où, modestes, respectueux, ils s'aplatissaient contre les murs afin de ne pas gêner le grand débat de la république : là siégeaient les grands ; ils ne cédaient pas tout ; justement parce que le peuple était là : il convenait de ne pas tout lui promettre puisqu'on savait qu'on ne pourrait pas tout lui donner.

Angèle revoit ces ouvriers mécaniciens se frayant un passage dans la cohue de la place. Brandissant leur bannière rouge, ils escaladent les marches sur lesquelles Louison et elle, contre un pilier, sont écrasées. Ils parviennent à l'étage. Fort, assuré, frappant le sol de la crosse de son fusil, leur chef se borne à dire aux délibérants :

— Citoyens ! L'organisation du travail, le droit au travail pour tous les ouvriers : dans une heure. Telle est la volonté du peuple. Il attend.

Cela fait sensation.

Les membres du nouveau gouvernement hésitent. Se partagent.

La foule s'unit.

Angèle pense à Sylvestre. Avec les autres, plus fort que les autres, elle crie :

— Droit au travail ! Droit au travail !

Un homme se décide : Louis Blanc. Il prend un papier. Il écrit. Il lit :

— « République française. Paris, 25 février 1848. Le gouvernement provisoire s'engage à garantir l'existence des ouvriers par le travail. Il s'engage à garantir du travail à tous les citoyens. Il reconnaît que les citoyens doivent s'associer entre eux pour jouir du bénéfice légitime de leur travail. »

Exception faite pour les premiers rangs, nul n'a entendu la fin du message. Aux mots « travail à tous les citoyens» l'enthousiasme a éclaté. Il a couru la place. Répercuté. Amplifié. Chanté. Salué.

Allons, enfants de la patrie,
Le jour de gloire est arrivé!

Cette gloire, la délégation des mécaniciens la veut plus grande. Venus directement des barricades, les fanions, les étendards troués par les balles, les lambeaux d'étoffe sont arrivés au premier rang : du drapeau rouge, les ouvriers, appuyés par la foule, veulent faire le drapeau de la république.

Angèle voit, en haut des marches, des messieurs qui refusent, réfutent, discutent, s'affairent, s'apeurent, s'en vont, reparaissent avec un ami, un soutien, un énervé, un blanc de teint, un écarlate de colère, un jaune d'angoisse.

Un homme se dresse. Grand. Droit. Allure magnifique. Gestes aux mains fines. Visage souverain :

— Lamartine.

Son nom descend l'escalier. Murmuré. Admiré. Respecté. Réfuté par certains qui ne veulent pas oublier les leçons du passé. Les victoires transformées en défaites par les discours des éternels puissants.

Angèle est bouleversée. Albert et Clarisse lui avaient montré la goguette où était apparu, le visage cassé, ce Pierre Dupont dont elle connaissait le chant : à deux pas d'elle, la dominant de quelques marches et de son calme de prince, elle voit le plus grand poète du siècle. Emue, Louison voudrait lui dire qu'elle connaît l'*Histoire des Girondins*. Qu'elle l'a lue pour elle, pour d'autres...

La voix a pris de l'ampleur :

— ... substituer une révolution de vengeances et de supplices à une révolution d'unanimité et de fraternité et commander à son gouvernement d'arborer, en signe de concorde, l'étendard de combat à mort entre les citoyens d'une même patrie !...

Dans la foule, il y a déjà des défections :

— Lamartine a raison !

— Le drapeau doit marquer l'union ! Comme la république !

Beaucoup restent sur leurs positions :

— Le drapeau est rouge du sang versé !

— L'adopter, c'est honorer nos morts !

Monté sur un fauteuil au velours rouge qui mériterait, dans ces circonstances, une meilleure stabilité, l'orateur, ceint de tricolore, main sur le cœur, est plus assuré que jamais :

— ... Le gouvernement, je le sais, est aussi décidé que moi-même à mourir plutôt que de se déshonorer en vous obéissant.

La phrase émeut les cœurs ; elle frappe les esprits : la mort de Lamartine, personne n'en veut. Encore moins la mort de ce gouvernement qui compte des Ledru-Rollin, Arago, Louis Blanc. Le ton décidé impressionne :

— ... Quant à moi, jamais ma main ne signera ce décret. Je repousserai jusqu'à la mort ce drapeau de sang, et vous devez le répudier plus que moi car le drapeau rouge que vous rapportez n'a jamais fait que le tour du Champ-de-Mars, traîné dans le sang du peuple en 91 et en 93, et le drapeau tricolore a fait le tour du monde, avec le nom, la gloire et la liberté de la patrie.

Ces paroles qu'Angèle a toujours dans les oreilles, ce soir, elle les a sous les yeux : composées par les typographes qui demain en feront le tirage et l'afficheront dans Paris.

Dans le mutisme de l'atelier, elle les lit. Les relit. Se pénétrant des mots et des dates dont madame Fortin lui a donné la signification : depuis 1789, au drapeau que s'était donné la République française est attachée la liberté des hommes de tous les pays.

Elle éprouve une étrange satisfaction. Se décide à reprendre son balai.

Il n'est plus là.

Elle le cherche. Se retourne :

— Oh !

Maxime est devant elle. Silencieux comme les machines. Comme tous ces imprimés qui, demain, parleront à des milliers de gens.

Il est sorti ce matin de Sainte-Pélagie :

— Tu ne pensais pas que la république allait nous maintenir en prison ?

A vrai dire, elle n'avait pensé à rien. Sauf à cette révolution commençant comme une promenade vers un déjeuner sur l'herbe pour finir par ce trône d'un roi volant au-dessus des têtes, place de la Bastille : tout le monde voulait le toucher avant de le voir brûler au son des tambours battant la charge.

— Je suis arrivé ici voici une heure. J'ai attendu que mes amis soient partis pour te parler.

Elle a un mouvement de recul.

Il la rassure. Il a évité les camarades simplement parce que... parce que...

— ... Je voulais que tu sois la première à me voir.

Il la regarde :

— Je voulais être seul quand je te retrouverais.

Elle pense le moment venu de dire des choses... Sa voix, troublée, en dit d'autres :

— Monsieur Maxime... je vous dis... pour mon travail mille gratitudes...

Il laisse les mots. N'entend que le désarroi :

— Je te respecte, Angèle. Je te respecterai toujours... Si je prends la liberté de te tutoyer, c'est que... nous allons vivre dans le même atelier : je dois être avec toi comme je suis avec les autres.

Ils vont vivre côte à côte ; il n'avait pas besoin de le préciser : depuis son embauche, elle se répétait que ce jour viendrait...

Il ôte sa casquette. Baisse la voix :

— Angèle... De ma vie je n'ai ressenti une émotion comme celle que j'éprouve en ce moment.

Comme le jour où elle l'avait retrouvé dans le passage, elle a un petit cri :

— Non.

— Depuis que je te connais...

Il n'a pas bougé : comme s'il était près d'elle, elle se débat. Recule :

— Il ne faut pas !

Il approuve. Il a très bien compris sa lettre... la seule qu'elle lui ait adressée. Il l'a lue et relue cent fois : le mal qu'elle lui faisait était magnifique.

Il prend un temps. Murmure :

— Je t'aime, Angèle.

Elle voudrait partir. Reste. Retenue par des mots qui coulent, pénètrent, paralysent :

— ... Je t'aime parce que tu es comme tu es... Et... je veux que tu restes ainsi... Je voulais te le dire ici. Dans cette odeur d'encre et de labeur ; devant ces machines dont je connais le chant régulier et qui, ce soir, se taisent pour me laisser te parler.

Angèle aussi le laisse parler. Elle en sait assez sur lui pour comprendre ce qu'il lui offre : sa vie qui, depuis toujours, se passe dans cet atelier. La vraie vie, s'entend : celle qui commence lorsque commencent la pensée, la responsabilité, l'apprentissage des gestes et des outils que l'on manie avec les idées. A la campagne, la pelle et la houe, la herse et le fléau font partie de l'enfance ; des gestes du père; de la mère; de tous. A Paris, le marteau ou la scie, la varlope ou le burin viennent dans les mains du garçon pour marquer la cassure. Ils lui disent : «Tu es un homme, à présent.»

Maxime tire un paquet de sa poche. Il l'offre. Simple :

— Dans ma cellule, tout le jour je te parlais. Ce sont les mots que je te disais... les lettres que je t'écrivais... les dernières. Je ne te les ai jamais adressées. Elles sont à toi.

— Non!

— Prends. Tu les liras.

Il glisse le paquet sous la petite roue du massicot. Ne le regarde plus. Ne la regarde plus :

— C'est ma seule demande.

Ses souliers sur le sol gras ne font pas de bruit.

Sa poitrine, contre elle, ne souffle plus. Ne chauffe plus.

Il est parti.

Elle est seule. Dans l'atelier plus que jamais muet.

Tremblante, elle prend les lettres.

Que doit-elle faire?

Elle les cache dans les profondeurs de son tablier. Comme on cache sa faute. Ou sa richesse.

Elle reprend son balai.

Elle veut que l'imprimerie soit belle. Que Maxime, que tous aient plaisir à y travailler. Que la république soit belle. Qu'elle, que tous aient plaisir à y vivre. Que la vie soit belle. Que les hommes et les femmes aient du bonheur à lire. A comprendre. A aimer.

Il y a, dit-on, deux mille arbres, dix mille pavés à replanter dans les rues de Paris.

On engage des hommes.

Sylvestre est allé voir. On ne l'a pas pris. Sa jambe : il

retarderait le travail des autres. La république veut remettre la France, ses finances et ses rues en état dans les meilleurs délais.

Machinalement, il vient à la place de Grève.

Les maçons qui n'ont pu devenir paveurs continuent de fréquenter ce marché sans offre. C'est une habitude. Comme le chômage.

Ce qui a changé, c'est la confiance de certains. De beaucoup. Presque tous. La confiance de presque tout Paris.

Sur un vieux drap devenu banderole, un charbon maladroit a écrit : « La république, une et indivisible, est proclamée en France. »

Les petits commerces de plein air s'installent de plus belle, ayant soin de piquer leur éventaire, leurs produits, d'attrayantes cocardes.

Dans sa boule de cristal, dans les lignes de la main la plus déshéritée, la voyante lit pour chacun un avenir radieux.

Habitué des lieux, le professeur Chimico présente sa cage bardée de tricolore : à l'intérieur, un chat somnole près d'un rat énorme, aux yeux vifs.

— Hé ! Le chimiste ! Si tu donnes ta poudre à ton rat, on a plutôt l'impression que ça l'engraisse !

Le professeur Chimico a le ton docte qui sied à l'homme de science :

— Vous apprendrez, jeune homme, que ce rat est en démonstration : il prouve à qui sait voir que le chat n'est pas l'ennemi du rat. Car le rat n'a qu'un ennemi : la poudre Chimico qui, aussi sûrement que la république détruit la monarchie, a l'avantage de détruire les puces, les punaises et, à l'occasion, les belles-mères !

Des rires répondent à ce discours cent fois entendu.

Vite écourtés ce matin par une nouvelle solennellement lancée par Monteil et ses amis :

— Les Ateliers nationaux sont créés !

— La république tient ses promesses !

— Tu touches quarante sous pour ta journée de travail.

— On s'inscrit à la halle aux veaux.

Pour imaginer la cohue soudaine, il faut voir, sur une place, des milliers d'hommes que, peu à peu, l'oisiveté a dépenaillés ; il faut avoir, pendant des mois, des ans, entendu les plaintes de l'épouse, vu le visage incompréhensif des enfants ; il faut avoir cent fois offert ses bras au travail, reçu en retour le refus, quelquefois l'insulte, le plus souvent l'indifférence. Les sabots, les gros souliers, les blouses râpées, les pantalons tordus, les hommes en sueur courent sur le pavé : ne pouvant croire que la république sauvera tout le monde, chacun s'efforce d'arriver avant l'autre. La Grève, le pont d'Arcole, l'île, les ponts de l'Hôtel-Dieu et de l'Archevêché, le quai de la Tournelle résonnent d'espoir et de crainte, d'exclamations, de pas précipités dont chacun, à coup sûr, vous éloigne de la disette, de la tristesse, de l'humiliation trop longtemps supportées.

— C'est vrai ?

— On engage ?

— Les Ateliers nationaux, c'est ici ?

La nouvelle est exacte. La joie est délirante : même pas gâtée par l'odeur de viande et de purin rappelant que, ce jour, on compte ici les hommes comme, d'ordinaire, on compte les veaux ; à peine atténuée par les exigences administratives : chaque candidat doit être muni d'une attestation de domicile signée de son logeur, visée par le commissaire de son arrondissement.

Sylvestre ne sent pas sa jambe. Il pense à Angèle, aux

enfants, à Albert : il court chez monsieur Campagnol, au bout de la ruelle des Trois-Chandelles.

Monsieur Campagnol signe sans rechigner : une embauche pour le locataire est une garantie pour le propriétaire. Sylvestre le remercie. Il obtient, après des palabres, la griffe d'un commissaire soupçonneux, à peine informé, croyant de son devoir d'éviter les abus, les fraudes, les atteintes à la moralité et au Trésor publics.

A nouveau, il est à la halle. D'autres arrivent. D'autres sont là, revenus de plus près, de plus loin, se mettant en rang comme on le leur demande.

Son tour vient dans la soirée.

Il se tient droit sur une jambe; cachant l'autre; tremblant sans le montrer; le visage s'efforçant d'être sûr de son droit.

Le briscard ne le regarde pas :

— Demain, six heures et demie, Champ-de-Mars.

On lui remet un papier à en-tête du ministère de la Guerre.

Il est fou de joie. N'a qu'une idée : ignorant la fatigue accumulée par sa jambe restée debout toute la journée, il part annoncer la grande nouvelle.

Taïaut! O Taïaut!

Dans le faubourg, une lingère, une monteuse de bonnets, les ébénistes quittant leur travail, deux chaudronniers venus de la rue Louis-Philippe : ils sont une vingtaine de curieux qui, avec quelques matrones à l'âge et à l'emploi mal définis, font cercle autour d'Hubert et Diane, les « chanteurs au cor de chasse ». C'est une fête : Diane détaille le couplet pendant qu'Hubert souffle dans l'instrument; le couplet terminé, Hubert vocalise et Diane embouche le cor.

Taïaut! O Taïaut!

Animés d'une farouche et peut-être récente foi républicaine, sur le grand air de la vénerie les deux comparses lancent la chanson que, hier encore, on fredonnait sous le manteau :

J'emmerde le roi
Et le comte d'Artois,
Le duc de Berry
Et la duchesse aussi...
Le duc de Nemours,
J'l'emmerde à son tour,
Le duc d'Orléans
Je l'emmerde en même temps!

Un panorama aussi complet de la monarchie fait éclater les rires jusque dans les ateliers.

Sylvestre ne les entend pas.

Il arrive au cul-de-sac de la Forge-Royale comme les typographes sortent de l'imprimerie, se groupant par affinités, par directions à prendre.

Angèle paraît avec l'un d'eux.

Sylvestre est ébranlé : Maxime Langelier.

Angèle ne lui a pas dit qu'il était sorti de prison. L'a-t-on libéré seulement aujourd'hui?

Instinctivement, Sylvestre-Marcelin Chabrol se jette dans le couloir jouxtant l'atelier du charron.

Pourquoi se cache-t-il? Il ne le sait pas.

Angèle et Maxime ont une conversation animée. Ils marchent. S'arrêtent. Repartent. Le typographe a participé à la manifestation du 17 mars. Un monde fou. Une réussite absolue : le gouvernement a dû reculer la date des élections.

— Je croyais que vous étiez contents d'avoir le suffrage universel, dit Angèle.

— Nous avons obtenu que tout le monde vote. Maintenant, il faut que tout le monde sache voter.

Trois cents républicains vont partir à travers la France pour expliquer la république. Il faut leur donner du temps. Il faut donner du temps aussi au gouvernement provisoire : pour qu'il prenne des mesures, montrant ce qu'est la politique nouvelle.

Maxime et Angèle se sont arrêtés au bout de l'impasse. Ils reviennent sur leurs pas. Maxime fait de grands gestes qui font rire Angèle. Cela fait rire Maxime qui, pour autant, ne se laisse pas détourner de son plaidoyer : outre le suffrage universel et les Ateliers nationaux, le gouvernement provisoire a pris d'autres mesures importantes ; il a aboli la peine de mort, la contrainte par corps, les titres de noblesse, les sévices et punitions corporelles notamment dans la marine ; il a fixé à dix heures par jour la durée de la journée de travail (onze heures en province) ; par le concours, il va ouvrir le haut enseignement aux enfants du peuple...

Cette nouvelle trouble Angèle. Elle imagine Jérôme et Florentin devant le pont de la Concorde, offrant leur poitrine aux fusils comme, voici un mois, elle l'a vu faire aux étudiants.

Maxime en profite pour annoncer une armée désormais plus humaine : les Gardes nationaux éliront leurs officiers, leurs sous-officiers. Et puis, ne l'oublions pas : le gouvernement provisoire a mis à son ordre du jour la suspension du travail dans les prisons, couvents et casernes : finie la concurrence aux serruriers, chapeliers, menuisiers, bibelotiers ; finie la concurrence aux imprimeurs :

la monarchie n'avait-elle pas osé créer un atelier de typographie dans le pénitencier de Saint-Germain ?

... Ah ! Oui, la vie sera belle, bientôt...

Maxime en est convaincu.

Angèle aussi.

Leurs visages, quand ils se séparent, sont radieux.

Sylvestre est dans son couloir. Plus que jamais amoindri. Par ce bonheur ; cette gaieté. Depuis longtemps, Angèle et lui ont, ensemble, perdu leur sourire ; laissé au pays avec la danse des moissons, les veillées de dénoisillage, d'égrenage du maïs sur la faux que le père tenait bien serrée entre ses jambes pendant que les jeunes chantaient ; perdu surtout leur sourire bien à eux : quand, sur le seuil, elle attendait son retour des semailles, du buttage où il s'était attardé parce que « la lune donnait bien » ; quand il la prenait dans ses bras. Avant d'entrer. Pour ne pas gêner les parents.

Depuis longtemps, dans le faubourg, Angèle a quitté Maxime.

Sylvestre est là. Dans l'impasse. Revivant sa gaieté perdue avec Angèle, sa gaieté folle lorsque, une nuit, avec Nanette, ils avaient semé les sergents. Blottis sous la voûte cochère, ils commentaient l'aventure ; ils ne se lassaient pas d'en redire les détails qui les faisaient s'esclaffer.

Sylvestre, depuis, a pensé souvent à cette soirée : c'est le moment de sa vie où il a le plus ri. Plus tard, lorsque ses yeux tombaient sur Angèle qui, devant l'âtre, tirait le fuseau ou, avec ses aiguilles de buis, tricotait un maillot pour un garçon, il avait honte de ce rire. C'était comme s'il l'avait volé à sa femme.

Le vol d'un bonheur, c'est le plus grand péché du monde.

Quand il rentre aux Trois-Chandelles, les enfants ont mangé.

Angèle met sa cape.

Sylvestre la regarde.

Elle finit par dire :

— Je sors.

Il n'a pas la volonté de demander. De raconter. De soupçonner.

Il attend une précision.

Elle ne vient pas.

Ce soir, chez madame Fortin, il n'y a pas cours. Ils le savent tous les deux.

Elle aussi attend quelque chose. Une question.

Il ne la pose pas.

Angèle est peut-être déçue.

Quand on ne parle pas, comment savoir ?

Elle est à la porte.

Il murmure :

— Jamais je n'aurais pensé que tu sortirais la nuit... sans moi.

Il s'attendait à tout... sauf à ce qu'il entend :

— Jamais je n'aurais pensé que je verrais la république.

Il finit par hausser les épaules :

— Tu ne sais même pas ce que c'est !

Elle refuse l'ironie : hier, elle ne le savait pas. Aujourd'hui, elle le sait. Un peu. Elle veut le savoir plus encore.

Elle embrasse les enfants. S'en va :

— Je ne rentrerai pas tard.

Lorsqu'il la sait au bas de l'escalier, Sylvestre se penche à la fenêtre :

— Angèle !

— Oui ?

— Je... Je suis embauché aux Ateliers nationaux... Je commence demain.

Dans la cour, l'ombre a une petite hésitation. Surprise par cette annonce tardive.

La voix monte :

— Ah?... C'est bien... C'est très bien.

Angèle, sous sa cape, traverse la cour. Sans se retourner. Elle a une grande envie de revenir sur ses pas. De monter. D'embrasser Sylvestre. De le féliciter. Le remercier. Lui dire : « Maintenant, tout ira bien. »

Madame Fortin l'attend. Louison. Les femmes. Elle ne veut pas être en retard. Elle prend la ruelle des Trois-Chandelles. En courant : comme pour se justifier.

Sylvestre la regarde partir.

Quelque chose peut-être quitte sa vie. Lui échappe : cette union dont, jadis, il s'est échappé.

Angèle ne va peut-être pas s'instruire sur la république.

Elle ne va peut-être pas rejoindre Maxime.

Elle va peut-être s'instruire auprès de Maxime qui, depuis longtemps, a rejoint la république. Contre cela, que pourrait faire l'ignorant Sylvestre-Marcelin Chabrol?

Les enfants posent sur leur père des yeux attentifs. Ils n'interrogent pas. Comme Sylvestre, comme Angèle, ils attendent une réponse.

Sur la table s'éparpillent les morceaux des petits sabots; avec un pot de colle, un pinceau.

— Clarisse a dit que, avec tout ce qui se passe, Albert n'a pas le temps de les réparer.

— Elle a dit aussi que ce ne sera rien à faire... pour quelqu'un qui ne travaille pas.

Sylvestre prend le matériel. Il commence à ajuster deux pièces.

Il semble n'avoir rien entendu.

Les révolutionnaires profitent des leçons de la Révolution : les séances du Club des femmes pour la république ne se tiennent pas dans une église où, dit-on, les emportements des tribuns de 1789 et de leur auditoire choquaient les fidèles ; où, dit-on aussi, les statues des saints paralysaient certaines éloquences.

Décorés par madame Fortin avec l'aide de son père, les murs de la salle de classe offrent, sous un ruban tricolore, la collection des lithographies de Daumier dont, depuis toujours, monsieur Fly est le fervent admirateur.

En place d'honneur, découpée dans *La Caricature*, la fameuse *poire* figurant la tête du roi ; tout autour, extraits du *Ventre législatif*, les gilets débordants, les mines grassouillettes des représentants du peuple ; la galerie des propriétaires cupides, avocats cyniques, bourgeois satisfaits de leur médiocrité ; et, du sobre et terrible « Massacre de la rue Transnonain » à toutes les aventures de Robert Macaire, des dizaines de charges qui, ayant commencé sous Louis-Philippe, forment le florilège des griefs portés contre son règne.

Entrant dans l'école, le public a regardé, souri, approuvé.

Maintenant, Daumier est oublié ; la salle, où se sont glissés seulement quelques hommes, boit les paroles de l'oratrice à cheveux gris saluant l'épopée des femmes dans les dernières journées de barricades : elles ont distribué les vivres aux combattants, soigné les blessés dans les tavernes, fondu la graisse dans les étages, tenu près des fenêtres des chaudières d'eau bouillante...

— ... S'interposant courageusement entre les combattants, nos héroïnes ont supplié les soldats de ne pas tuer leur père, leur frère, leur époux. Ainsi la Garde nationale a souvent été désarmée.

L'auditoire applaudit à ces exploits de la rue.

Ils ne sont que préludes aux nobles batailles de la paix retrouvée : une délégation féminine s'est rendue au gouvernement afin d'obtenir, pour les deux sexes, confirmation officielle d'une même citoyenneté. Spontanément a été créé le *Journal des femmes* ; il demande la mise sur pied rapide de cours publics ; de bibliothèques d'instruction pratique ; d'écoles de filles comme il en existe pour les garçons. La citoyenne Désirée Gay propose une association artistique et littéraire pour répandre le goût des beaux-arts.

A chaque idée, Louison pousse Angèle du coude ; Angèle lui sourit : elles assistent à une naissance. C'est un monde nouveau où chacun prend sa part. Aux élans de la tribune répondent les inventions de la salle : tenant son poupon dans ses bras, une ouvrière au visage fragile demande que la fille séduite et abandonnée puisse garder son enfant sans déshonneur.

L'idée, nouvelle, provoque un temps d'interrogation. Une émotion naît. Sensible.

Les bravos éclatent de partout. On approuve la jeune mère ; on voudrait l'embrasser, tenir son enfant. Angèle est avec les autres, tendant ses bras.

L'ouvrière dit :

— La honte doit retomber sur le séducteur.

Une image passe devant Angèle : Sylvestre portant sa honte silencieuse. Sans attendre qu'on la lui impose.

Elle part dans ses idées, perd la suite du débat.

Dans le fond de la salle, deux hommes s'agitent :

— Si les épouses se mêlent de politique, qui donc fera la soupe à la maison ?

— Qui raccommodera les vêtements et lavera la vaisselle du mari ?

Ils sont conspués.

Louison exulte.

Ajustant sa rêverie à la réalité, Angèle éprouve une gêne : si Sylvestre était là, il ne parlerait pas mais, intimement, il approuverait peut-être les deux lascars...

On ne s'occupe plus d'eux.

A la tribune, Blanche Fortin dessine une république idéale, refusant les classes, les castes, toutes les inégalités. Elle demande aux femmes présentes de ne pas se contenter de, ce soir, approuver ; elles doivent partir par la ville, le pays, le monde : ralliant à leurs idées saines tous les hommes qu'elles côtoient.

L'assemblée se lève. Bras droit en avant :

— Nous le jurons.

Louison et Angèle sont bouleversées : les humbles plus que les grands s'émeuvent de la solennité.

Angèle découvre un panneau frangé de tricolore :

« En ce février 1848, la France vit la plus sublime des poésies. Signé : Lamartine. »

Madame Fortin s'approche d'elle

Angèle murmure :

— Sans vous, je ne saurais pas le lire.

Madame Fortin s'enivre de ce bonheur partagé. Institutrice offrant, pendant des ans, son bénévolat et recevant, un soir, la gratitude de l'une de ses élèves.

Elle pense au chemin parcouru depuis qu'elle accueillit, un peu par hasard, la première d'entre elles :

— Il y a... Oh ! Il doit y avoir six ans, je crois, j'avais une servante... une adorable petite Normande... Elle s'appelait Nanette...

Le nom est répandu en Normandie. Il est plus rare à Paris. Dans la vie d'Angèle, il est unique. Elle a ressenti, dans sa poitrine, un choc violent.

Madame Fortin ne le voit pas :

— Elle ne savait ni lire ni écrire. Mais elle était si appliquée... si sérieuse...

Angèle n'entend plus. Un nom tape à ses tempes. Dans sa gorge.

Madame Fortin est happée par des admiratrices. L'une d'elles l'entraîne, demandant pourquoi ne pas mettre en avant l'idée que, s'il y a des hommes d'Etat, c'est parce que des femmes leur ont donné le jour...

Angèle est partie.

Nanette ne la quitte pas. Ne la quittera plus.

Sur le Champ-de-Mars, Sylvestre arrive avant l'heure. Il a beau avoir son papier à la main, il veut être sûr de l'embauche.

Paraissant sur les quais ou sur le bout du pont d'Iéna, débouchant d'un coin de l'Ecole militaire, dès six heures ils sont des centaines qui, peu à peu, deviennent des milliers à repérer les tables où l'on s'inscrit; à se demander si celle-là sera plus sûre que l'autre.

Les chefs se montrent à leur tour.

Les officiers font les importants. Les sous-officiers suivraient sans doute leur exemple s'ils en avaient le temps. Et surtout la possibilité : l'heure, on le voit bien, n'est pas à la parade.

— Ils sont six mille! lance un bien-renseigné.

Un chef d'escadron donne ses ordres : onze hommes du même arrondissement forment une escouade. Cinq escouades forment une brigade. Quatre brigades forment une lieutenance de deux cent vingt-cinq hommes. Quatre lieutenances deviennent une compagnie de neuf cents hommes qui, groupées par trois, font un bataillon.

Cette organisation, si simple à établir dans un bureau

de l'état-major, prend ici bien du temps pour se mettre sur pied.

Un brigadier entraîne Sylvestre vers le gymnase où, lui dit-on, se rassemble le VIIIe arrondissement. Lorsqu'ils y parviennent, on leur annonce que le VIIIe, au contraire, se groupe devant l'Ecole militaire. Sylvestre repart, suivant le brigadier, ces gars qu'il n'a jamais vus et qu'on regroupe avec lui parce qu'ils sont, dit-on, du même terroir parisien.

A neuf heures, l'intendance apporte du vin, de l'eau, du fromage de tête.

On doit aller chercher des cordes pour guider, canaliser, contrôler tous ces volontaires.

Les derniers toucheront leur portion de pain de soldat lorsqu'il faudra recommencer pour la soupe de deux heures.

Chaque escouade devra alors élire son escouadier. Sylvestre choisit un petit qui lui a dit être creusois. Lorsqu'on lève la main, le petit ne se met pas en avant : c'est un grand qui est élu. Il est normand.

Sylvestre se promet de lui demander s'il a connu Nanette.

Pour l'heure, il passe devant le fourrier.

On lui remet deux francs.

Avec les autres, il crie : « Vive la Nation ! »

Ces mots sont écrits sur la porte de l'imprimerie.

A l'intérieur, on a dressé sur une table une urne tendue de tricolore. Elle est ornée d'un avis : « Pour aider la république ».

Les ouvriers passent un à un devant monsieur Lacoste qui, assis sur un escabeau, conscient de la grandeur du moment, reçoit le don qu'il met lui-même dans l'urne après avoir écrit, sur une liste, le nom du donateur.

L'ouvrier alors signe en face de son nom :

— Une journée.

Un peu partout dans Paris, la rue, l'atelier, la boutique, l'Hôtel de Ville devenu spontanément Palais du peuple voient les citoyens apporter leur obole pour, comme l'écrit *Le Moniteur*, « subvenir aux besoins de la république, notre mère commune ».

« Une journée », dit l'ébéniste.

« Une journée », dit le maçon.

Pour recevoir les « dons et offrandes à la patrie », on a créé une commission centrale : Lamennais, président; Béranger, vice-président; six membres dont monsieur Emile Littré.

« Une journée », dit la lingère.

« Une journée », dit la fille des rues.

Maxime, devant monsieur Lacoste, pose le produit de quatre jours de travail.

Monsieur Lacoste refuse; il a payé aux ouvriers les journées de barricades pour ne pas être en dette avec la république : cet argent est à eux.

Maxime repousse les pièces :

— J'ai donné mes trois journées de barricades à la nation. J'en aurais donné plus s'il l'avait fallu : cela n'est pas du temps que l'on marchande.

Monsieur Lacoste glisse la somme dans l'urne :

— Comme tu voudras.

Maxime aperçoit Angèle qui, évitant la table, quitte l'atelier.

Il la rejoint :

— Tu ne donnes pas pour la république?

Angèle a deux sous dans sa poche. Demain, il faut payer l'école des enfants. Elle voudrait ne pas répondre.

Il explique que la république a trouvé les caisses vides. Qu'il va falloir, maintenant...

Elle est partie. Pressée. Très pressée.

Le laissant désemparé.

Il se retourne : sur le pas de la porte, tous les hommes de l'atelier ont leur regard posé sur lui. Moqueurs pour la plupart. D'autres : presque rancuniers. Tous ayant l'air de dire : « C'était bien la peine que tu la fasses embaucher !... Ah ! Les femmes ! »

Maxime, sans mot dire, passe devant eux. Il va rejoindre monsieur Lacoste, pose quatre francs sur la table :

— Deux journées : Angèle Chabrol.

Dans le faubourg, un ouvrier chante :

Aux jours de crise amère,
Le Français dit : « Ma mère,
Prends mon sang, prends mon or,
Prends, mère, prends encor ! »

Angèle est pressée.

Le chanteur semble la poursuivre :

Voici la quête universelle :
Pour notre France, s'il vous plaît !
Quêtons, frères ! Quêtons pour celle
Qui nous a nourris de son lait.
Les refus sont des banqueroutes ;
Si peu que ce soit, donnons tous !
Les océans sont faits de gouttes,
Les milliards sont faits de gros sous !

La chanson n'exagère pas : déposés dans les mairies des douze arrondissements de Paris, réunis ensuite à l'Hôtel de Ville, ce sera bientôt par fourgons que pièces d'or et de bronze, chaînes, bagues, bracelets, croix, boucles et pendentifs, broches de nacre, bourses à monture d'argent, statuettes, bustes, ciboires, services de cristal, objets exotiques rejoindront les caisses de la commission centrale, sise palais de l'Elysée national, rue du Faubourg-Saint-Honoré, numéro 55.

Prends, dit la mère de famille,
De mon fils le hochet joyeux.
Mon collier, dit la jeune fille,
Mon épargne, dit le bon vieux.
Moi, je suis riche et j'abandonne
Tout un an de mes revenus.
Moi, je suis pauvre mais je donne...
Tant pis si je vais les pieds nus.

Comme les autres, plus que les autres, madame Fortin a donné. Son argent. Son temps.

Sur la table de son salon, une somme énorme monte en piles sur divers napperons. Au-dessus de chaque pile, un renseignement : « Les commerçants du marché Saint-Joseph » ; « Collecte à la halle » ; « La charité chrétienne s'exerce envers toute personne dans le besoin : pour notre république nouvelle. Monsieur le curé de paroisse : 700 francs » ; « Toutes mes économies, avec ma vie s'il le faut, au service de ma patrie. Leblanchon, officier d'artillerie »...

Angèle regarde ce trésor. Il gonfle ses veines. Elle est de cette nation que les citoyens, ses frères, savent bâtir. Nourrir. Fortifier.

Surprise de sa visite, de sa question, madame Fortin revient vers elle :

— Nanette était entrée dans mon cabinet un peu comme vous : pour une lettre d'amour.

Angèle se défend. Rouge : elle, ce n'était pas une lettre d'amour !

Madame Fortin a l'habitude de ces protestations.

Elle sourit :

— Pour vous, ça n'était pas une lettre d'amour mais... pour celui qui l'a composée, c'en était une.

La mise au point sauve les apparences. Angèle se tait.

Madame Fortin parle de Nanette, timide, de ce premier message qu'elle aurait voulu écrire, dont elle aurait voulu choisir les mots...

— ... Elle vous l'a dicté ?

— Oui... Mais elle ne l'a jamais envoyé.

— Ah ?

— Elle ne connaissait pas l'adresse du garçon. Elle savait seulement qu'il avait regagné son pays... la Creuse... Et puis aussi qu'il était marié... Pour rien au monde elle n'aurait voulu lui créer des ennuis... Elle était si délicate, vous comprenez ?

Angèle ne sait pas si elle comprend ; ne sait pas si Nanette était délicate...

Elle a, devant elle, la partie de Sylvestre qu'on lui avait dérobée ; qu'il n'a pas su lui rendre. Il aurait dû. Dans un élan.

Elle a, devant elle, son mari avec une femme qu'elle ne connaît pas. Qu'elle tremble de connaître :

— Vous vous souvenez de cette lettre qui n'est jamais partie ?

Madame Fortin se souvient de toutes les lettres de Nanette. Elle lui en a dicté beaucoup... qu'elle n'envoyait jamais.

— Faire des lettres et encore des lettres qui n'arriveront jamais mais qui, chaque jour, partent du plus profond de soi : c'est cela, l'amour.

Angèle éprouve mille sentiments.

Elle entend sa voix chavirée :

— C'est cela, l'amour?

Elle se trouve stupide. Voudrait rattraper sa question que, heureusement, madame Fortin n'a pas entendue; elle est dans ses souvenirs : Nanette apprenant son alphabet pour écrire à son amant et, en attendant, dictant des lettres sans aucune gêne puisque, désormais, quand elle dictait elle était seule avec lui.

Angèle voit Maxime dans sa cellule. Seul, lui aussi, avec celle à laquelle il écrivait...

Plus elle veut chasser cette image, moins elle entend madame Fortin lui donner de romantiques détails.

Elle lira les lettres de Maxime. Toutes. Ainsi, elle saura ce que Nanette disait à son mari. Comment elle le disait. Elle saura ce qu'est une lettre d'amour...

Elle voudrait le savoir déjà :

— Qu'écrivait-elle?

Madame Fortin commence par le commencement :

— La première lettre, évidemment, c'était pour lui annoncer qu'elle avait une fille... Marceline... qui vivait en Normandie...

Angèle ne sait plus où elle est. Ce qu'on lui dit. Si elle a bien entendu. Pourquoi lui parle-t-on d'une fille puisque Sylvestre a un garçon?

A nouveau, elle pose une question bête. S'en veut :

— Une fille... avec lui?

Madame Fortin hausse les épaules :

— Evidemment avec lui : elle n'a jamais eu qu'un amant.

— ... Vous êtes certaine?

Evidemment, madame Fortin est certaine. Elle reçut assez de confidences, vit les choses d'assez près :

— C'était une lettre magnifique.

— Elle lui demandait de l'argent ?

Madame Fortin est prise entre amusement et pitié. Navrée de ces questions au ras de la table. Nanette disait seulement : « Cher monsieur Sylvestre, je vous fais écrire pour vous dire que le... dans ma maison de... je vous ai donné une fille. »

— Elle disait : « Je vous ai donné » ?

— Oui. Et tous les mots faisaient comprendre qu'elle aurait voulu la lui donner vraiment.

— Pour qu'il l'élève ?

Madame Fortin n'a plus besoin de faire les gros yeux : Angèle sait qu'elle n'aurait pas dû demander ça. Que, pendant toute cette conversation, à aucun moment elle n'a compris madame Fortin, n'a compris Nanette qui, simplement, par honnêteté, avait voulu prévenir Sylvestre qu'il avait une enfant vivant en Normandie.

Nanette ne demandait rien. Elle aurait désiré seulement que Sylvestre voie sa fille, qu'il l'embrasse, que, peut-être, ils l'embrassent, l'habillent, la promènent ensemble... Angèle, au lieu de cela, revenait à une mère marchandant une naissance ; à une femme comme, lui disait-on, il en existait tant. Au pays, on les appelait des corno-budeuses ; à Paris, tellement la chose était répandue sans doute, elles avaient tous les noms, allant de la marie-salope à la dégrafée en passant par la roulure dont on affirmait que, à part l'omnibus à six chevaux, tout le monde était passé dessus.

Angèle a, devant elle, le visage pâle, les grands yeux plaintifs mariés au courage de la jeune ouvrière venue à la première réunion du Club avec son poupon sur les bras. C'est peut-être ça une Nanette : une fille qui, ayant aimé, ne comprend pas qu'on le lui reproche. Qui voudrait qu'on ne le reproche pas à d'autres. Elle ne demande rien pour elle : elle supplie pour son enfant. Veut qu'il ne soit pas, lui aussi, condamné ; il est condamné l'enfant dont on a condamné la mère. Pourquoi le fils de la légalité aurait-il des droits que l'on refuse au fruit de l'amour ?

Pendant que madame Fortin poursuit son récit, Angèle refait le monde : non à partir de la politique dont, à ces derniers jours, on ne lui avait jamais parlé : à partir de ses sentiments que, à ces derniers jours, elle ne connaissait pas.

Dès notre plus jeune âge, le monde nous donne des certitudes. Les siennes. Elles l'ont conduit où il est.

Angèle ne veut plus aller par là.

10

A la séance du Club des femmes, elle se tient à l'entrée; heureuse de voir arriver la petite ouvrière.

Elle s'appelle Marie; travaillait chez un ceinturonnier de la barrière des Martyrs. Elle a dû s'arrêter : elle n'avait personne pour garder son bébé. Le ceinturonnier a dit que, plus tard, il la reprendrait; malgré sa femme : elle prétend que ça fait du tort à la maison d'employer une fille mère.

Marie est surprise d'être attendue; elle s'assoit entre Angèle et Louison qui, tour à tour, prennent le poupon entre leurs bras : l'enfant sans père a trois jeunes mamans.

Marie ne sourit pas. Elle est heureuse : la république a peut-être changé quelque chose. Déjà. Vraiment.

— Elle ne doit pas tout changer... et surtout pas trop vite, estime un homme.

Ils sont venus plus nombreux; plus bruyants. Disséminés dans la salle. Ils demandent :

— La république est proclamée : que voulez-vous de plus?

— Nous avons la proclamation de la république, reconnaît madame Fortin : maintenant, nous voulons son institution.

— La république, c'est le vote universel : le gouvernement vient de nous le donner. Alors ?

Madame Fortin montre une autorité souriante : comment peut-on appeler « vote universel » un vote où seulement les hommes sont électeurs ?

Un bourgeois grisonnant se lève. Croyant à son bon sens de bonne éducation :

— Madame, vous me paraissez très respectable mais vous ne voudriez tout de même pas donner le droit de vote aux prostituées ou à ces ivrognesses que l'on rencontre, le soir, au coin des rues ?

Louison se lève à son tour, peu portée sur les fioritures :

— Les ivrognes sont plus nombreux que les ivrognesses : pourquoi leur donnez-vous le droit de vote ?

Le bourgeois reste coi. Monsieur le conservateur des Arts et Métiers du boulevard Saint-Martin vole à son secours : ivrogne ou pas, l'homme est au-dessus de la femme.

— Qu'est-ce qui vous permet de dire une chose pareille ? demande la sage madame Fortin.

Monsieur le conservateur avait peut-être préparé sa réponse :

— La nature, madame : voyez-les dans un lit !

Les hommes s'esclaffent ; jacassent ; bavassent. Les timides rejoignent les effrontés. Madame Fortin est outrée.

Le chapelier de la rue Vivienne relaie monsieur le conservateur :

— Je vous le demande : qui dirigerait le pays lorsque madame le ministre aurait ses « époques » ?

Louison commence à en avoir assez entendu :

— Eh ! Dans ces jours-là, je fais mon travail à la manufacture et je fais le ménage à la maison !

— C'est votre rôle !

— Peut-être mais comme il n'y a pas de ménage plus

mal tenu que celui de l'Etat, il est grand temps que les femmes s'en occupent !

Les rires redoublent. On ne compte plus les haussements d'épaules, les yeux au ciel, les sourires de pitié auxquels se mêlent quelques outrages pour ces femmes prétendant réussir là où les hommes ont si souvent échoué.

Depuis quelques minutes, un gai luron incitait Angèle à dire son mot :

— Vas-y ! Toi aussi, tu peux parler ! C'est le Club des femmes : tu as le droit.

A l'avance, il se réjouissait de voir cette campagnarde entrer dans la nigauderie collective :

— Hep ! Lève-toi ! Dans les champs, il doit en pousser des idées pour sauver la nation !

Angèle n'ose plus se tourner vers lui.

Elle se penche sur le poupon. La rage au cœur de ne pas savoir s'exprimer. Elle voudrait rembarrer ces lourdauds. Les vexer. Leur lancer des injures. Ce qu'elle aimerait surtout, c'est leur montrer qu'ils ont tort. Elle n'en est pas capable.

Elle caresse le bébé.

Une dame en chapeau emplumé revient sur la création d'écoles de filles.

Les rires se font sarcasmes.

— Faudra-t-il connaître son latin pour repriser les chaussettes ?

Monsieur le conservateur sait ce qu'il en est des femmes savantes. Il met Molière dans son camp :

— « Former aux bonnes mœurs l'esprit de ses enfants.
« Faire aller son ménage, avoir l'œil sur ses gens.
« Et régler la dépense avec économie.
« Doit être son étude et sa philosophie. »

Madame Fortin s'insurge : ce sont là les propos que

Molière fait tenir à Chrysale, un bourgeois dont il se gausse. Il est honteux de laisser entendre qu'il s'agit de sa propre philosophie.

Monsieur le conservateur s'amuse du vacarme provoqué. Le voisin d'Angèle le suit. Il est avec Molière qui, en vérité, ne se moque pas de Chrysale mais des femmes : en se voulant savantes, elles sortent de leur rôle naturel.

Angèle ne doit plus le voir. Ne doit plus l'entendre. Ne doit pas savoir, même, qu'elle s'est levée. On la regarde. L'écoute-t-on ?

Elle souffle :

— Il faudrait du travail pour ceux qui ont besoin.

L'assemblée n'est qu'un cri :

— On a créé les Ateliers nationaux !

Angèle rougit :

— Pour les hommes ! Il en faudrait pour les femmes.

Ce sont de nouvelles vociférations :

— La femme est faite pour rester chez elle : pas pour aller courir !

— L'épouse digne ne va pas à la fabrique !

Angèle semble ne pas entendre :

— Il faudrait des crèches pour les mamans qui ne peuvent pas garder leur enfant.

Elle sent seulement, le long de sa jupe, Marie qui, sans le montrer, prend sa main. La presse. Remerciement muet. Long. Encouragement à affronter la légion déchaînée ; vociférante :

— La femme mérite le respect quand elle accomplit le plus noble de ses devoirs.

— Vous voulez vous décharger de vos tâches les plus sacrées sur la république !

— Si on vous écoutait, on encouragerait le vice !

— On ruinerait la nation !

Angèle voudrait répondre, repartir vers ces écoles dont

on a parlé tout à l'heure : il faudrait les ouvrir aussi aux parents qui ne les ont pas connues dans leur enfance ; il faudrait que les cours soient gratuits, les livres ; il faudrait des bibliothèques...

Il y a, autour d'elle, un tel vacarme qu'elle s'est assise, soutenue par Marie : la république n'est pas la république puisque la moitié de ses habitants refuse l'autre moitié.

Madame Fortin se lève. Quitte le bureau. Traverse la salle, venant à elle pour la féliciter. Elle lui dit qu'elle a trouvé les mots qu'il fallait ; les excités sont des faibles ; vulgaires ; les hommes intelligents l'ont écoutée ; elle en a ébranlé plus d'un.

Angèle ne peut pas le croire.

Pourtant, devant elle, Francillon approuve. Entouré d'autres jeunes garçons. Et, bien sûr, de toutes les femmes. La dame au chapeau à plumes est ravie. Louison ne décolère pas :

— Il ne faut plus laisser entrer les hommes !

Madame Fortin reste logique : comment leur faire comprendre les idées nouvelles si on n'en parle pas devant eux ?

Angèle murmure :

— Il n'y a qu'à leur faire payer l'entrée au double.

Madame Fortin s'amuse :

— C'est encore les écarter !

— Peut-être ! Mais nous prendrons leurs sous et, avec, nous organiserons des secours pour les femmes dans le besoin.

Intimement, Madame Fortin s'émerveille de ce bon sens. Pratique.

Elle a une demande inattendue :

— Vous permettez que je vous embrasse ?

Une phrase plus inattendue encore :

— Vous me rappelez tellement Nanette !

Angèle se sent prise d'un tremblement :

— Nanette?...

— Elle était comme vous. Simple. Près des choses. Des gens. On était obligé de l'aimer.

Angèle croit qu'elle va pleurer.

Madame Fortin s'en rend-elle compte? Elle murmure :

— Des femmes comme vous c'est rare.

Elle pense : rare comme la générosité.

Elle dit :

— Vous viendrez à toutes nos réunions, n'est-ce pas?

Angèle pince les lèvres : elle voit Jérôme, Florentin; Sylvestre les gardant.

Sylvestre! Son mari et son maître. Va-t-elle lui parler de sa fille, de cette petite Marceline qu'elle ne soupçonnait pas? Va-t-il se libérer enfin? Connaîtra-t-elle cette histoire qui lui appartient... reconstituée avec patience, jusqu'à ce que les morceaux forment un tout?

Perdue dans son imagination, elle est devant cette image déchirée, encore floue, dont Sylvestre conserve une découpure. Une déchirure. Chanteau de soie que le secret transforme en lambeau. Elle lui en parlera.

— Il faut que vous veniez. J'ai besoin de vous...

Elle redescend sur terre : pourquoi madame Fortin aurait-elle besoin d'elle? Et toutes ces femmes? Elles sont unanimes pourtant : dans la soirée, c'est elle qui, malgré tout, a le plus touché l'auditoire. Ses mots sont vrais.

Angèle se défend :

— Je ne sais pas parler.

Madame Fortin l'embrasse à nouveau : dans la vie, il y a ceux qui savent parler et ceux qui savent quoi dire.

Angèle appartient à la deuxième catégorie.

Comme Nanette.

Elle n'en est pas persuadée. Est angoissée plutôt par la perspective de prendre la parole à la tribune ; comme le désire madame Fortin ; qu'elle ne veut pas décevoir.

Un soir, après le travail, elle s'arrange pour retrouver Maxime dans le faubourg. Certaines fenêtres sont encore tendues de tricolore. Collé sur un mur, un avis manuscrit annonce : « Cinquième liste de donateurs ».

Angèle n'avait jamais fait allusion à l'argent que Maxime avait versé pour elle.

Dégageant de son jupon une minuscule bourse de toile grège, elle en tire le cordon, tend ses pièces.

Il veut les refuser.

Elle les lui met dans une main qui en profite : elle se ferme sur les doigts d'Angèle.

Elle retire sa main. Dit :

— Je vous fais un grand merci.

Elle ne pouvait pas le faire plus tôt : quand on a une dette, le vrai merci, c'est le remboursement.

A chacun de ses gestes, de ses mots, il la trouve telle qu'il la sait. La veut. Lui apportant une droiture venue des champs. Epanouie. La terre exige toujours son dû. Dès le jeune âge, on apprend à la payer. De son temps. De sa force et de sa fatigue. Des écus donnés au maître.

— Pour bien me remercier, il faut me tutoyer.

Elle n'accepte pas.

— A l'atelier, tout le monde se tutoie... sauf toi.

Elle ne sait pas pourquoi, elle lâche :

— Un jour peut-être.

Elle s'en veut. Comme elle le prononçait, le mot lui est apparu comme une coquetterie dont elle n'a pas l'habitude ; une promesse, un encouragement de dévergondée.

Une gêne la picote.

Elle veut y mettre un terme. Fermement :

— Je ne tutoie pas mon mari.

Il éclate de rire :

— Tu oublies que je ne suis pas ton mari!

Le ton plaisant n'enlève rien à l'affaire : elle est encore plus troublée. Courroucée. Elle veut partir.

Il demande pardon.

Elle s'arrête. Surprise. Presque conquise : au pays, les hommes ne demandaient pas pardon : les rustres, ça n'était pas dans leur nature; les autres, les plus nombreux, ne tenaient pas, devant les femmes, des propos hardis. Là-bas, la femme connaît son rôle. Elle le tient : on la respecte.

Angèle fait un effort :

— Je voudrais que vous me disiez ce que je dois dire à la réunion des femmes.

Il s'amuse encore :

— Tu es femme : tu dois le savoir mieux que moi!

Elle le sait, oui. Mais elle ne le sait pas depuis longtemps. Elle a peur de mal le dire. De trahir le... la république.

— Tu es donc républicaine?

La voilà dans un grand embarras. Comment se prétendre d'une paroisse que l'on ne connaît pas? Dont on ne sait pas les monts et les vallons, les sources cachées, l'âme des vieux, les nuages disant où va le vent?

— A ton club, si un quidam te demande d'expliquer la république, qu'est-ce que tu diras?

Elle se tait. Se voit déjà devant la salle pleine. Hésite devant des mots qui lui paraissent bien grands pour elle :

— La république, c'est... l'espoir des hommes.

Il approuve.

Plus bas, elle ajoute :

— Pour être vraiment l'espoir des hommes... il faut qu'elle soit aussi... l'espoir des femmes.

Il voudrait la serrer dans ses bras. A failli le faire. Craint qu'elle s'en soit aperçue.

Pour donner une raison à son émoi, il parle des vingt-sept ouvriers du livre, dont beaucoup étaient ses camarades, tombés sur les barricades ; de l'église Saint-Etienne-du-Mont pleine à craquer pour le service religieux célébrant leur mémoire ; du chagrin des participants se manifestant par la dignité de tous à suivre un office dont beaucoup ignoraient la pratique, à raccompagner avec gratitude le prêtre en son presbytère : comme si ses paroles chantant la gloire des défunts assuraient à ces héros une place en paradis.

Il parle surtout de la création du Club typographique parisien. Les réunions ont lieu le mercredi et le vendredi à sept heures et demie dans l'école des filles de la rue de Pontoise.

Le Club s'enorgueillit des versements énormes consentis par ses membres et, tout autant, de sa composition qui, outre les fondeurs, compositeurs, protes, relieurs, lithographes, graveurs, imprimeurs en taille-douce, réunit en son sein quelques hommes de lettres.

Angèle demande :

— Pourquoi ne m'en avez-vous pas parlé ?

Maxime est interloqué. Il n'avait pas prévu la question. Ne se l'était jamais posée. N'avait jamais envisagé d'entraîner une femme avec lui dans ce Club créé par des hommes. A l'atelier, il n'en a parlé à aucune d'entre elles.

Angèle le quitte.

Le lendemain, c'est lui qui l'attend.

Il n'apporte pas de réponse.

Dans l'ardeur qu'il met à l'informer, elle croit percevoir pourtant un désir de tenir au courant une ouvrière d'imprimerie ; sa consœur. Aurait-elle, sur lui, une influence ?

Le Club a réussi à convaincre les pressiers de cesser leurs destructions des mécaniques accusées de leur voler leur travail. En revanche, il demande au gouvernement de prendre rapidement des mesures propres à donner de l'ouvrage à ceux qui n'en ont pas.

Maxime pense qu'un ministre recevra bientôt une délégation de typographes.

Angèle est impressionnée.

Ces bonnes nouvelles la réconfortent ; elle en a besoin : au Club des femmes, les hommes sont venus plus nombreux, plus bruyants. Insolents.

Un soir, Maxime annonce que les typographes de chez Vinchon ont proposé au gouvernement l'émission d'un emprunt spécialement réservé aux ouvriers. Il sauverait la république et on l'appellerait l'emprunt des travailleurs.

Angèle est émerveillée par l'idée, inquiète pour tant d'argent à trouver.

Le surlendemain, elle est enthousiaste : madame Fortin l'a conduite dans les appartements d'une dame Niboyet devenus les locaux de ce nouveau journal : *La Voix des femmes*.

Angèle en a vendu quelques numéros dans la rue. Un jour peut-être, elle saura écrire des chroniques. Elle cherchera des *faits-Paris* dans lesquels les femmes seulement joueront un rôle.

Maxime est fou de joie ; le Club a formé un projet gigantesque : il convient de créer dans les trente-sept mille communes de France une bibliothèque communale de quatre-vingts volumes. Cela fera une commande immédiate de deux millions et demi de volumes qui arrêtera d'un coup le chômage de la profession.

Dans cette idée exaltante, Angèle voit spontanément une autre idée : des hommes et des femmes mènent un même combat pour l'instruction de tous : à coup sûr, cela les réunira un jour.

Elle imagine, dans les villes et les campagnes, des rayons couverts de livres soudainement mis à la disposition de chacun. Des plus humbles. Elle rêve d'une enfance recommencée : sa petite main cueille un fascicule dont elle admire la couverture prometteuse ; elle le serre contre son cœur ; l'apporte à la maison où, le soir, elle lit un chapitre pour toute la famille ; comme le faisait le colporteur désireux de vendre son almanach.

Elle voudrait partager avec Sylvestre ces images unissant le passé dont il a toujours été au futur dont il sera toujours.

Il faudrait révéler ce projet de bibliothèques qui est celui du Club des typographes ; parler de Maxime.

Elle ne dit rien.

Elle ne lui a pas posé de question au sujet de la petite Marceline.

Le matin, il part tôt. Le soir, il est fatigué.

On verra tout ça plus tard. Quand la république sera en marche.

Maxime est rayonnant : il était de la délégation reçue dans les salons du ministère.

Les lustres, les ors, les rideaux, les tapis sont impressionnants. Monsieur Barthélemy-Saint-Hilaire aussi. Un homme droit et, en même temps, très compréhensif. Il n'a pas mâché ses mots : « S'il est des ouvriers dont le gouvernement doit s'occuper avec sollicitude, ce sont certainement ceux de l'imprimerie qui aident si puissamment à la propagation des livres dans tous les rangs de la nation, à éclairer les esprits, à moraliser les intelligences et les cœurs, tout premiers devoirs d'une république. »

Poitrine gonflée par la victoire, Maxime peut répéter le mot-à-mot du grand homme : « Le projet de bibliothèques communales a déjà attiré l'attention du gouvernement; il est disposé à entrer dans cette voie et vous pouvez compter sur sa sympathie.»

— Il a dit «sympathie» : on mesure là le chemin parcouru. En si peu de temps.

D'autant que, si en ce qui concerne la résorption du chômage monsieur Barthélemy-Saint-Hilaire n'a pas pu prendre d'engagements précis, il n'en a pas moins donné à la délégation des assurances formelles : «La crise qui nous accable cessera bientôt et, dans tous les cas, soyez certains que le gouvernement provisoire viendra en aide autant qu'il le pourra à vos douleurs.»

Maxime se réjouit de ces propos, cet engagement, cette solidarité réciproque entre les ouvriers et la république.

Bientôt, constatant la force de celle-ci, les riches, au lieu de cacher leurs capitaux, recommenceront leurs achats. Ils reprendront les commandes qu'ils ont, aujourd'hui, suspendues.

Alors, monsieur Lacoste pourra reprendre dans ses ateliers Durville et Brillet qu'il vient de licencier.

Ils sont allés s'inscrire aux Ateliers nationaux.

Ils ne sont pas les seuls.

En une semaine, les quatre mille hommes qui, à la pioche et à la pelle chargeant les brouettes, aplanissaient le Champ-de-Mars sont devenus trente mille. Peintres ou mécaniciens, cordonniers, artistes, horlogers, marins-pêcheurs, tous, en un instant, deviennent terrassiers.

On en envoie sur les boulevards où ils arrachent les racines des arbres abattus par la révolution. Deux mille travaillent au nivellement de la place de l'Europe, de la barrière d'Ivry.

Par brigades ou par lieutenances, ils s'acheminent vers

Clamart où ils déblaieront la grande tranchée du chemin de fer. D'autres, dans d'infimes charretons, coltinent les terres excédentes à la gare du chemin de fer de l'Ouest. Ils croisent ceux qui, chargés d'améliorer la navigation de l'Oise, ont reçu l'ordre de ramener le limon dans Paris.

Ce matin, sous les ordres des escouadiers, Sylvestre est parti, avec sa lieutenance, au mont Valérien ; les chars étant réservés au transport des remblais, pelles et pioches ne peuvent être acheminées vers les lieux de travail : chaque ouvrier se présente au fort où on lui délivre un outil. Ainsi parés, les deux cents hommes sont allés à Sceaux d'où l'on va prolonger la ligne en direction d'Orsay. Ils sont arrivés à six heures ; ont posé leur matériel. Ils le trouveront demain.

Sur leur passage, les gens s'attroupaient. Des bourgeois, des femmes, des enfants lançaient des :

— Inutiles !

— Fainéants !

— On les promène !

— La république sera vite en faillite !

Des marcheurs riaient, répondant :

— Ce soir, je touche mes quarante sous !

D'autres renvoyaient les insultes, traitant ces badauds d'enrichis, de bons-à-rien, de sans-pitié. Beaucoup se taisaient, serrant la mâchoire.

Sylvestre était de ceux-là.

Un dimanche, avec Nanette, se promenant dans les vignobles d'Ivry, ils avaient rencontré les bagnards rejoignant la route de Chalon où ils prendraient la chiourme les conduisant à Tarascon, dernière étape avant Toulon.

Tirés par les chevaux, les fourgons bringuebalants montraient les prisonniers derrière leur grille ; leurs vêtements amputés du col, les jambières du pantalon largement lacérées, les bords du chapeau enlevés assuraient l'autorité contre les tentatives d'évasion ; la réussiraient-ils qu'ils seraient immédiatement reconnus, dénoncés, repris.

Sous le moulin, les villageois s'étaient réunis, insultant, là aussi, la « racaille ».

Là aussi, la « racaille » répondait, trouvant la force de rire, de ne pas pleurer, de lancer, entre des dents sales, un « Buveur de sang ! » qui se perdait entre les vignes.

Des gorges sèches reprenaient la complainte fredonnée par un ancien :

C'est de crainte de nous perdre
Que l'on nous tient enchaînés !

Aux vaincus, il ne reste que la fanfaronnade :

Notr' guignon eût été pire
Si, comm' de jolis cadets,
On nous eût fait raccourcir
A l'abbaye de Monte-à-regret.

A la vue d'un vieillard tremblant qui, de sa geôle, bénissait ses insulteurs, Nanette s'était caché le visage sur l'épaule de Sylvestre.

Sylvestre, aujourd'hui, sait qu'il est comme les bagnards : partant sans chaîne visible mais si lourde vers un pays dont il ne reviendra pas.

Comme eux, il s'y est condamné en quittant le droit chemin où il vivait avec Angèle-la-magnifique. En n'osant, par la suite, demander l'indulgence d'Angèle-la-clémente. Parle-t-on de ces choses avec l'une quand on a osé les faire avec l'autre ?

Jamais, quand il embrassait Nanette, il ne pensait qu'i

dérobait à Angèle son baiser. C'était la vie qui était venue à lui. Comment se défendre contre elle ? Il ne la connaissait pas.

C'est cela sans doute qui l'avait conduit à se taire lorsqu'il avait retrouvé Angèle-l'épouse dans l'existence tranquille des labeurs au soleil, du temps revenant porteur de floraisons nouvelles qui sont toujours les mêmes, de la famille unie autour de l'âtre et de l'outil, de l'*aumaille* des jours de fête, du nouveau-né, fête de chaque jour.

Dans les veillées aux contes éternels, le patois ne laisse pas de place aux écarts des mœurs et du langage. Le laboureur est fidèle à la terre qui le nourrit ; au maître qui le permet ; à la femme qui le soutient.

Sylvestre avait apporté Florentin à Angèle en pensant : Si elle le croit de moi, elle l'aimera comme le mien.

Il ne lui avait pas parlé de Marceline car il se disait : Je ne connais pas ma fille ; elle ne la connaîtra jamais ; vivons pour les loupiots que le destin a placés sur notre route et souhaitons que le Ciel, maître de toutes choses, protège tous les enfants du monde.

Il ne savait pas que le fardeau le plus lourd à porter est fait du silence que l'on s'impose.

Il le sait aujourd'hui.

Sous la fatigue des lieues, son pied malade a grossi. Beaucoup.

Il lui semble que, depuis longtemps, il tire le boulet des bagnards.

S'il en avait la force, il tenterait l'évasion. En fuyant la « chaîne » des terrassiers. En rompant le pesant secret qui, plus que la disette et le chômage, fait de lui un forçat.

S'il lui parlait, ce soir peut-être Angèle délierait ses mains, lui ouvrirait ses bras.

Quand il arrive aux Trois-Chandelles, exténué, il se jette sur son lit.

Les enfants dorment.
Angèle aussi.

Elle a couru devant les hommes qui l'attendaient après la réunion.

La première fois, tels les conjurés du baron de Batz voulant enlever Louis XVI sur le chemin de l'échafaud, ils s'étaient cachés dans l'ombre de la rue de Cléry d'où ils avaient jailli sur le boulevard en criant : « La fessée ! La fessée ! Enlevez la culotte ! On va leur donner la fessée ! »

Louison et elle avaient détalé au milieu des spectateurs sortant des théâtres. Leur encombrement, leur badauderie avaient contrarié, retardé, perdu les poursuivants.

Ce soir, pour éviter la rue de Cléry, les deux jeunes amies avaient pris le trottoir de gauche. Passé le théâtre de la Porte-Saint-Martin, elles s'étaient crues sauvées quand, au son d'un cor de chasse, avec des cris de piqueurs se réjouissant de l'hallali, les chasseurs avaient bondi devant elles, semblant sortir du grand bassin du château d'eau.

Elles avaient rebroussé chemin, tremblant à la pensée de s'engager dans une impasse où elles auraient été prises. Battues. Déchirées.

Madame Fortin est découragée.

Louison, au contraire, paraît stimulée par ces provocations. Au Club, dès qu'un homme élève la voix, elle l'apostrophe plus fort encore. Son oncle marinier lui a donné une peau d'anguille que, pour elle, il a rempli de sable. C'est l'arme consacrée des gredins fréquentant les berges du canal pour détrousser les promeneurs attardés. Elle l'a montrée à Angèle avec, dans les yeux, les perspectives d'un combat où, d'un geste, elle assommera son assaillant. Elle lui a promis de demander au tonton de lui en confectionner une deuxième. Angèle préférerait lutter avec d'autres moyens.

Elle en parle à Maxime.

Il est soucieux : Louison n'est pas seule à vouloir en découdre. Lors de la dernière réunion, rue de Pontoise, quelques typographes montraient sous leur blouse de quoi assommer un bœuf, voire l'éventrer. Ça n'est pas avec de telles attitudes que l'on convaincra les bourgeois du pacifisme républicain. Certains propriétaires, qui avaient consenti la location de leur salle à des débats de bon ton, prennent prétexte du désordre pour la refuser. Cela suffit à *La Revue nationale* pour demander l'interdiction des clubs, c'est-à-dire la suppression du droit d'association si chèrement gagné.

Maxime promet de venir à une assemblée des femmes. Pour parler à Louison. Entendre les oratrices. Eventuellement les protéger. Il dit que, non éduqué, le peuple n'a pas de plus grand ennemi que lui-même. Dans les campagnes, les nouveaux électeurs ont bien souvent voté pour l'ancien député : le notable. Pour être confirmé dans son titre, le lascar n'avait eu que la peine d'épingler une cocarde à son gilet.

Angèle imagine, dans la Creuse, le pépé Rabanesse ou le cousin Marcel, le vieux Brejassoux, Célestin Bonnefoy, les frères Rebeyrolle. Ont-ils seulement fait le voyage au canton pour, sous l'œil de monsieur le juge de paix, poser leur bulletin dans l'urne ? S'ils l'ont fait, qui ont-ils « porté », eux qui n'ont pas, comme elle, la chance de s'instruire ?

Et voilà que, comme pour donner raison à Maxime, ce sont les républicaines qui font monter l'orage chez les républicaines : ce sont des femmes qui entrent un soir au Club des femmes.

Ces « Vésuviennes », tout Paris les connaît : les barricades à peine terminées, estimant que la femme en toutes circonstances doit être au premier rang des luttes, elles se sont organisées en bataillon militaire, ont déclaré leur ambition de manier le fusil, ont défilé marchant au pas dans les rues et sur les boulevards où les passants ne leur marchandaient ni les rires ni les huées : le nom de Vésuviennes leur est ainsi tombé sur les épaules. C'était une moquerie; elles l'ont bravée : le vocable apparaît désormais sur toutes leurs proclamations. Celles-ci, comme la lave, sont incendiaires.

Madame Fortin est un peu gênée de l'intrusion dans son Club de ces alliées un peu encombrantes. Persuadées de la justesse de leur programme et de leurs arguments, les Vésuviennes n'ont cure des convenances, des traditions. Vêtues ce soir d'une uniforme chasuble grise, elles prêchent l'égalité des sexes et des vêtements, le mariage obligatoire à vingt-six ans pour les hommes et vingt et un ans pour les femmes, les contrevenants de l'un et l'autre sexe étant condamnés au service militaire à perpétuité.

La salle est en joie.

Les loustics occupant habituellement le fond de la salle ne s'attendaient pas à pareille aubaine :

— Pour leur éviter ce service à perpétuité, devrons-nous épouser les pensionnaires des maisons closes?

La Vésuvienne-chef toise l'intervenant :

— Monsieur, les bordels seront fermés.

— Voilà bien du chômage en perspective!

L'intervenant s'inquiète :

— Où l'homme passera-t-il le temps qu'il occupait à fréquenter les lupanars?

— Il le passera à partager avec son épouse les tâches domestiques du foyer.

L'intervenant s'inquiète plus encore :

— Et s'il refuse?

Tout est prévu :

— S'il refuse, au lieu d'un service personnel dans la Garde nationale, il en fera deux car il accomplira aussi celui de sa femme !

C'est l'explosion : les rires couvrent les voix; on siffle; les hommes imitent le corbeau et le coucou, le chant de la poule ayant pondu son œuf; des « Cocorico ! » orgueilleux s'entrecroisent avec les « Assez ! », « A la porte ! », « Les folles aux petites maisons ! » ; ils s'affermissent, deviennent sonnerie militaire, claironnent la charge, battent le rappel dans une cacophonie gigantesque où les gorges des trublions sont soutenues bientôt par l'authentique trompette de cavalerie qu'un agitateur prévoyant avait cachée sous sa redingote.

Madame Fortin est désemparée. Dix fois, elle a voulu donner la parole à Louison qui s'est fait conspuer; à Angèle qui n'a pas bougé, le cœur levé par des facéties qu'elle juge indignes de l'heure; du lieu; des circonstances : dans la Creuse, on s'enjôle les jours de fête; on ne rit pas des gravités; les femmes ne disent pas des diableries qui les feraient mal juger.

Marie a voulu cacher sa peine. Longtemps, elle y est parvenue. Maintenant, sa bouche se tord; ses yeux s'inondent; sa tête, sa poitrine, tout son corps sont secoués de violents sanglots.

— Elle a une crise de nerfs, dit Louison la soutenant.

Angèle prend le bébé dans ses bras.

Les trois jeunes femmes se lèvent, avides de respirer l'air de la nuit.

— Les voilà bien nos futures ministres ! lance un gaillard épanoui.

— A la première algarade, elles quitteront l'Assemblée !

Elles désertent celle-ci sous les bourdes et les calembredaines.

Les quolibets, les gauloiseries leur parviennent dans la rue.

Est-ce cela? Est-ce la brise vivifiante? Louison tire sa peau d'anguille : elle veut revenir dans la salle; frapper les insolents; les imbéciles; le bougre malfaisant qui, lorsqu'elle sortait, a voulu caresser sa jupe.

Angèle parvient à la retenir. A la convaincre.

Lorsque, après avoir raccompagné leur protégée rue du Gazomètre, elles se retrouvent sur les boulevards, la nausée leur vient. Un théâtre affiche : *Le Vrai Club des femmes*. Les spectateurs — la foule — en sortent : hilares. Un autre annonce : *Le Club des maris et le Club des femmes*. Les époux y ont conduit leurs épouses : pendues à leur bras, elles rient plus fort qu'eux.

Malgré l'heure tardive, un chanteur poursuit le commerce qui l'enrichit : annexant les musiques patriotiques à la cause du mari brimé, par les rues et les cours, il lance sur la musique du *Chant du départ* :

En avant! Délivrons la terre
De tyrans trop longtemps debout!
A la barbe faisons la guerre!
Coupons la barbe, coupons tout!

Les mots portent. Les pièces tombent.

Le farceur entonne *La Marseillaise* :

Tremblez, tyrans portant culotte!
Femmes, notre jour est venu.
Point de pitié, mettons en vote
Tous les torts du sexe barbu!
Prenons, prenons notre revanche,
Que le sexe battu jadis
Aujourd'hui batte les maris!
Ainsi, nous serons manche à manche!

Liberté ! Sur nos fronts
Verse tes chauds rayons.
Tremblez ! Tremblez, maris jaloux :
Respect aux cotillons !

La pluie des sous, sur le trottoir, se fait plus abondante cependant que, pour conserver le chaland, l'artiste déplie un large tableau sur lequel il a collé les caricatures par lui découpées dans les journaux : les républicaines sont armées d'un rouleau à pâtisserie ; les divorceuses sont grasses et barbues ; les dessins ont pour titre : « Les mangeuses d'hommes », « Les femelles du socialisme » et l'intellectuelle présidente du « Club de l'éducation par le jupon » déclare à ces vindicatives déchaînées : « Tout ce que je puis vous accorder, c'est de ne parler qu'à vingt-cinq à la fois ! »

Parmi les signatures de ces charges, Angèle reconnaît le célèbre H. D. de monsieur Honoré Daumier pour lequel, depuis deux mois, elle avait beaucoup d'estime.

Une grande tristesse s'abat sur elle.

Elle gagne la ruelle des Trois-Chandelles à pas lents. Pensant à Marie. A son désespoir. A cette chambre dans laquelle elles l'ont conduite après avoir suivi les hauts murs de l'hospice des Incurables ; franchissant tous les obstacles, des cris de douleur disaient à la nuit que l'homme ne cesse de souffrir.

Par un escalier lugubre, gras, sentant l'eau croupie et la vieille soupe, elles étaient montées dans l'un de ces sixièmes étages faits de portes se côtoyant des deux côtés d'un couloir que rien n'éclaire.

Hors une malle posée dans un coin et dont, dans l'ombre, on devinait qu'elle servait de table-armoire à la communauté, la chambre n'avait pas de meubles ; pas de fenêtre à l'exception du chien-assis par où venait la pâle clarté du ciel et des nuages.

Sur cinq paillasses recouvrant le parquet disjoint, quatre femmes ronflaient, jeunes pour la plupart autant qu'on en pût juger.

Sur la cinquième, Marie allait s'allonger avec son bébé. Heureuse de ce confort :

— Si je ne trouve pas de travail, je ne pourrai plus payer. On ne me gardera pas.

A la Bastille, Angèle ralentit encore. Quelques attardés rentrent chez eux. Jaillissant de la rue Traversière, un homme en poursuit un autre, le menaçant d'un couteau.

Angèle n'a pas peur.

Elle s'imagine arrivant seule à Paris. Comme Marie. Comme Nanette. Elle devrait coucher aussi dans une chambre encombrée de paillasses. Encombrée d'autres filles. Que peuvent-elles dire, conseiller à Marie ces compagnonnes qui, trop jeunes, ne savent rien, trop vieilles, savent trop mal. Que conseillaient-elles à Nanette ?

Et Sylvestre ? Où vivait-il ? Il ne raconte rien.

Quand on est six dans une chambre, quand la chambre est toutes les pièces, quand les pièces sont à tous, n'a-t-on pas envie, parfois, de sortir ? De marcher sur les boulevards ? De rencontrer des gens qui vous disent un autre monde. Vous y font croire. Des hommes. Des femmes.

Nanette n'avait jamais eu d'amant.

Peut-être que son sixième étage était celui de Sylvestre ?

Peut-être qu'ils s'étaient rencontrés dans ce couloir sans jour, sans puits de jour.

Quand on est dans ces murs enfermé, on doit comme les incurables avoir envie de crier. Ou alors de dire à quelqu'un : « Mon pays est fait de genêts et de liberté, de monts, de travail toujours assuré, d'oiseaux qui chantent à leurs heures et à leurs saisons. A leur gré. »

L'autre doit répondre : « Mon pays est fait de pommes et de plaines, de coutumes lourdes à porter ou légères à vivre, d'herbe touffue où s'alourdissent des vaches calmes. »

Paris, pense Angèle, ne vit pas sur la terre qui, chez nous, fait le champ et le chemin, la place du village et le sol des maisons. Il a des pavés et des parquets, des ruisseaux qui, au milieu des rues, parfois sur les côtés, coulent sur la pierre, des étages qui montent sur des étages d'où l'on ne voit rien ou alors d'où l'on voit des toits qui montent sur des toits.

Devant ces toits, Nanette et Sylvestre se sont aimés. J'ai du chagrin.

A ce chagrin soudain se mêle une colère folle. Farouche. Frénétique. Accumulée dans la soirée. Une soirée de vaincue. Après tant de jours de débâcle.

Elle marche vite maintenant, Angèle Chabrol. A pas saccadés. Si, à la main, elle tenait la matraque en peau d'anguille elle frapperait à droite, à gauche, les immeubles, les grilles, Paris, l'existence qu'on lui a faite sans qu'elle le sache et dont elle ne sortira que si d'autres le veulent.

Ces autres, elle voudrait les battre comme ils l'ont battue ; comme ils ont battu Sylvestre. Nanette. Elle voudrait se battre de n'en avoir pas la force.

Tout dort dans la ruelle des Trois-Chandelles. Sauf Sylvestre.

Il la voit si pâle, si désemparée qu'il a envie de la soutenir :

— Que se passe-t-il ?... Angèle... Tu es malade ?

Elle raconte le Club des femmes, l'arrivée des Vésuviennes, les empoignades avec les hommes grossiers, la nécessité qu'il y aurait à les contenir, la menace qui maintenant plane sur les réunions.

Sylvestre la regarde.

Il murmure :

— La prochaine fois, je viendrai avec toi.

La colère est tombée.

Angèle ne sait que répondre. Ne sait pas s'il faut répondre.

Elle ferme les yeux.

Sylvestre veut la protéger. Comme autrefois. Comme, devant monsieur le curé Cassagne, devant la famille, les amis, il avait promis de le faire. Autant que les matins succédant à la nuit leur donneraient de jours à vivre.

Elle pense : J'ai retrouvé mon mari.

Il est venu en effet.

Il s'est assis au fond de la salle. Surpris de voir arriver ces hommes qu'Angèle déteste dans des tenues indiquant le négociant, le commis de ministère, un répétiteur de collège, l'important chef de claque du théâtre de la Porte-Saint-Martin : il n'imaginait pas des notables créant le désordre.

Il est plus surpris encore lorsque paraît le citoyen Maxime Langelier : peut-être vient-il à chaque réunion ? Angèle ne lui en a jamais parlé. Il est accompagné de quatre ou cinq typographes. Sont-ils de ceux qui, sous leurs vêtements, savent cacher quelque barre de plomb ?

Désireuse de préserver le débat, madame Fortin a fait tapisser la salle de panneaux tricolores : « Nous donnons la parole à qui la demande. Nous la refusons à qui veut la voler. » « Les femmes parlent : respectez-les. Les hommes veulent parler : qu'ils se respectent. » Un autre est plus osé : « L'homme et la femme s'unissent pour proroger le monde : hommes et femmes, unissez-vous pour l'embellir. »

Déjà, quelques énergumènes se montrent discrètement les tableautins ; semblant dire : « On va bien s'amuser. »

C'est le cas d'une bande de joyeux lurons qui, avec force bruits, investit les dernières chaises, les derniers bancs. Parmi eux, Sylvestre, paralysé, reconnaît Ulysse. Il paraît être le boute-en-train. Toujours aussi déluré, il parle haut ; salue de près les dames qui ne lui demandent rien ; ne se tient plus de plaisir lorsqu'il aperçoit, se faisant tout petit sur son siège, Sylvestre-Marcelin Chabrol.

Pas une seconde il ne doute du camp choisi par celui qu'il appelle Creusois-la-Vertu :

— C'est bien, mon cousin, de venir soutenir les jolies dames ! Elles te donnent assez de plaisir !... Mais, une fois encore, le long de la rivière, nous n'allons pas être sur la même rive.

Sylvestre ne répond pas.

Il ne saurait pas.

Il regrette d'être venu. D'être entouré. Prisonnier de gens qu'il ne connaît pas et qui, déjà, lui paraissent hostiles. Comme à la goguette. Plus, même.

Il est mort de peur lorsque madame Fortin donne la parole à Angèle. Il voudrait sortir. Se retrouver seul. Ou alors avec Pipette. Il regrette de ne pas l'avoir emmené.

C'est la première fois qu'Angèle intervient depuis la tribune. Madame Fortin l'a exigé. Elle dit que les oratrices habituelles ressemblent trop aux hommes de la salle ; en elles, ils voient leurs épouses : jamais ils n'accepteront leurs revendications. Angèle au contraire peut les toucher ; elle ne bâtit pas ; ne revendique pas : elle témoigne.

Il est vrai que l'affaire s'engage bien : racontant le Gros-Caillou, elle montre des faits dont nul, ici, n'est responsable : on s'exclame, on adhère, on s'indigne même un peu ; parlant de son départ de la Creuse, elle touche monsieur Chaumeil, le Cantalou quittant voici vingt ans son village de Salers pour devenir, à force de seaux d'eau montés dans les étages, le patron des bains les Thermophores dans la voisine rue Montmartre.

Par son métier, par le cabinet de lecture tenu par son père, madame Fortin connaît son quartier : elle sait que cette tête balançant sur un détail donné par Angèle atteste une adversité connue jadis ; ces yeux surpris s'arrêtent sur une situation que l'on méconnaît ; cette bouche sourit au chant d'un mot patois où l'on se reconnaît.

Certains, on le sait, ne sont pas venus pour ça. Ils commencent à s'agiter.

Dès qu'Angèle abandonne le récit de sa vie pour l'élargir à la vie des femmes, des murmures sourdent ici et là, montent, s'affermissent.

— Continuez, Angèle ! Continuez, souffle madame Fortin.

Angèle continue :

— Je vous l'ai dit : il y a un an, je vivais à la campagne...

— Ça se voit ! lance une voix prétentieuse.

Angèle ignore la pique :

— ... Là-bas, les femmes ne parlent pas politique...

— Elles font bien ! glousse une voix rigolarde.

D'autres gaietés se manifestent.

Angèle fait face : aujourd'hui, elle sait pourquoi les gens ne parlent pas. Ni de cela ni d'autre chose. Même pas des sentiments.

Croyant convaincre, frappant le pupitre de son poing, elle martèle :

— On nous interdit l'école pour nous interdire la parole.

La réplique lui revient avec la rapidité acérée d'un boomerang :

— Quand ton gosse aura faim, tu lui diras : « Prends un livre, cela te passera. »

Angèle respire. Elle a chaud. Elle ne réfléchit pas ; elle n'en a pas besoin : le combat la stimule ; les mots lui viennent :

— Quand mon gosse aura faim, j'apprendrai dans un livre qu'une autre femme, ailleurs, a un enfant qui a faim. J'irai trouver cette amie ; je lui prendrai la main et nous nous unirons contre ceux qui gardent les livres pour eux pour garder le pain pour eux et pour leurs enfants.

Ce ne sont pas des applaudissements : c'est une ovation. Des femmes, évidemment. Elles exultent. Se lèvent. Jettent des « Bravo ! » pleins d'émotion.

Dans l'extase, Louison lance au-dessus des autres :

— Continue, Angèle ! Tu m'ébaudis !

Angèle va continuer.

Monsieur Chaumeil lui coupe la parole. Sage. Juste. Observateur :

— Je n'ai jamais eu de livres. Cela ne m'a pas empêché de gagner mon pain... et même un peu plus.

Angèle s'assure :

— Monsieur, approuvez-vous l'abolition de l'esclavage par notre république ?

Monsieur Chaumeil est républicain. Il approuve. Tête haute. Cœur fraternel.

Angèle tient sa victoire :

— Vous approuvez l'abolition de l'esclavage des Noirs mais vous ne voulez pas abolir l'esclavage des femmes !

La salle va exploser.

Le chambardement mêle les approbations vigoureuses des clubistes aux glapissements indignés de leurs visiteurs : ces maris se refusent à comparer le sort de leur épouse restée à la maison à celui de la négresse fatiguée, battue, violée avant de mourir sous le fouet de son maître dans une exténuante plantation :

— Vous insultez les esclaves du monde entier : hommes et femmes !

— C'est un sophisme monstrueux !

— C'est une ânerie gigantesque !

— Faites-la taire !

Angèle ne se tait pas : avisant un bourgeois replet dont il est facile de voir, tant son contentement est grand, qu'il ne doit pas s'interroger beaucoup sur les plaisirs de sa femme, elle quitte la tribune et, en une seconde, est sous le nez de l'heureux homme. Elle crie :

— Vous êtes contre l'esclavage des Noirs parce qu'il profite au colon : cela ne vous coûte rien de l'abolir ! Mais vous êtes pour l'esclavage de la femme car c'est à vous qu'il profite !

Dans la contradiction des « Bravo ! » et des « A la démence ! », Ulysse se lève. Sûr de lui et de son effet sur Angèle que, visiblement, il compte anéantir d'un mot :

— La femme est esclave de l'homme quand elle le veut bien : je croyais te l'avoir fait comprendre.

Angèle se tourne d'un trait :

— Vous voulez parler de Nanette ?

L'interrupteur est interrompu. Le ferrailleur ne ferraille plus. Il ne s'attendait pas à ce nom, à son aventure étalée en public. Il devient vague. Avait l'intention de parler de la femme... en général.

— Parlons plutôt de Nanette. C'est bien vous qui l'avez engrossée, n'est-ce pas ?

Ulysse est pantois.

Dans son coin, Sylvestre ne respire plus. Il ne reconnaît pas Angèle : ni ce courage, ni cet à-propos, ni ce mot qui, au pays, jamais n'aurait passé ses lèvres. Même pas en parlant d'une brebis. Ici, il a fait sensation. Chez lui.

Chez les autres. Par sa vulgarité. Sa précision : à elle seule, acte d'accusation.

Toutes les femmes regardent Ulysse. Attendant sa réponse.

— Je... je ne sais pas si c'est moi.

Outrée, Angèle montre du doigt ce séducteur qui, hier prenant un plaisir, aujourd'hui insulte celle qui le lui donna.

Il y a certes bien des hommes dans l'assemblée mais, ce soir revigorées, les femmes font bloc. Se défendent. Suivent, approuvent, soutiennent celle qui les entraîne.

Les hommes en sont un peu ébranlés.

Angèle se tourne vers eux :

— Voilà de quoi la femme est esclave : de vos paroles autant que de vos gestes. De votre égoïsme suivi de votre condamnation. De votre lâcheté.

Elle baisse la voix :

— Voilà de quoi Nanette est morte.

Il y a, dans la salle, un petit silence; sur l'estrade, un grand désarroi : madame Fortin a mis sa tête dans ses mains. Elle n'avait jamais appris ce décès prématuré.

La voyant pleurer, Francillon, de jeunes garçons semblent voir, devant eux, l'image trouble, troublante, de leurs prochaines responsabilités.

Quelques hommes partagent leur embarras : la condamnation de la femme s'est arrêtée devant la dépouille d'une femme-enfant. Que plusieurs personnes, ici, avaient côtoyée. Dont Angèle maintenant trace la jeune existence, la famille trop nombreuse pour n'être pas, pour le père, trop lourde à porter...

— Comme beaucoup d'autres... comme moi... mais beaucoup plus jeune, elle est venue à Paris. Elle a connu un homme. Il était marié.

— S'il était marié, elle n'avait qu'à le laisser tranquille ! lance le bourgeois replet.

Angèle le regarde :

— Ce n'est pas cela qui compte.

Le petit homme va répondre.

Louison lui coupe la parole :

— Tais-toi, propriétaire !

Dans sa pensée, le mot est un argument. Le propriétaire est-il de cet avis ? Comprend-il que ses amis commencent à flancher ? Il se tait.

Angèle fait un effort. Elle souffle :

— Ce qui compte, c'est qu'elle l'a aimé.

Deux larmes coulent sur ses joues. Elle fait un effort plus grand :

— Et... lui aussi l'a aimée.

Sylvestre ne voit plus cette Angèle, plus belle qu'il l'a jamais vue. N'entend plus cette épouse, plus grande qu'il l'a jamais pensé. Les brumes creusoises, qui à l'automne trop longtemps s'attardent sur les graines enfouies, envahissent sa tête : montant des rives du Taurion et des routes du passé. Dans ces nuages de la terre, une image semble venir du ciel : par la bonté d'Angèle, il embrasse Nanette. Une dernière fois. Nanette comme Angèle apprenant la lecture. Comme Angèle voulant se battre pour elle et plus encore pour ses enfants. Pour le bonheur de ceux qui lui faisaient oublier la cruauté de la ville. De la vie. Nanette enceinte accomplissant les plus lourdes tâches. A la coutellerie, son gros ventre allongé sur une planche, chacune de ses mains serrée aux extrémités de la lame, tous ses muscles tendus pour ne pas la lâcher sous la pression de la meule qui tourne dans le baquet, n'arrêtant jamais d'envoyer sur votre visage, vos bras, tout votre corps, ses gerbes d'eau, de feu, de pierre... Elle en est morte, Nanette, d'avoir voulu sauver celui que, pensait-elle, Dieu lui avait donné. D'avoir frappé chez qui ne voulait pas lui ouvrir. D'avoir aimé le seul être qui l'ait aimée. De s'être entendu, pour cela, condamner par tous les juges qui n'aimeront jamais.

Angèle a dit tout cela.

Les femmes l'embrassent.

Des hommes s'en vont. Furieux.

D'autres s'éclipsent. Furtifs.

Au bout d'un long temps où, les yeux absents, la gorge lourde, il est resté au fond de la salle, esseulé, Sylvestre s'avance vers le groupe enthousiaste qui entoure sa femme.

Meurtrie, s'accusant de légèreté envers celle qu'elle n'a pas su assez longtemps soutenir, madame Fortin répète :

— Nanette est morte.

Angèle murmure :

— Son enfant est le mien.

Maxime est là :

— Vous êtes magnifique, Angèle, je l'ai toujours su.

Aux âmes les plus exigeantes, le succès donne de la gaieté :

— Vous me vouvoyez maintenant ?

Maxime entre dans le jeu :

— Je vous dirai « vous » aussi longtemps que vous ne me tutoierez pas.

Angèle rit :

— Alors, ça n'aura pas duré longtemps.

Elle met dans son regard toute la sincérité du monde :

— Tu m'as beaucoup aidée, tu sais.

— Moi ?

— Tu m'as aidée avant ; tu m'as aidée ce soir : tu m'as toujours aidée.

Osant à peine son aveu, elle murmure :

— Je crois que, si tu n'avais pas été là, je n'aurais pas pu.

Sylvestre se recule un peu. Il est vrai : lorsqu'elle parlait, souvent Angèle regardait Maxime. Cherchant son soutien.

Il le lui donne encore :

— Moi, je savais que tu trouverais les mots qu'il faut.

La joie d'Angèle est pensive. Posée sur tant d'années qui, d'elle, faisaient une muette :

— Moi, je ne savais pas que je pouvais parler.

Elle parlera encore : Maxime l'invite à prendre la parole demain, au Club typographique. Ses amis approuvent. Chaudement. Ils préviennent : ça ne sera pas facile ; une femme haranguant des hommes. Ce sera la première fois. Des hommes instruits. Ne pensant pas que, au moment où s'effritent les espoirs, et même les conquêtes, les problèmes des bonnes femmes soient à l'ordre du jour.

Maxime explique :

— Nous devons nous garder sur tous les fronts. Le monarque a abdiqué : pas les monarchistes. Le gouvernement est frileux : il ne pense qu'à leur donner des gages. Il nous a refusé un ministère du Travail. Pour ne pas effrayer. Bientôt, il supprimera les Ateliers nationaux. Hier, *L'Universel*, un journal chrétien pourtant, écrivait : « Personne ne conteste que l'ouvrier ait le droit de travailler s'il trouve du travail ; mais s'il n'en trouve pas, tant pis pour lui. La société ne lui doit rien. »

Angèle écoute. Approuve. Désapprouve. Objecte. Réfléchit.

Depuis longtemps, Sylvestre est parti.

Il a connu Angèle dès l'enfance.

Peut-être a-t-elle grandi plus vite que lui.

11

Paris, le 22 juin 1848.

Les cloches qui, ce matin, ont appelé les Parisiens à célébrer la Fête-Dieu n'ont que quelques heures pour reposer leur battant.

Deux mille ouvriers se sont réunis sur la place du Panthéon.

Ils en connaissent le chemin : là, chaque soir, reprenant les outils, comptables, trésoriers et fourriers règlent la journée des Ateliers nationaux; là, chaque jour, des groupes se forment pour confronter des opinions; entre soi ou alors avec ces étudiants sortant de la Sorbonne qui, en février se battant pour la république, aujourd'hui s'en écartent. Ils suivent Arago, le physicien abolitionniste, l'astronome populaire conférencier de l'Observatoire, le républicain extrême qui, prévoyant sans peine l'explosion montant de mille cendres, s'efforce de la contenir.

— Ah! Monsieur Arago! On voit bien que vous n'avez jamais eu faim! lui lance un dépenaillé.

— La république a reconnu le droit au travail dans sa Constitution mais elle ne donne pas de travail! jette Dessagne, le maître ouvrier devenu chômeur.

— Elle a reconnu le droit de réunion mais elle vient de voter une loi contre les attroupements ! accuse Francillon.

— Pour la république, nous avons pris les fusils. La république reprend ce qu'elle nous a donné : nous reprenons les fusils.

Angèle et Maxime parcourent les rues, les places, tous les carrefours où, déjà, les blouses s'agglutinent ; ils voudraient dissuader, persuader : les vaincus de février ont retrouvé des forces ; pour étrangler le désordre, ils trouveront tous les soutiens. Sous les lampions tricolores, les bourgeois de la république embrasseront les bourgeois de la monarchie.

Les voix de la révolte sont unanimes :

— Cette république-là n'est pas celle que nous voulons.

Angèle et Maxime le savent bien. Ils savent aussi que, malgré les déceptions qu'elle apporte, elle est la république. Améliorable.

— En la combattant, vous la tuerez.

Francillon est véhément : il n'a pas besoin de prendre un fusil puisque, demain, la nation va lui en fournir un...

— ... Plutôt que me donner le travail que je demande, avec les jeunes de dix-sept à vingt-cinq ans, le gouvernement m'envoie dans les djebels tirer sur l'Algérien. J'aime autant tirer sur celui qui m'y envoie.

— Faute de maçonner, j'avais trouvé mon embauche aux Ateliers nationaux, dit Dessagne. Le gouvernement les ferme et m'envoie, à mon âge, assainir les landes de la Sologne. Mourir sur la barricade ou de la fièvre des marais, j'aime autant la barricade.

Elle vient.

Le tocsin fait trembler les clochers, ayant le don toujours de faire rentrer les rentiers et jaillir les pavés.

La Fête-Dieu est finie : en ce 23 juin, au rond-point de la Villette les charretiers et les charbonniers ont renversé leurs bards et leurs fourgons ; précipitamment les rouleurs du port au vin conduisent leurs tonneaux dans l'île de la Cité ; les cheminots de l'embarcadère d'Orléans les y rejoignent, armés de ferrailles prises dans un dépôt ; les carriers sortis de leurs galeries de Montrouge et de Gentilly, les chiffonniers sortis de leurs tanières de Mouffetard se retrouvent coude à coude dans le quartier d'Italie ; au Temple, mouleurs, ciseleurs, chapeliers, cordonniers mettent l'artisanat en révolution ; les mécaniciens de la gare du Nord s'emparent de la rue La Fayette ; les maçons de Sainte-Geneviève et de l'Hôtel de Ville bâtissent, rue Saint-Jacques, trente-huit barricades.

Elles sont insignifiantes comparées à celle qui, haute de huit mètres, barre le faubourg Saint-Antoine : faite de trois omnibus enchevêtrés, d'une trinqueballe dressée à laquelle s'accroche un drapeau, de meubles dont c'est ici le royaume, de sacs à charbon emplis de pierraille, elle est la plus impressionnante que Paris ait jamais connue. A la portée de l'événement : pour longtemps, elle va diviser la France en deux, pense Maxime.

D'un côté, il y aura ceux qui, ayant fort peu voulu la république, vont en devenir les maîtres. De l'autre, ceux qui, l'ayant payée de toutes leurs abnégations, vont être considérés comme ses ennemis.

Il ne le voudrait pas. Voit bien à la mine chétive des gardes et des lignards préparant leurs fusils que le combat, de chaque côté de la barricade, n'aura que des victimes : cette nuit, la bataille se fait entre le peuple ouvrier et le peuple soldat.

Aux fenêtres, les lampions sont revenus. Les chandelles et les chandeliers. Les fanions avec les insurgés toujours prêts à s'agiter ; avec les balles toujours prêts à claquer.

A la lueur des torches et des lanternes, les Vésuviennes arrivent, marchant au pas.

— Voilà les soldats ! L'affaire est dans le sac ! ironise-t-on sur un balcon.

Des groupes succèdent aux groupes, débouchant du boulevard Beaumarchais, de la rue de Charonne, des rives du Saint-Martin.

Pujol, vingt-six ans, ancien séminariste, ancien chasseur d'Afrique, actuel lieutenant aux Ateliers nationaux, est là avec tous les hommes de sa lieutenance : bannières en tête, pelle ou pioche sur l'épaule aux fins d'armement. Ils ne sont pas peu fiers de leur exploit : à la caserne de la rue Hauteville, se ruant sur les soldats ils ont crevé les tambours qui battaient le rappel.

Maxime va au-devant d'eux, entamant son plaidoyer. Il n'obtient qu'une réponse. Invariable. Scandée par mille voix :

— Vive la sociale !

Sur le côté de la chaussée, un homme jeune désigne les manifestants :

— Regardez-les, ces chenapans. Tous viennent de Provence ou d'Artois comme, hier, Robespierre l'Amiénois ; de la Creuse ou du Puy-de-Dôme comme, hier, Couthon l'Auvergnat ; des Ardennes comme, hier, Fouquier-Tinville, le Picard assoiffé de sang.

On murmure autour de ce garçon qui, lui aussi, a vingt-six ans. Il s'appelle Maxime Du Camp. N'est connu de personne. Il a raison : sur dix combattants, huit viennent de leur province.

Angèle le regarde.

Il la regarde à son tour. Crâne :

— Ce sont les étrangers qui, toujours, sèment le désordre.

Elle approuve :

— Tu as raison, citoyen, mais ce ne sont pas les étrangers à la ville qui font les révolutions : ce sont les étrangers à la vie.

A qui a l'âme populaire, il en faut peu pour retrouver les siens...

Des femmes se massent près de la colonne de Juillet. Avec émotion, Angèle reconnaît les vignetteuses, les balayeuses, les écabocheuses du Gros-Caillou. En tête : la tignasse grise de Marguerite. A côté : Louison faisant virevolter sa peau d'anguille.

Angèle court, appelle, supplie.

Louison secoue la tête comme si, se voyant dans l'erreur, elle savait qu'il est trop tard pour en sortir :

— Leur dire de se libérer, c'est facile. Leur dire encore et encore de patienter c'est plus dif...

Un coup de feu est parti. Venu on ne sait d'où.

Il semble avoir frappé le pupitre d'un invisible chef d'orchestre :

— Du travail ou du pain ! Du travail ou du pain ! scandent les femmes.

— Du pain ou du plomb ! Du pain ou du plomb ! répondent les hommes.

Dans le ciel de Paris, tous les tocsins s'entrecroisent. De clocher à clocher. Entraînant le gros bourdon de Notre-Dame, ils semblent marteler, répéter, amplifier la colère des affamés.

— C'est la cloche de monsieur le curé de paroisse, dit Jérôme.

Sylvestre explique que, lorsqu'elle frappe ainsi, un malheur se prépare : un incendie, une inondation ; cette nuit, les hommes vont se battre :

— Maman est avec eux.

— Au pays, maman ne voulait pas que tu te battes avec Marcel, observe Florentin.

Ayant roulé en boule les vestiges d'une antique souquenille, les trois Chabrol jouent à la balle dans leur minuscule garni.

— Ici, c'est pareil, poursuit Sylvestre : elle ne veut pas qu'ils se battent parce que... elle a peur qu'ils ne soient pas les plus forts.

— Elle pourra les en empêcher ?

Sylvestre est pensif :

— Peut-être. Elle est très habile, ta maman. Elle parle bien... Mieux que moi.

Lancée par Florentin, la pelote de chiffon est allée se loger sur le bahut. Le père en profite pour dire qu'il est l'heure de se coucher.

Les enfants ne sont pas de cet avis. Ils veulent reprendre le jeu. A deux s'il le faut. Même si c'est moins amusant.

Décidé, Jérôme monte sur le tabouret.

Un instant, il reste là. Surpris par ce qu'il voit.

Il descend.

Dans sa main : un paquet de lettres.

Il lit : « Pour Madame Angèle. »

Sylvestre le regarde. Hébété.

Jérôme ouvre la première enveloppe :

— Je vais te dire ce qu'elles racontent.

Sylvestre lui arrache le paquet des mains :

— Ce n'est pas la peine. Je sais ce qu'elles disent.

Le gosse est surpris par la violence du geste.

Sylvestre le voit. Comme pour une excuse, il caresse son fils. Les prend tous les deux sur les genoux.

Elle est troublante, sur le cou d'un homme, la douceur d'une main d'enfant.

Sylvestre-Marcelin Chabrol a envie de pleurer :

— Elles disent que c'est ma faute... Tout est ma faute.

Il a attendu leur sommeil.

Il est parti.

Mal réveillé, Pipette l'a écouté en se servant à boire. En s'étirant. En plaçant quelques « Oh ! », quelques « Ah ! » dans ce récit qui, à cette heure-là, ne pouvait pas l'intéresser. Il a laissé tomber l'une de ces sentences que, hier, Sylvestre aurait admirée, que ce soir il ne pouvait pas supporter :

— Il y a deux sûrs moyens d'être cocu : contracter mariage ou faire la révolution.

Sylvestre-Marcelin Chabrol l'a laissé dans sa tanière. Il ne lui a pas dit pourquoi il était venu. Il a honte d'avoir eu cette idée : montrer à ce vide-bouteilles des lettres qui appartiennent à Angèle. Lui demander de les lire. Epier Angèle en quelque sorte. Dans ce taudis, la dénuder sous les yeux dépravés d'un grison refusant de croire au bien parce qu'il a, jadis, connu le mal.

Dans une main, Sylvestre serre le paquet. Dans l'autre, il broie la seule chose qu'il ait demandée à Pipette : sur un papier, une phrase. Qui, pour le dégustateur, ne pouvait avoir aucune signification.

A nouveau, Sylvestre-Marcelin Chabrol pense à sa mère. A tant d'amour et de travail se terminant, une nuit, au bout d'une corde.

Il pense à Nanette. A tant de santé normande se terminant, une nuit, dans une chambre pauvre comme, aux pauvres, en fournit la capitale du royaume. Il pense à ce prêtre, à la pauvre soutane, aux pauvres mots : à celle qui allait mourir, il parlait de sa faute qu'allait punir le Ciel au lieu de parler du Ciel qui pardonne les fautes.

Il va vers Paris, Sylvestre-Marcelin Chabrol. Vers la

révolution. Depuis toujours, la rue de Charenton y a conduit ceux de Bercy, de Reuilly, de Picpus.

Au loin, un canon tonne.

Bouche à feu contre bouche à faim.

Sylvestre pense aux rats de la disette se retrouvant dans le grenier des Rabanesse. Ils sont pareils à eux, les maçons de la Creuse, les cochers picards, les nourrisseurs bretons, les ramoneurs savoyards, les ferrailleurs du Cantal et de l'Aveyron venus chercher leur grain et leur paille aux Ateliers nationaux. Comme les Rabanesse, maîtres du grenier, le gouvernement, maître des ateliers, leur donne la chasse.

Un autre rat occupe l'esprit de Sylvestre : celui du professeur Chimico que tous les maçons regardaient en disant : « Nous aussi, nous sommes en cage. »

Monteil gueulait :

« Nous sommes en cage mais nous pouvons en sortir ! Il suffit d'être ensemble. »

Sylvestre doutait.

Monteil l'insultait.

Il ne savait pas que la cage de Sylvestre-Marcelin Chabrol était le mal qu'il avait fait ; dans lequel il s'était lui-même enfermé.

Ce mal, il le connaît aujourd'hui : c'est le mal *chestiu*. Il lui faudrait se tremper dans l'une de ces fontaines du pays qui seules guérissent les *traînaisons*.

Il ne reverra pas les fontaines. Le pays. Les berges du Taurion. Les pentes sévères du puy Mouchet qui, dans la nuit de Paris, soudain semblent lui barrer la route. Il revient sur ses pas. Tourne. Retourne. Derrière le marché aux fourrages, la caserne d'infanterie est inquiète. Des falots courent dans la cour ; des bottes se précipitent, clous contre pavés ; des armes obéissent à des commandements bruyants, voulant surmonter la peur de ceux qui les donnent; de ceux qui les reçoivent.

Où est Angèle? Que fait-elle?

Sylvestre se met à courir. Il voit, au bout du faubourg, la silhouette noire de la barricade aiguisant ses piques, ses armes, tous ses sommets mordant les nuages rouges qui glissent dans le ciel : ils semblent, eux aussi, se préparer à l'affrontement, porter des nouvelles, chercher du renfort...

Il a tourné à droite.

L'église est devant lui. Sainte-Marguerite, au nom venu des champs. Moins impressionnant que Sulpice, Eustache, Thomas d'Aquin.

Un portillon perce un mur haut de cinq mètres. Il n'a pas de crochet.

La cour, cela est sûr, est un ancien cimetière : sous les chèvrefeuilles enlacés, des croix traînent encore, anonymes ou défendant la mémoire d'un ébéniste voisin, d'un maître maçon ayant lui-même taillé dans la pierre la preuve de son passage sur cette terre.

Sylvestre frappe. Refrappe.

La porte mettra du temps à grincer.

Elle s'ouvre avec parcimonie. Derrière elle, sous elle, on le voit bien, l'homme de Dieu presse son gros soulier. Méfiant :

— Qu'est-ce que c'est?

— Je veux me confesser.

Le prêtre est embarrassé :

— A cette heure?

— Oui.

— C'est grave?

— Oui.

Le prêtre soupire. En ces jours de tumulte et de sang, une question lui vient :

— Vous avez tué quelqu'un ?

— Oui.

— Qui ?

— Moi.

Voyant ce visage qui semble ne pas le croire, Sylvestre répète :

— Moi. Je me suis tué.

Ce ne sont pas des paroles qui vous encouragent à ouvrir votre porte. Le bonhomme trouve un moyen de la refermer bientôt :

— Dites après moi : « Mon père, pardonnez-moi parce que j'ai péché. »

Sylvestre se révolte :

— Je n'ai pas péché !

L'autre est de plus en plus embarrassé. Il a, dit-il, deux blessés à l'intérieur. Il faut s'occuper d'eux. Il veut en finir :

— Récitez votre acte de contrition.

Sylvestre doit avouer qu'il ne le sait pas.

Le prêtre ne peut pas le croire. Il blâme :

— Un chrétien comme vous ?

Sylvestre doit avouer qu'il n'est pas chrétien. Dans sa famille, ce n'était pas la mode. Autour de sa famille non plus.

Le clerc voudrait se rassurer :

— Puisque vous venez me voir, c'est que vous croyez en Dieu.

— Non. Je ne crois pas en Dieu.

Sylvestre a un regard de détresse ferme :

— Nanette est morte : je ne crois pas en Dieu.

Il regarde cet homme aux traits effrayés. Qui craint le blasphème. Craint d'ouvrir sa porte. Craint pour son âme ; peut-être même pour celle de cet inconnu aux paroles impies.

— ... Si vous ne croyez pas... que faites-vous ici?

Sylvestre-Marcelin Chabrol s'est redressé :

— Je suis là parce que vous me faites peur.

Le religieux a un haut-le-corps. Il est partagé entre surprise et indignation. Curiosité. Il avait redouté la provocation : il voit devant lui un homme abattu; malheureux sans malveillance. Sincère :

— Vous, votre religion, votre Eglise, vos cantiques, vos prières, vos menaces d'après la mort : vous me faites peur...

Sylvestre prend un temps. Enumère comme une litanie les mots qui viennent à lui; trouvés dans son désespoir : machinalement, comme, sous ses doigts, le dévot trouve les perles de son chapelet...

— ... Paris, la révolution, les phrases, la morale, Monteil, le chômage, Maxime, l'école, l'instruction, Angèle... Tout me fait peur, maintenant.

La porte claque.

Sylvestre crie. Ecorché par ce lourd panneau de bois refermé devant lui. Les clous profonds s'enfoncent dans sa chair. Autour de lui, les tombes s'étiolent. Il est plus mort que leurs morts.

Franchie la poterne, la rue redevient muraille.

Des jeunes courent vers la Bastille, la disparue toujours présente à la fête des pavés. D'autres en viennent. Ils ont vu un garçon qui a failli être fusillé parce qu'il avait mangé des cerises. Elles lui faisaient les mains noires : comme salies de poudre; les soldats le prenaient pour un insurgé. C'est un bourgeois qui l'a sauvé. En parlementant. Devant les fusils.

Prenant la rue de Charonne, Sylvestre crie :

— C'est ma faute! C'est ma faute!

Peut-être pour donner satisfaction au curé qui, depuis

longtemps, a disparu dans cette église que, depuis longtemps, on ne voit plus, il hurle :

— C'est ma très grande faute !

L'odeur des armes commence à se répandre dans le quartier.

Se souvenant de sa lointaine, imparfaite, fragile catéchèse, il répète :

— C'est ma faute. C'est ma faute. C'est ma très grande faute.

L'armée n'est pas encore arrivée.

Le coup de feu a surpris tout le monde. Venant d'où on ne l'attendait pas. Suivi d'un autre. D'un autre qui, semble-t-il, a claqué de l'autre côté de la rue.

Un ébéniste est blessé. Sur la cuisse, sa blouse blanche fait une tache rouge. Il souffre. Lance des jurons à l'intention de ces ennemis invisibles.

Ils sont, semble-t-il, plus nombreux maintenant. Tirant des hauts étages ; ou des toits.

Cette traîtrise, le sang, les plaintes, les affolements des premiers fuyards ont mis les nerfs à vif.

Ceux de Monteil en particulier. Il apostrophe Maxime qui, avec satisfaction, venait de lui transmettre le dernier bruit qui court :

— Si c'est vrai, qu'est-ce que ça changera que Cavaignac soit chef de l'exécutif ?

— C'est un républicain.

— Un républicain qui fera tirer sur les républicains.

— Pourquoi dis-tu ça ?

Crispé, impatienté par les francs-tireurs que l'on ne parvient pas à déloger, Monteil s'excite de plus en plus :

— Parce qu'il est général, parce qu'il est baron, parce qu'il vient d'être promu, parce que...

Au bout de la barricade, assis sur la portière d'un omnibus, un vieux, cheveux blancs et barbe propre, glisse méthodiquement ses cartons dans son orgue de Barbarie. Il dit les vérités d'un homme d'expérience :

— En 1830, Cavaignac était avec nous.

— Deux ans plus tard, il était en Algérie. Il tirera ici comme il a tiré là-bas !

Angèle s'approche de Monteil. Femme se mêlant, dans le combat, à un débat d'idées, d'appréciations : un débat d'hommes. Elle demande :

— Tu sais qu'il tirera ?... Et tu veux l'affronter ?

— Tu préfères que nous soyons sans défense ?

— Je préfère que nous soyons dans notre droit. En armes, nous ne sommes pas dans notre droit.

Monteil la prend par les deux épaules. Il la secoue. Veut lui faire entrer dans la tête les réalités de l'heure :

— Des barricades, à cet instant, il y en a quatre cents dans Paris. Même si nous le voulions, nous ne pourrions pas reculer !

Les cartons, dans l'orgue, commencent à se déplier :

On n'arrête pas le murmure
Du peuple quand il dit : « J'ai faim ! »
Car c'est le cri de la nature :
Il faut du pain ! chante le vieux.

En haut de la barricade, des charrons, des maçons, des menuisiers, des forgerons, des ferblantiers crient :

— Vive la sociale !

— Vive la sociale ! leur répond Monteil, les désignant d'un menton satisfait à Angèle, à Maxime.

Il semble dire : « Voilà l'union que je voulais. Que ferez-vous contre elle ? »

C'est au tour de Maxime de le secouer :

— Monteil ! Tu ne veux pas la république universelle : tu veux la république des ouvriers.

— Je ne veux pas la république des ouvriers mais je ne veux pas la république sans les ouvriers.

Angèle se tourne vers la barricade :

— Vous allez mourir !

Fusil en main, très haut, très beau, Francillon a déjà son visage de jeune martyr :

— Après la mort, notre sang nous défendra.

Maxime hausse les épaules : il a suffisamment écouté 1789 et 1830 que lui contait monsieur Lacoste pour savoir que jamais le sang des morts ne protège les vivants.

Dans un conciliabule serré, Angèle débattait avec trois Cantalous ; la femme de l'un d'eux venait d'apporter quelque charcuterie.

Monteil vient vers elle.

Il parle presque entre ses dents :

— Angèle, va-t'en !

Elle voudrait résister.

Il s'énerve :

— Tu n'as rien à faire ici. Les courageux n'ont pas besoin d'entendre les leçons de la bourgeoisie.

Elle regarde Monteil. Se trouve sans voix. Incrédule devant ce « pays » venu jadis dans sa chaumière : il en a vu le dénuement, sait tout d'elle et de Sylvestre, leurs efforts à Paris pour trouver de l'ouvrage, sauver leurs enfants et... voilà qu'il l'appelle « bourgeoise » !

Elle se demande si Monteil Joseph, natif de Saint-Yrieix-les-Bois, n'est pas fou.

Les lignards arrivent. La lune blanche fait brasiller les épaulettes, les larges baudriers, les canons des fusils, les baïonnettes qui déjà les prolongent...

Elle se demande si tous ces hommes ne sont pas

fous : ces émeutiers qui vont mourir au moment où ils pourraient commencer à vivre ; ces soldats qui, pour vivre, vont tirer sur leurs frères.

Dans la nuit, l'officier place ses fantassins : premier rang à genoux ; deuxième debout avec les armes qui, bientôt, tireront au-dessus des têtes du premier rang.

Elle se demande s'il n'y avait pas folie à changer les chemins de bruyères et les guérets reposants, les travaux au soleil et les veillées de châtaignes pour cette rue de désordre où le feu va venir. Elle se demande si sa folie à elle n'a pas été de croire que l'on maîtrise toute chose lorsqu'on possède son alphabet.

Là-bas, la troupe s'ouvre. Les lignards sont tous debout et, s'écartant comme un rideau de théâtre, ils laissent la place à la bouche d'un canon.

Le coup part. Mal réglé et déjà meurtrier : les éclats de pavés, jaillissant de partout, frappent au hasard : des bras, des jambes, un visage. La réponse est faite de cris de colère ou de douleur, de nombreux coups de gueule et de quelques coups de feu. Les lignards s'approchent lentement. Nombreux. Bien armés. Des toits, la fusillade reprend.

Maxime a entraîné Angèle dans une cour, un atelier de menuiserie. Elle se demande si sa folie superbe n'est pas de se retrouver là ; sa tête protégée par la poitrine d'un homme qui n'est pas son mari ; la chaleur de cette peau se mêle aux parfums du bois. On ne saurait les confondre avec la lourde odeur de l'imprimerie. Ici, le trouble vient de chacun des objets, de celui-ci qui, sans un mot, vous dit : « Je suis armoire de chêne », de cet autre répondant : « Je suis lit de noyer », de cette varlope même qui, conservant sur sa lame quelques rouges copeaux, murmure : « Mon dernier meuble était fauteuil d'acajou. »

— J'ai chaud, dit Angèle.

— Serre-toi contre moi, souffle Maxime.

— Je suis bien...

Maxime vit le plus beau moment de sa vie :

— Je suis si fier de ce que tu es devenue.

Angèle désigne la rue où l'on se bat :

— Nous ne sommes rien, tu le vois bien.

Il ne voit rien. Sauf le rêve qu'il vient de faire :

— Quand j'ai entendu les coups de feu, quand j'ai vu les compagnons charger et recharger leur arme, j'ai vu une image de bonheur : nous mourions tous les deux; ensemble; pour la même cause.

Aux parfums du bois s'ajoute maintenant la forte odeur de la poudre. Apre. Acre. L'odeur du danger qui fait serrer les bras. Les lèvres s'épousent. Se pénètrent. Pour vivre fort avant la mort.

— Je t'aime, Angèle.

D'un coup, elle se dégage :

— J'ai un mari.

— Tu vaux mieux que lui.

C'était le mot que, peut-être, il ne fallait pas dire. Angèle est frénétique :

— Oh! Non! Non! Il le croit mais ça n'est pas vrai.

Ce n'est pas son mari qu'elle défend; c'est la vérité de Sylvestre-Marcelin Chabrol voulant le bonheur des siens; le cherchant à la puissance de ses muscles dans la terre qui le lui refusait; venant à Paris avec la certitude de le gagner pour eux. Paris, comme la terre, l'avait repoussé; lui offrant en consolation la fraîcheur de Nanette qu'il ne se console pas d'avoir perdue, connue : il ne se console pas, Sylvestre-le-malheureux, d'avoir causé le malheur.

Maxime insiste. A la manière des amants :

— Il a aimé une autre femme que toi.

Angèle se tourne d'un trait :

— Comment pourrais-je lui en vouloir?... Moi aussi je...

Elle s'arrête. En ayant trop dit.

Il triomphe :

— Toi aussi!... Tu vois : tu m'aimes.

Il l'a prise au mot. Il veut la prendre dans ses bras.

Elle se défend. Contre lui. Contre elle.

Pour fuir le danger qui la menace, elle revient dans la rue où Francillon-l'enfant est devenu guerrier : fier d'abattre l'ennemi. Monteil ordonne, tire, donne l'exemple. Des femmes alimentent les armes et, parfois, font elles-mêmes le coup de feu.

Le chanteur est blessé. Allongé sur deux sacs de charbon.

Tournant la manivelle, Dessagne a pris sa place. Vieillard auquel la vie a volé l'honneur de pratiquer son métier et qui, sous les balles sifflant, donne du courage aux camarades :

Fourches, pelles, faux et faucilles...
Dans la ville, au glas du tocsin,
On voit jusqu'à de jeunes filles
Sous le fusil broyer leur sein.

Un homme tombe des toits, abattu par un insurgé qui, patiemment, les yeux écarquillés, cherchait sa silhouette entre les cheminées. Le corps pantelant s'écrase sur la hampe d'un drapeau rouge. Il est transpercé. Des rires, des félicitations saluent l'exploit du tireur.

Surpris de le voir paraître, Monteil congratule Sylvestre :

— Je t'avais mal jugé. Tu nous as rejoints...

— Pas pour longtemps.

Le maçon est entre deux satisfactions : compter un combattant de plus ; voir confirmer son jugement défavorable sur son ancien ami.

Il sourit :

— Tu as peur ?

Sylvestre est calme et fier. Il parle comme un homme qui a retrouvé son équilibre :

— Plus maintenant.

Il prend un temps :

— Je n'aurai plus jamais peur. De rien.

Il serre le fusil que lui tendait le maçon. Se servant des rais d'une grande roue comme d'un escalier, il va, sur la barricade, prendre sa place au combat.

Il aperçoit Angèle :

— Adieu, Angèle. Je t'ai aimée dès l'enfance.

Angèle veut s'approcher. Il continue son escalade. Se retourne :

— Adieu, Monteil. Tu m'as aidé parfois. Adieu, Dessagne. Tu avais mon estime.

Angèle comprend. Elle pousse un cri. Veut le retenir.

Sylvestre, léger, monte, monte encore.

Il est en haut.

Un coup de feu.

Comme tout à l'heure le tireur des toits, le corps part dans le vide, paraissant désarticulé.

Angèle se jette sur lui.

Allongé sur le pavé, Sylvestre la voit. Tendre. Il lui montre son sourire de jadis. Celui qu'elle ne lui a pas vu depuis longtemps. Son sourire d'homme heureux :

— Angèle... Toi, mon bonheur... Pardonne-moi... Je... Je...

Elle ne cesse de l'embrasser.

Il a cette phrase. Inattendue. Imperceptible :

— J'aurais voulu... voulu savoir écrire.

Insoucieuse du sang qui macule sa robe, elle le serre contre elle. Caresse ses lèvres, ses cheveux :

— Tu sauras, Sylvestre... Tu apprendras... Je t'apprendrai. C'est si facile...

— Il est trop tard maintenant... Aujourd'hui, j'aurais voulu savoir...

Souriant plus encore, sage, doux, il murmure :

— Tu te rappelles... la mémée... comme elle était bonne et franche ?

Il voudrait revenir au pays des heures calmes.

Sa gorge a un soubresaut. Du sang emplit sa bouche.

Comprenant qu'il ne faut pas attendre, il glisse dans la main d'Angèle le papier que, depuis sa visite à Pipette, il n'a pas lâché :

— Prends, Angèle. C'est pour mon souvenir.

Elle est en larmes.

Dans un dernier effort, il extrait de sa blouse les deux petits sabots. Patiemment recollés, la bride de cuivre étincelant dans les éclairs des armes, ils sont comme un magnifique lointain cadeau de mariage.

Des balles éraflent les maisons. Francillon, excitant ses compagnons, leur demande de tirer plus vite. La fumée de la poudre est de plus en plus épaisse.

Sylvestre ne parle plus.

En bout de barricade, Dessagne a arrêté sa chanson. Il retire sa casquette.

Angèle, sur le papier chiffonné, parvient à lire, à travers ses sanglots, le dernier message de celui qu'elle a tant aimé : « Quand on a fini pour les autres, il faut savoir finir pour soi. »

Elle hurle. Serre à mourir son homme qui ne savait pas dire : « Je t'aime. » Qui ne savait pas parler.

Elle ne le retiendra pas.

Les sabots d'Angèle

Le 23 juin 1848, sur une barricade, à Paris, est tombé Sylvestre-Marcelin Chabrol, maçon de la Creuse.

Plus que d'autres, il avait subi l'oppression.

Plus que d'autres, il est mort pour la liberté.

Glossaire

L'ABBAYE DE MONTE-À-REGRET : La guillotine, l'échafaud sur lequel, évidemment, on ne montait pas de gaieté de cœur.

AQUENOUILLER : Mettre le foin en petits tas en le faisant tourner autour du râteau comme le chanvre autour de la quenouille.

AREAU : Mot particulier au Berry, à la Sologne, où il désignait l'araire, la charrue.

L'AUMAILLE : Le pot-au-feu (toujours servi les jours de fête).

BAVEUX : En argot parisien : camelot.

LES BRANDONS : Fête, cérémonie ancestrale où, dans la nuit, chaque habitant armé d'un brandon, c'est-à-dire d'une torche de paille fixée au bout d'un bâton, allait, au son des chants de tous, allumer des paillons entourant le pied des arbres fruitiers; ce feu devait les protéger des insectes et des maladies jusqu'aux brandons prochains, c'est-à-dire jusqu'au premier dimanche de la Chandeleur.

BORDIER : Habitant de la borde, c'est-à-dire, en Occitanie, de la ferme. *Obtenir un bordiérage* : Obtenir la location, l'exploitation sous une forme quelconque d'une borde.

BRASSIER : Travailleur de la terre, ouvrier agricole qui, pour vivre, n'avait à vendre que la force de ses bras.

LE CANTOU : L'âtre, la cheminée dans la pièce commune.

CHABRETTE : Instrument à vent. En Auvergne, dite *cabrette*, dans le Midi *musette*, la chabrette doit son nom à la poche en peau de chèvre que le musicien place sous le bras avec lequel il l'active pour que l'air gagne les tuyaux à trous qui, selon que les doigts les ferment ou non, font entendre telle ou telle note. Signalons que, primitivement, la poche était alimentée par le musicien soufflant dans un tube. C'est Lulli qui, introduisant la musette ou chabrette à la cour où elle devint vite en grande vogue, fit remplacer l'alimentation humaine par un soufflet, afin d'en permettre la pratique aux fragiles marquises.

CHALEIL : Petite lampe murale très rustique, souvent en cuivre. La mèche plongeait dans un réservoir plat, ouvert, que la fermière alimentait avec de l'huile.

LA CHANSON DE LA NOUOYO : La chanson de la mariée que les invités lui chantaient au soir de ses noces.

CORNO-BUDEUSE : De *corno* : corne, et *budo* : boyau. Les enfants se tenant sur le crâne avec, en l'air, leurs jambes écartées jouaient à corno-budo, autrement dit à « boyaux par-dessus les cornes ». C'est cette image des jambes par-dessus la tête qui a donné la corno-budeuse : la fille qui se fait souvent culbuter.

COUDERC : Dans les pays occitans, le couderc était le pré communal où chacun avait le droit d'entreposer son bois, son foin, ses outils, d'organiser sa noce, une fête familiale, etc. Après 1789, l'achat des terrains communaux par les paysans, le partage entre eux des grandes propriétés seigneuriales ou religieuses rendirent son utilité moins indispensable. Dans la Creuse, limite de l'Occitanie, le couderc (qu'on écrit aussi coudert) devient propriété individuelle : petit terrain à usage multiple attenant à la maison et où la fermière fait sa lessive, nourrit ses poules, où le fermier entrepose et scie son bois. Le couderc privé est souvent planté d'un tilleul... en souvenir des tilleuls qui ornaient toujours le couderc communal : chacun y venait cueillir la fleur qui, séchée, ferait sa tisane.

FAIRE LA BUÉE : Faire la lessive.

LES FAUX MISES À L'ENVERS : La lame qui, pour faucher, est tournée vers celui qui la manie est, en cas de révolte, fixée « à l'envers », c'est-à-dire son tranchant face à l'adversaire.

GOGAILLES : Repas plantureux.

GOGUETTE : La goguette est un fait important dans l'histoire de la chanson française et l'histoire du peuple (on a pu dire que, sous Louis-Philippe, il y avait une goguette « dans chaque quartier et presque dans chaque rue de Paris »). Les réunions et associations de plus de vingt personnes étant interdites par les suites de la loi Le Chapelier, artisans et ouvriers, auxquels se joignaient quelques bourgeois aux idées « avancées », se rassemblaient en des lieux plus ou moins secrets pour chanter des chansons qu'ils écrivaient eux-mêmes et dont certaines, ne comportant pas moins de trente-six couplets, constituaient de véritables discours, un matériau de formation civique, politique, présyndicaliste. Il est à noter que ces chansons, que l'on pourrait parfois dire révolutionnaires, en appelaient souvent à l'amour de Dieu et de la patrie.

« LE GRAND ALBERT » : Almanach qui, pour les sujets abordés, les mille conseils qu'il donnait, fut longtemps répandu dans les campagnes.

LA GRANDE BOUTIQUE : En argot parisien : la préfecture de police.

LE MAL CHESTIU, LES TRAÎNAISONS : Les dépressions, que l'on appelait alors « les maladies de langueur ».

MANGOUNIER (en d'autres points de la Creuse : *maridandoué*) : Homme ou femme de confiance, jeune homme ou jeune fille ami auquel le soupirant demandait d'aller « parler pour lui », de vanter ses qualités à la belle qu'il désirait épouser et, les choses étant plus avancées, de discuter de la dot qu'il pouvait espérer en échange de son propre apport. Le mot, particulier au pays creusois, recouvrait une fonction répandue dans toute la France où, ici, les entremetteurs s'appelaient *marious* et *mariouses*, ailleurs *maridaïres*, en Normandie *hardouins* et *hardouines*, en Languedoc *balandrans*, dans le Vivarais « bâtons-blancs » en raison de la branche écorcée qu'ils tenaient à la main dans l'exercice de leur mission. Aujourd'hui, en Limousin, le *mangounier* est devenu un bon à rien : peut-être parce que, autrefois, il n'était bon qu'à arranger le mariage des autres...

MENER UNE FILLE : La fréquenter, lui faire une cour que, visiblement, elle a acceptée.

MOUCHE : Policier chargé d'infiltrer les assemblées séditieuses et notamment les goguettes.

PATTE-PELU (OU PELUE) : Hypocrite rapproché ici d'un animal à poil doux qui cache ses griffes et se sert de sa patte pour attraper son adversaire. La Fontaine, avec humour, parle de « deux francs patte-pelus » (*Le Chat et le Renard*).

PEÏROL : Chaudron en cuivre ou en fonte que l'on pendait à la crémaillère de la cheminée pour, le plus souvent, faire chauffer de l'eau.

LA PRATIQUE : La clientèle d'un magasin. *La dernière pratique* : la dernière cliente. Le terme classique au XVIIe et au XVIIIe siècle (cf. Bossuet, Voltaire, Rousseau, etc.) a, en ce sens, disparu du vocabulaire.

PRIME : La première saison de l'année, c'est-à-dire le printemps.

REMUER LA CASSEROLE : Dénoncer à la police, servir d'indicateur.

SE RENDRE LE COCHON : Lorsque le voisin était venu vous aider à tuer votre cochon, lui rendre la pareille... et rester aux agapes qui s'ensuivaient.

TIRER LE BOUVET : Le bouvet étant l'outil de l'ébéniste ou du menuisier servant à faire les rainures, l'apprenti, encore inapte à ce travail délicat, était invité, dans le langage ironique des artisans du faubourg, à «tirer le bouvet» : à tirer la charrette assurant les livraisons.

LA VOTE : Fête votive, c'est-à-dire fête célébrant l'anniversaire du jour où le village fit un vœu collectif, notamment celui de se placer sous la protection d'un saint, la *frairie* étant la fête du saint lui-même. Les vœux ayant peu à peu disparu des mœurs, le langage a confondu les deux termes.

PRODUCTION JEANNINE BALLAND

Romans « Terres de France »

Jean Anglade
Un parrain de cendre
Le Jardin de Mercure
Y a pas d'bon Dieu
La Soupe à la fourchette
Un lit d'aubépine
La Maîtresse au piquet
Le Saintier
Le Grillon vert
La Fille aux orages
Un souper de neige
Les Puysatiers
Dans le secret des roseaux
La Rose et le Lilas
Avec le temps...
L'Ecureuil des vignes
Sylvie Anne
Mélie de Sept-Vents
Le Secret des chênes
La Couze
Ciel d'orage sur Donzenac
La Maîtresse du corroyeur
Un horloger bien tranquille
Jean-Jacques Antier
Autant en apporte la mer
Marie-Paul Armand
La Poussière des corons
Le Vent de la haine
Le Pain rouge
La Courée
tome I *La Courée*
tome II *Louise*
tome III *Benoît*
La Maîtresse d'école
La Cense aux alouettes
Nouvelles du Nord
L'Enfance perdue
Un bouquet de dentelle
Au bonheur du matin
Victor Bastien
Retour au Letsing
Henriette Bernier
L'Enfant de l'autre
Françoise Bourdon
La Forge au Loup
La Cour aux paons
Le Bois de lune
Le Maître ardoisier
Patrick Breuzé
Le Silence des glaces
Nathalie de Broc
Le Patriarche du Bélon
Annie Bruel
La Colline des contrebandiers
Le Mas des oliviers
Les Géants de pierre
Marie-Marseille
Jean du Casteloun
Les Amants de Malpasset
Michel Caffier
Le Hameau des mirabelliers
La Péniche Saint-Nicolas
Les Enfants du Flot
La Berline du roi Stanislas
Jean-Pierre Chabrol
La Banquise
Alice Collignon
Un parfum de cuir
Didier Cornaille
Les Labours d'hiver
Les Terres abandonnées
La Croix de Fourche
Etrangers à la terre
L'Héritage de Ludovic Grollier
L'Alambic
Georges Coulonges
Les Terres gelées
La Fête des écoles
La Madelon de l'an 40
L'Enfant sous les étoiles
Les Flammes de la Liberté
Ma communale avait raison
Les blés deviennent paille
L'Eté du grand bonheur
Des amants de porcelaine
Le Pays des tomates plates
La Terre et le Moulin
Les Sabots de Paris
Yves Courrière
Les Aubarède

Anne Courtillé
Les Dames de Clermont
Florine
Dieu le veult
Les Messieurs de Clermont
L'Arbre des dames
Le Secret du chat-huant
Paul Couturiau
En passant par la Lorraine
Annie Degroote
La Kermesse du diable
Le Cœur en Flandre
L'Oubliée de Salperwick
Les Filles du Houtland
Le Moulin de la Dérobade
Les Silences du maître drapier
Le Colporteur d'étoiles
La Splendeur des Vaneyck
Alain Dubos
Les Seigneurs de la haute lande
La Palombe noire
La Sève et la Cendre
Le Secret du docteur Lescat
Marie-Bernadette Dupuy
L'Orpheline du bois des Loups
Elise Fischer
Trois Reines pour une couronne
Les Alliances de cristal
Mystérieuse Manon
Laurence Fritsch
La Faïencière de Saint-Jean
Alain Gandy
Adieu capitaine
Un sombre été à Chaluzac
L'Enigme de Ravejouls
Les Frères Delgayroux
Les Corneilles de Toulonjac
L'Affaire Combes
Les Polonaises de Cransac
Le Nœud d'anguilles
L'Agence Combes et Cie
Gérard Georges
La Promesse d'un jour d'été
Michel Hérubel
La Maison Gelder
La Falaise bleue
Tempête sur Ouessant
Le Démon des brumes
Denis Humbert
La Malvialle
Un si joli village
La Rouvraie
La Dent du loup
L'Arbre à poules
Les Demi-Frères
La Dernière Vague
Yves Jacob
Marie sans terre
Les Anges maudits de Tourlaville
Hervé Jaouen
Que ma terre demeure
Jean-Pierre Leclerc
Les Années de pierre
La Rouge Batelière
L'Eau et les jours
Hélène Legrais
Le Destin des jumeaux Fabrègues
Louis-Jacques Liandier
Les Gens de Bois-sur-Lyre
Les Racines de l'espérance
Jean-Paul Malaval
Le Domaine de Rocheveyre
Les Vignerons de Chantegrêle
Jours de colère à Malpertuis
Quai des Chartrons
Les Compagnons de Maletaverne
Le Carnaval des loups
Dominique Marny
A l'ombre des amandiers
La Rose des Vents
Louis Muron
Le Chant des canuts
Henry Noullet
La Falourde
La Destalounade
Bonencontre
Le Destin de Bérengère Fayol
Le Mensonge d'Adeline
L'Evadé de Salvetat
Les Sortilèges d'Agnès d'Ayrac
Michel Peyramaure
Un château rose en Corrèze
Les Grandes Falaises
Frédéric Pons
Les Troupeaux du diable
Les Soleils de l'Adour
Jean Siccardi
Le Bois des Malines
Les Roses rouges de décembre
Le Bâtisseur de chapelles
Le Moulin de Siagne
Un parfum de rose

Jean-Michel Thibaux
La Bastide blanche
Le Secret de Magali
La Fille de la garrigue
La Colère du mistral
L'Homme qui habillait les mariées
La Gasparine
L'Or des collines
Le Chanteur de sérénades
Jean-Max Tixier
Le Crime des Hautes Terres
La Fiancée du santonnier
Le Maître des roseaux
Brigitte Varel
Un village pourtant si tranquille
Les Yeux de Manon
Emma
L'Enfant traqué
Le Chemin de Jean
L'Enfant du Trièves
Le Déshonneur d'un père
Colette Vlérick
La Fille du goémonier
Le Brodeur de Pont-l'Abbé
La Marée du soir
Le Blé noir

Récits «Terres de France»

Albine Novarino
George Sand ou l'amour du Berry

Collection «Sud Lointain»

Jean-Jacques Antier
Le Rendez-vous de Marie-Galante
Marie-Galante, La Liberté ou la Mort
La Dame du Grand-Mât
Erwan Bergot
Les Marches vers la gloire
Sud lointain
tome I *Le Courrier de Saïgon*
tome II *La Rivière des parfums*
tome III *Le Maître de Bao-Tan*
Rendez-vous à Vera-Cruz
Mourir au Laos
Jean Bertolino
Chaman
Anne Courtillé
Le Mosaïste de Constantinople
Paul Couturiau
Le Paravent de soie rouge
Le Paravent déchiré
Alain Dubos
Acadie, terre promise
Retour en Acadie
Hubert Huertas
L'Orque de Magellan
Hervé Jaouen
L'Adieu au Connemara
Dominique Marny
Du côté de Pondichéry
Les Nuits du Caire
Cap Malabata
Juliette Morillot
Les Orchidées rouges de Shanghai
Michel Peyramaure
Le Pays du Bel Espoir
Bernard Simonay
Les Tigres de Tasmanie
La Dame d'Australie
Jean-Michel Thibaux
La Fille de Panamá
Tempête sur Panamá

Romans

Alain Gandy
Quand la Légion écrivait sa légende
Hubert Huertas
Nous jouerons quand même ensemble
La Passagère de la «Struma»
Denis Humbert
Un été d'illusions

Michel Peyramaure
Les Tambours sauvages
Pacifique Sud
Louisiana
Le Roman de Catherine de Médicis
Jean-Michel Thibaux
Le Roman de Cléopâtre

Impression réalisée sur CAMERON par

BUSSIÈRE CAMEDAN IMPRIMERIES

GROUPE CPI

à Saint-Amand-Montrond (Cher)
en août 2004
pour les Presses de la Cité
12, avenue d'Italie
75013 Paris

N° d'édition : 7201. — N° d'impression : 42938-042456/1.
Dépôt légal : septembre 2004.

Imprimé en France